Charlotte Jay

Das Gift der neuen Welt

Aus dem Englischen von Nina Schindler

Ariadne Krimi 1108
Argument

Titel der australischen Originalausgabe: Beat Not the Bones

Redaktion und Lektorat: Iris Konopik und Else Laudan

Die Übersetzung dieses Werkes entstand mit freundlicher Unterstützung der australischen Regierung durch eine Kunstförderung des Australia Council advisory body.

Australia Council for the Arts

Deutsche Erstausgabe

Eppendorfer Weg 95a, 20259 Hamburg
Telefon 040 / 4018000 – Fax 040 / 40180020
www.argument.de
Texterfassung durch die Übersetzerin
Umschlaggestaltung & Satz: Martin Grundmann
Druck: Clausen & Bosse, Leck
Gedruckt auf säure- und chlorfreiem Papier
ISBN 3-88619-838-3

Der süße Kriegsmann ist tot und verfault.
Süße Küchlein, schlagt doch nicht
die Gebeine der Begrabenen!

William Shakespeare, Verlorene Liebesmühe

Vakat

Kapitel 1

In einem Volkslied heißt es von einem jungen Mann, er trüge den Mond in der Hosentasche. Alfred Jobe trug zwei Monde in seiner. Mondsicheln. Hexenmonde. Mr. Jobe streichelte sie liebevoll mit den Fingerspitzen, als er auf seinem Weg zur Stadt an der Werft vorbeikam.

Nur ein Prophet hätte an einem solchen Morgen an Angst und Tod gedacht. Das Inselstädtchen Marapai leuchtete im hellen Sonnenschein des Pazifischen Ozeans. Der Südostwind ließ allmählich nach, denn nun kamen die zwei windstillen Monate, die dem Jahreszeitenwechsel vorangingen, und so spielte er jetzt nur noch sanft mit den grauen Fransen der Kasuarinenbäume und ließ die verblichenen grünen Markisen auf den Bungalowveranden flattern. Die Grasröcke der Papuamädchen wirbelten um ihre Schenkel und der Hafen war gesprenkelt von den schräg liegenden dreieckigen Segeln der Fischerkanus.

Doch obwohl Marapai an diesem Morgen einen arglosen und fröhlichen Eindruck machte, besaß die Stadt auch eine düstere Seite. Angst und Tod waren hier keine Fremdlinge. Die älteren Einwohner konnten sich noch an Zeiten erinnern, wo Angst und Tod regiert hatten, und waren deshalb niemals besonders überrascht, wenn Marapai sich wieder einmal von ihrer alten, grausamen und erschreckenden Seite zeigte. Das wurde von ihr erwartet, denn sie war sowohl heiter als auch wild.

Eine Gruppe von weißen Männern hatte dieses wilde Land einst zähmen und zivilisieren wollen, doch ihr Unterfangen war nicht immer von Erfolg gekrönt gewesen. Mittlerweile steckte etwas von den Weißen (bedauerlicherweise, wie manche sagten) in den jungen Papuas, die dem Dorfleben den Rücken kehrten, Hemd und Hosen anzogen, Schlager auf ihrer Gitarre spielten und bis in die frühen Morgenstunden beim Glücksspiel saßen. Aber wie es schien, waren noch andere dunkle Mächte am Wirken, die in eine ganz andere Richtung führten. Oft wurde auch der weiße Mann korrumpiert.

Auf einmal entdeckte er an sich Vorlieben und Eigenschaften, die er bislang nicht gekannt hatte. Eine latent in ihm schlummernde Wildheit regte sich und übernahm das Regiment. Alte Bekannte unten aus dem Süden hätten ihn kaum wieder erkannt, denn instinktiv hatte er die Sinnlosigkeit im Befolgen von Verhaltensregeln erkannt, die aus Ländern stammten, wo die Blüten klein und blass, die Vögel farblos und das Meer kalt waren. Manche Weiße fanden einen befriedigenden Ersatz für das abgelegte frühere Leben, andere rannten Amok.

Gewiss waren die Einwohner von Marapai nicht sonderlich erstaunt über das, was an diesem Morgen mit Mr. Jobe und seinen Mondsicheln seinen Anfang nahm. Sie waren sich darin einig, dass es erschreckend, fürchterlich und beängstigend war. Aber sie fanden es glaubwürdig und begriffen auch, wie es dazu kommen konnte, denn von ihrem Heimatland erwarteten sie solcherlei jederzeit. Als die Leute im Süden die Wahrheit erfuhren – oder jedenfalls den Teil der Wahrheit, der bekannt wurde –, waren sie fassungslos. Sie weigerten sich zu glauben, dass so etwas hatte geschehen können. Damit hatten sie nicht ganz Unrecht. Das, was geschah, hätte nirgendwo sonst geschehen können.

Für Alfred Jobe besaß Marapai einen besonderen Zauber. Er hatte gerade vier Monate im Dschungel zugebracht, und diese primitive Kleinstadt mit ihren fünfzehnhundert Einwohnern war für ihn eine Metropole, Sydney, London, New York – die Zivilisation. Hier gab es eisgekühltes Bier und Filme und weiße Frauen, und das alles begrüßte er mit dem ganzen Überschwang seiner robusten Natur. Gutes altes Marapai! Gutes altes Marapai! Aber die Filme, die Frauen und das Bier mussten noch warten. Er hatte zuerst wichtigere Dinge zu erledigen.

Er erreichte das Ende der Mole, blieb stehen und sah sich bei den Zollhütten um. Nirgendwo waren Weiße zu erblicken. Ein junger Polizist stand unschlüssig mitten auf der Straße und ein halbes Dutzend Eingeborene saßen im Schatten einer der Hütten. Einer von ihnen kratzte sich mit einem langzinkigen Kamm in seinem gewaltigen Haarschopf.

Jobe rief dem Polizisten zu: »He! Du schwarzer Bastard! Komm her, wenn ich dich rufe!«

Der Boy war nicht schwarzhäutig, er war braun und hatte ein hübsches Malaien-Gesicht. Zögernd setzte er sich in Bewegung.

Was für ein Haufen verdammter nutzloser Wilder! Da konnte ein Mann ermordet oder ausgeraubt werden, und sie würden nur dastehen und glotzen! Jobe schluckte seine Wut hinunter. Seine instinktive Reaktion auf Eingeborene war immer, sie zu schlagen. Er war zu spät geboren, hätte besser in frühere, weniger reglementierte Zeiten gepasst. Jetzt war das Schlagen von Eingeborenen gesetzlich verboten. Man durfte sie überhaupt nie schlagen. Es war ein Skandal, wie sich alles entwickelt hatte. Aber er musste Ruhe bewahren, redete er sich zu. Er musste seine Karten mit Bedacht ausspielen. In Marapai durfte es keinen Ärger geben.

»Regierungsgebäude. Hauspapier. Wo ist das jetzt? Gleicher Ort?« ›Hauspapier‹ war der Pidginausdruck für Büro, aber entweder verstand dieser Papua das nicht oder er war völlig vertrottelt. Er glotzte Jobe verständnislos an.

Jobe beschimpfte ihn und ging verdrossen an den Zollschuppen vorbei. Seit dem Krieg war er nicht mehr in Marapai gewesen und er registrierte da und dort Zeichen des Verfalls. Bombenruinen waren nicht abgerissen worden und auf der Werft lagerten immer noch viele Haufen von rostigem Müll. Dann fiel ihm ein, dass alle Regierungsgebäude in die Luft geflogen waren – das Beste, was ihnen seiner Meinung nach hatte passieren können. Er hoffte, dass seine Akte dabei auch zerstört worden war.

Es liefen immer noch viele Papuas herum, und sie waren jetzt westlicher geworden. Die Männer trugen bunte Baumwollramis oder Shorts und Hemden, nur die Frauen hielten an ihren traditionellen Grasröcken fest. Es gab mehr Eingeborene als früher, wahre Massen. Schade, dass nicht mehr von ihnen umgekommen waren. Es war doch ungerecht, dass so viele anständige Weiße sterben mussten und diese blöden Nigger hier immer noch rumspazieren durften.

Er ging jetzt die Hafenstraße entlang, die aus der Stadt hinaus zur anderen Hafenseite führte, wo die Regierungsgebäude vor dem Krieg gewesen waren. Bestimmt waren sie wie der Hafen an der gleichen Stelle wieder aufgebaut worden. Die Straße fiel zum Strand hin ab, wo ein halbes Dutzend Kanus auf den Sand gezogen worden waren. Der Geruch von brennender Kopra waberte auf ihn zu. Er schnüffelte und spuckte aus, dann gab er einem Jeep ein Zeichen zu halten, aber der ratterte an ihm vorbei. Wenige Sekunden später hielt ein Auto hinter ihm, ein weißer Polizist beugte sich aus dem Fenster und sagte: »Soll ich Sie mitnehmen?«

Unwillkürlich zuckte Mr. Jobe zurück. Er fühlte sich ertappt, mitten auf der Straße erwischt, wo es weder Haus noch Baum gab, um sich dahinter zu verstecken. Seine Hand schloss sich schützend um den Schatz in seiner Hosentasche. Dann reckte er sich, setzte ein gewinnendes Lächeln auf und machte einen Schritt nach vorn. »Sind die Regierungsgebäude in der Richtung?«

»Ja, ich kann Sie dort absetzen.«

Jobe stieg ein und der Jeep fuhr an. »Der Ort hat sich verändert«, sagte er und schaute sich um. »Ich bin seit dem Krieg nicht mehr hier gewesen. Ist ziemlich groß geworden. Und es wimmelt nur so von Kanaken.« Er beugte sich vor, um auszuspucken, unterließ es dann aber.

»Im Gegenteil«, sagte der Polizist. »Die Bevölkerung hat abgenommen.«

»Was Sie nicht sagen!« Jobe begann zu pfeifen und klimperte mit dem Inhalt in seiner Tasche. Seine Laune hob sich. Hast du das gehört, mein Freund? Du denkst vielleicht, das wäre Geld. Du würdest dich wundern, wenn du wüsstest, was das ist. Der blöde, vetrottelte Bulle denkt, es wäre Geld. Denkt, es wäre ein Schlüsselbund.

»Dieser Nyall«, sagte er, »das ist der Typ, den ich sehen muss. Was ist das für einer?«

»Der Direktor von der Landvermessung?«

»Genau. Was ist das für ein Typ? Lässt er mit sich reden?«

»Er genießt einen guten Ruf«, antwortete der Polizist knapp.

Jetzt hatten sie die Stadt hinter sich und fuhren immer noch am Wasser entlang. Nach einer Kurve kam eine Gruppe weißer Gebäude unter Kokospalmen in Sicht.

»Ist das der neue Regierungsprotz?« Jobe wies auf die Häuser.

»Ja.«

Jobe lachte laut auf. »Du meine Güte! Sehen Sie sich das bloß an. Man könnte denken, die würden ganz Australien regieren und nicht bloß ein paar tausend dreckige Nigger.« Er hörte auf zu lachen und merkte, wie Wut in ihm hochstieg. Der Gedanke an Schulen, Krankenhäuser und den Wiederaufbau von Dörfern für die Eingeborenen machte ihn immer wütend, bei all den verrückten Vorhaben, die das Land ruiniert und die Gelder der Steuerzahler verschwendet hatten. Mr. Jobe war kein Steuerzahler, aber er war äußerst empfindlich, wenn es um das Geld der Steuerzahler ging.

Der Polizist warf ihm einen scharfen Blick zu. »Habe ich Sie nicht schon mal irgendwo gesehen?«

Mr. Jobe lächelte strahlend. Sein feistes rundes Babygesicht wirkte harmlos und seine Augen lagen unter den zottigen Brauen so tief in den Höhlen, dass ihr rachsüchtiger, gieriger Glanz nur von wenigen wahrgenommen wurde. »Nicht dass ich wüsste. Aber es lässt sich in solchen Orten kaum vermeiden, nicht wahr? Man trifft immer wieder die gleichen Leute. Auch die, die man gar nicht kennen will. Ha! Ha!«

Du willst mir wohl was anhängen, he? Tja, das wird dir nicht viel nützen. Ich werde gleich ein kleines Gespräch mit dem Direktor führen, weißt du. Alles tipptopp und völlig legal.

Der Polizist ließ Jobe unten an der Straße aussteigen, die zu den Regierungsgebäuden führte. Mr. Jobe wanderte pfeifend unter den Bäumen entlang und dachte an Mr. Nyall, den Direktor des Landvermessungsamtes, und wie überrascht der sein würde. Die Straße führte zu einem Platz, um den herum die Regierungsgebäude standen. An die Kokospalmen schlossen sich Frangipanibäume an, die ihre rosa, weißen, elfenbeinfarbenen und zitronengelben Blütenblätter auf die rostigen Eisendächer fallen ließen. Wo immer sich das Auge hinwandte, reckten sich Blütentrauben und grüne Blattbüschel zwischen den Schuppen empor, wie Mohnblüten aus einem Schlachtfeld sprießen.

Das Amt für Landvermessung befand sich in einem Gebäude auf der anderen Seite des Platzes. Es war aus Holz mit einem Eisendach. Das Verwaltungspersonal hatte sich seit Kriegsende mehr als verdoppelt, aber es gab außer diesen zusammengeschusterten Schuppen keine Unterbringungsmöglichkeiten. Von den Büroräumen hieß es optimistischerweise, sie wären ›provisorisch‹, obwohl die meisten von ihnen schon die Schimmelpatina des Alters angesetzt hatten.

Mr. Jobe hatte keinen Termin und sollte deshalb warten. Er wartete eine Stunde lang auf einem Holzstuhl im Hauptbüro. Das machte ihm nichts aus, er war so etwas gewöhnt und außerdem musste er über vieles nachdenken. Hin und wieder lächelte er in sich hinein, weil niemand zu ihm herübersah und niemand Notiz von ihm nahm. Er stellte sich vor, wie sie sich aufführen würden, wenn sie Bescheid wüssten, und sein Lächeln wurde noch breiter. Hier saß er mitten unter ihnen, mucksmäuschenstill, und niemand wusste etwas, niemand hatte auch nur die leiseste Ahnung. Der große magere Kerl mit den leuchtend blauen Augen hatte nach dem ersten beiläufigen Blick nicht mehr in seine Richtung geschaut. Zwei Papua-Angestellte klapperten auf ihren Schreibmaschinen. Als wüssten sie, was sie da taten. Dummheit, angeborene Dummheit. Den Ausdruck hatte er von einem Richter gehört und er gefiel ihm ausnehmend gut. Er wusste, dass damit das meiste gesagt war. Bei dem Gedanken an die angeborene Dummheit der Eingeborenen mit ihren Riesengehältern, wie sie da in den Büros tippten und das Land ins Verderben stürzten, wurde er wieder wütend. Dann kam ein Mädchen mit kurzen blonden Haaren aus einem der inneren Büros und sagte: »Hier entlang, bitte.«

Jobe erhob sich und folgte ihr. Seine Wut verflüchtigte sich so rasch wie sie entstanden war. Sein ganzes Leben lang hatte Jobes Wut ihm Ärger eingebracht. Sie stieg urplötzlich wie ein Geysir in ihm auf. Bevor ihm bewusst wurde, wo er sich befand, hatte er schon gehandelt, und im nächsten Moment sah er verwirrt auf das, was er angerichtet hatte, und wunderte sich, was in aller Welt ihn dazu provoziert hatte.

Die blonden Locken der Sekretärin vor ihm hüpften auf und nieder. Er vergaß die Papuas und ihre Riesengehälter und widerstand der Versuchung, einmal über diesen Lockenschopf zu streichen. Locken gefielen ihm.

Der Direktor hatte seine Räume am südlichen Ende des Gebäudes, das vom restlichen Teil durch eine Papierwand abgetrennt war. Er saß hinter einem großen, voll beladenen Schreibtisch. An der Wand gegenüber hing eine Landkarte des Territoriums.

Jobe stand in der Türöffnung und versuchte, den anderen einzuschätzen. Alfred Jobe war ein schlauer Mensch, und das musste er auch sein. Schlauheit war das unvermeidliche Ergebnis seiner unbeständigen Lebensweise. Aber von Trevor Nyall konnte er sich kein klares Bild machen. Jobe wollte Nyall unter fast allen Umständen sympathisch finden. Nyall besaß ein kantiges, aber freundliches Gesicht mit eindrucksvollen Augen, aber er war zu sauber. Er hätte eine Schaufensterpuppe in einem Kaufhaus in Sydney sein können. Nicht eine Falte oder ein Stäubchen verunzierten sein Hemd oder seine weiße Hose, und er hatte unbegreiflicherweise weder sein Jackett noch seinen Schlips abgelegt. Mr. Jobe misstraute Sauberkeit. Unter anderem deutete sie auf höhere Bildung hin und jeder wusste, dass Bildung unehrliche Männer hervorbrachte.

Unehrlich in großem Maßstab. Niemand hatte etwas gegen kleine Unehrlichkeiten. Aber Mr. Jobe hatte immer das Gefühl, dass Saubermänner wie dieser sich hinter ihrem gut gewaschenen Glanz versteckten. Der sollte die anderen beeindrucken und dazu verleiten, den Anzug und nicht den Mann zu betrachten.

Aber er war willens, diesen Fehler bei Trevor Nyall zu übersehen.

»Jobe mein Name, Mr. Nyall. Alfred Jobe«, sagte er so liebenswürdig, wie er konnte. »Komme gerade von Kairipi die Küste runter.« Kairipi war einer der Verwaltungssitze an der Westküste, etwa hundert Meile von Marapai entfernt.

Nyall schwieg.

Jobes Liebenswürdigkeit nahm zu. Er wurde richtig witzig. »Sie denken jetzt wohl, ich bin hier, um Land zu kaufen, was? Dass ich da unten Kopra anbauen will, was? Da gibt es eine alte, ausgediente Plantage fünfzig Meilen östlich von Kairipi. Die Erdnüsse verfaulen auf der Erde. Sollen sie doch verfaulen. Ich will sie nicht.«

»Was wollen Sie dann? Sagen Sie schon. Ich habe nicht den ganzen Tag Zeit.«

Jobe drehte sich langsam um und zog sich einen Stuhl heran. Er genoss die Situation. Aha, du hast also nicht den ganzen Tag Zeit. Du möchtest wohl hier raus und dich mit jemand Wichtigerem unterhalten als mir. Es gibt aber niemand Wichtigeren als mich. Wart nur ab!

Er setzte sich auf die Stuhlkante, dann zog er die zwei Monde aus seiner Hosentasche und legte sie auf den Schreibtisch zwischen ihnen. Die Monde waren etwa fünfzehn Zentimeter lang – flache dünne Neumonde, in deren Spitzen Löcher gestanzt waren. Sie waren aus Gold und mit einem primitiven Muster verziert, das mit einem scharfen Instrument in sie eingeritzt worden war.

Das Gesicht des Direktors blieb ausdruckslos. Jobe schmunzelte in sich hinein. Doch, dieser Mr. Nyall gefiel ihm.

Nyall streckte die Hand aus, hob die Schmuckstücke hoch und wog sie auf seiner Handfläche. »Was ist das? Halsschmuck?«

Jobe nickte und beugte sich vor. Das Spielchen war vorbei. Jetzt kamen sie zum geschäftlichen Teil.

»Ja, sie tragen sie an einer Schnur um den Hals. Wie eine Perlenauster. Es hat mich fast umgehauen, als ich sie sah. Hatte so was noch nie gesehen.«

»So was hat es auch noch nie gegeben«, sagte Nyall. »Die Eingeborenen in Papua kennen kein Metallhandwerk, zumindest glauben wir das. Es sind Steinzeitmenschen. Weiter haben sie sich nie entwickelt.«

Das war Bildung, und Mr. Jobe fegte sie beiseite.

»Es gibt dort Gold, Mr. Nyall. Ich weiß, wo es ist.«

»Wo?«

Jobe senkte die Augen, obwohl solch eine Vorsichtsmaßnahme überflüssig war, denn seine Augen verrieten nie mehr als einen tief liegenden Glanz. »Im Bavatal.«

»Wollen Sie Schürfrechte anmelden?«

Jobe nickte und schlug sich mit den Handflächen auf die Knie. »Genau. Darauf läuft es hinaus, Mr. Nyall.« Dann tat sein Magen einen unangenehmen Sprung und er stand auf. Seine Stimme klang störrisch und streitlustig. »He! Was ist denn auf einmal los? Ich habe nichts Ungesetzliches getan. Ich hab das Zeug gefunden. Das ist doch nichts Schlimmes. Alles völlig legal und tipptopp. Dass ich hierher komme. So ist doch das Gesetz. Ich verstoße nicht gegen das Gesetz.«

Nyall hatte die Hand nach dem Telefon ausgestreckt. Mit der anderen Hand machte er Jobe ein Zeichen, sich wieder zu setzen. »Keine Sorge. Sie haben es ganz richtig gemacht. Doch soweit ich das überblicke, ist noch eine andere Behörde zuständig.«

»Eine *andere* Behörde«, sagte Jobe. Sich *überhaupt* an eine zu wenden hatte schon gegen seine Prinzipien verstoßen. Noch eine verdammte Behörde! Und jetzt würden sie Scherereien machen und sich gegenseitig anrufen und sich gegenseitig Briefe schreiben, während er dumm rumstand und warten musste. »Welche Behörde?«

»Die für Kulturentwicklung«, sagte Nyall kühl. »Wahrscheinlich haben diese Schmuckstücke irgendeine rituelle Bedeutung. Das müssen wir klären, bevor wir Ihren Anspruch prüfen.«

»Kulturentwicklung!« Jobes Gesicht nahm eine dunkelrote Färbung an. Mit äußerster Anstrengung beherrschte er sich. Es war nicht Nyalls Schuld. Der tat nur seinen Job. Er musste sich an die Vorschriften halten. Es war die australische Regierung.

Die hatte das Land mit ihren Schulen für die Eingeborenen und ihrem englischen Mist in den Ruin geführt. Kulturentwicklung – das war der Gipfel. Kirchen und Musik und Theater – das war Kultur. Das wusste jeder Trottel. Und die hier redeten von der Kultur von Eingeborenen. Dreckige Bimbos! Und noch dazu nackt, bis auf ein Blatt und ein bisschen Schnur. Die Australier waren fein raus. Die hatten ihre Eingeborene einfach in die Wüste abgeschoben und ließen sie da hocken oder brachten sie um. Und jetzt setzen sie sich hin und sagen uns, was wir tun sollen. Eingeborenenkultur!

Nyall fragte nach einem Mann mit Namen David Warwick. »Kannst du mal eben rüberkommen?«

Dann gab es eine Pause und Jobe hörte eine undeutliche Stimme. »Worum geht es denn?«

»Ich halte es für besser ...«, sagte Nyall, »... nicht am Telefon.«

»Wer ist denn dieser Warwick?«, fragte Jobe, nachdem Nyall aufgelegt hatte. Warwick ... Warwick ... der Name rief ein unangenehmes Echo in seinem Kopf hervor, aber er konnte damit nichts verbinden.

»Haben Sie noch nicht von ihm gehört? Er ist Anthropologe.«

»Ach.« Das hätte er sich denken können. Der ganze Ärger hatte mit den Anthropologen angefangen.

Nyall wartete und Jobe versuchte, seine Wut zu zügeln.

Etwa fünf Minuten später ging die Tür auf und Warwick trat ein, ein breitschultriger, untersetzter Mann von knapp fünfzig. Die meiste Zeit seines Lebens hatte er im Territorium verbracht, und wie vielen der Weißen hier sah man ihm sein Alter nicht an. Das Klima bekam ihm gut. Er war kräftig, energisch und klarsichtig. Sein Name hatte Jobe nichts gesagt, dabei gehörte er zum alten Inseladel. Er war in Marapai geboren, ein Privileg, dessen sich die meisten der älteren Männer nicht rühmen konnten, und zur Aristokratie gehörten hier nicht die mit blauem Blut und vornehmen Berufen, sondern diejenigen, die hier am längsten lebten. Das war aber noch nicht alles. Er hatte darüber hinaus ein halbes Dutzend Bücher vorzuweisen und den Ruf eines Wissenschaftlers, der auch über praktische Fähigkeiten verfügte. Für die paar Menschen, die sich für diese primitive Insel interessierten, stellte er eine Berühmtheit dar.

Sogar Jobe, dem der Name unbekannt gewesen war, erkannte ihn sofort. Das Herz rutschte ihm in die Kniekehlen. Was für ein Pech! Was für ein hundsgemeines, mieses Pech.

Warwick hatte keinen Blick für ihn. Er stand in der Mitte des Raums und sah Nyall an. Er schien verlegen und sagte unsicher: »Also, Trevor …«

»Das hier«, Nyall wedelte mit einer Hand in Jobes Richtung, »ist Mr. Jobe.«

Jobe trat mit ausgestreckter Hand dreist nach vorn. Es war hundsgemeines Pech, na gut, aber ihm blieb nichts anderes übrig, als es durchzustehen. Immerhin bestand die Möglichkeit, dass der Kerl ihn nicht wieder erkennen würde.

Warwick sah ihm direkt ins Gesicht, aber anscheinend nahm er ihn gar nicht wahr. Er sah unsicher und besorgt aus.

»Er ist gerade von Kairipi zurückgekehrt«, sagte Nyall lebhaft. »Er war oben am Bavafluss – hat uns noch nicht mitgeteilt, wo genau das war. Und das hier hat er mitgebracht.«

Warwick nahm die zwei Goldmonde aus Nyalls Hand. Der sorgenvolle Ausdruck verschwand aus seinem Gesicht. Er drehte die Monde hin und her, betrachtete sie aufmerksam von allen Seiten und sagte: »Hochinteressant.«

»Mr. Jobe findet sie auch interessant«, sagte Nyall und zeigte die Andeutung eines Lächelns.

Warwick schaute hoch und betrachtete jetzt erst Alfred Jobe.

Jobe hielt den Atem an. Für einen Augenblick meinte er in Warwicks Augen ein Wiedererkennen aufblitzen zu sehen. »Das denke ich mir.«

»Also dann, Mr. Jobe. Erzählen Sie uns ihre Geschichte. Ich fürchte, Sie müssen uns sagen, woher diese Dinge stammen«, sagte Nyall mit Entschiedenheit.

Jobe hatte gehofft, er müsste es ihnen nicht erzählen, aber er sah ein, dass das nicht ging. Er straffte die Schultern und ging hinüber zu der Karte. Sein Finger folgte der Küste westlich von Marapai und wanderte dann landeinwärts den Bavafluss hoch.

»Hier ist der Fluss. Der Bava. Hier an der Westküste liegt Kairipi. Der militärische Schutz endet bei Maiola. Bis dorthin kann man mit dem Boot fahren. Hier ungefähr ist Eola, drei Meilen flussaufwärts.« Er berührte mit dem Finger die Karte.

»Eola«, wiederholte Nyall.

»Außerhalb unseres Zuständigkeitsbereichs«, sagte Warwick.

»Eola«, wiederholte Jobe mit Nachdruck. »Ich hab mich in der Gegend umgesehen. Ich habe ein Boot und betreibe weiter nördlich ein bisschen Perlenhandel. Ich bin mit meinem Boot den Bava raufgefahren, und in einem der Dörfer stieß ich auf die Schmuckstücke. Sie sagten dort, sie hätten sie nicht selbst gefertigt, und ich folgte der Spur bis Eola.«

Er schwieg.

Beide Männer betrachteten ihn aufmerksam.

Er fuhr fort. »Eola ist ein Dorf am Fluss. Sie kennen das … zwanzig oder dreißig Grashütten am Ufer. Ein großes Langhaus in der Dorfmitte – für Frauen verboten –, Sie wissen schon. Wo sie diesen ganzen Hokus-Pokus-Blödsinn machen. Ziemlich wilde Leute. Nur ein halbes Dutzend von ihnen hatten überhaupt schon mal einen Weißen gesehen. Einer war mal in Kairipi gewesen. Von Maiola kriegen sie ein paar Handelsgüter. Ein paar von ihnen trugen Baumwollramis und sie hatten ein paar Konservendosen mit Cornedbeef.«

»Verhielten sie sich in irgendeiner Weise feindselig?«, fragte Warwick.

Jobes Erzählung wurde ungenau. Dieses Thema wollte er gern vermeiden. Solche Regierungsknaben zerbrachen sich ständig den Kopf, ob die Eingeborenen feindselig waren oder nicht. Nicht mal eine Waffe durfte man tragen. Ein Mann wäre ein ausgemachter Idiot, wenn er ohne Waffe in den Dschungel ginge, aber er könnte damit ja ein paar dieser armen Scheißeingeborenen erschrecken.

»Bisschen aufgeregt am Anfang«, sagte er leichthin. »Ist ja verständlich. Sind eben an Weiße nicht gewöhnt. Aber an mich haben sie sich schnell gewöhnt. Hatten mich nach einer Weile sogar richtig gern, könnte man sagen.«

»Und das Gold?«, fragte Nyall.

»Davon gibt es im Dorf jede Menge.« Jobes Stimme senkte sich zu einem Flüstern. »Einige von den alten Männern tragen die Dinger am Hals, wie eine Perlenauster, wissen Sie. Ich würde sagen, die wurden aus Nuggets gehämmert. Und sie haben eine ganze Menge Rohmaterial versteckt, und *ein* ganz bestimmtes Stück, um das sie einen Riesenaufstand machen, ist allein schon ein paar Tausender wert. Es gibt garantiert noch mehr davon in der Gegend.«

»Haben Sie während Ihres Aufenthalts danach gesucht?«, erkundigte sich Warwick.

Jobe schüttelte den Kopf. So weit würde er nicht gehen.

»Warum sollte es für sie einen Wert besitzen?« Nyall drehte sich zu dem Anthropologen um. »Einen Gebrauchswert kann es nicht haben, und diese Dinger hier sind so primitiv gearbeitet, dass sie nach nichts Besonderem aussehen. Perlenaustern sind wenigstens dekorativ.«

Warwick zuckte mit den Schultern. »Dafür könnte es hunderte von Gründen geben – schwierig zu sagen, wie diese Dinge entstehen. Denk nur an die zwei Felsen mitten im Hafen. Sie sind mehr oder weniger heilig, jedenfalls waren sie das mal. Es gibt eine Sage darüber. Hier hinter steckt irgendeine Magie. Wo bewahren die Dorfbewohner das Gold auf?«

»In einem Langhaus oder wie das heißt. In dieser großen Hütte mitten im Dorf, wo sich die Männer treffen und tanzen und essen und rumbrüllen und Gott weiß was noch alles.«

»Im Langhaus!«, rief Warwick aus. »Wie zum Teufel sind Sie da reingekommen? Ich musste in einem Dorf drei Monate warten, bis sie mich auch nur einen Blick hineinwerfen ließen.«

Unbehaglich verlagerte Jobe sein Gewicht von einem Fuß auf den anderen. Auf diese Fragen war er nicht vorbereitet. Er wusste ganz genau, wie tabu diese Langhäuser waren, genau damit hatte der ganze Ärger ja begonnen.

»Als ich dorthin kam, sah ich einige der alten Männer solche Schmuckstücke tragen und erkundigte mich, ob sie noch mehr davon hätten. Es gab einen alten Vogel, der bis nach Kairipi gekommen war und ein paar Brocken Pidgin sprach, und mit dem konnte ich mich etwas verständigen. Zu Anfang waren sie sehr zugeknöpft und wollten nichts verraten, aber ich habe sie rumgekriegt. Ich hatte ein paar Waren dabei und die verschenkte ich, um sie ein bisschen geneigter zu stimmen. Der Typ nahm mich dann eines Tages mit ins Langhaus und zeigte mir, was da versteckt war. Ganz geheim. Das war ziemlich gefährlich. Dieser große Goldklumpen, anscheinend das Paradestück, war unter Laub und Federn versteckt.«

»Haben sie erklärt, weshalb sie ihn dort aufbewahren?«, wollte Warwick wissen.

»Anscheinend fanden sie, dass der dicke Klumpen wie ein Krokodil aussah. Er war ziemlich uneben. Sie haben ihn nicht angefasst. Aber er hatte schon etwas Besonderes an sich.«

»Könnte es sich um das Totem einer Sippe handeln?«, fragte Nyall.

»Möglicherweise«, sagte Warwick. »Irgend so was. Wahrscheinlich fing es mit dem Krokodil an. Irgendein Hexenmeister hat es gefunden und irgendwas damit gezaubert, und nach und nach festigte sich der Glaube, dass das Material selbst – das Gold – auch Zauberkräfte besaß.«

Er wandte sich wieder an Jobe. »Haben Sie versucht, ihnen davon etwas wegzunehmen?«

Jobe wurde von einer Welle der Erleichterung überrollt. Alles lief bestens. Dieser Warwick hatte ihn nicht wieder erkannt. Und sie waren interessiert, sie hatten Feuer gefangen. Es lohnte sich also, die Karten offen auf den Tisch zu legen. Er hatte es gar nicht so schlecht gemacht. Sie konnten schließlich nichts dafür, wenn der australische Staat sich dauernd einmischte.

»Ich versuchte, ein paar gegen meine Waren einzutauschen, aber darauf wollten sie sich nicht einlassen. Der alte Knabe verhökerte mir ein paar dieser Schmuckstücke gegen Tabak. Aber als die anderen dahinter kamen, wurden sie etwas aufsässig und ich musste Land gewinnen. Einer warf einen Speer nach mir.«

Er streckte ihnen seinen Unterarm entgegen, damit sie sich davon überzeugen konnten. Quer über das fast feminin zarte Fleisch verlief eine dünne rote Narbe.

Augenblicklich wurde ihm klar, dass er einen Fehler gemacht hatte. Warwick sah ihn noch einmal an, kniff die Augen zusammen und warf Nyall einen Blick zu. Nach einem Moment des Schweigens, in dem nur Jobes schnaufender Atem zu hören war, legte Warwick die beiden Goldmonde sorgsam auf den Tisch. »Wie müssen uns darüber beraten, Mr. Jobe. Danach werden wir Ihnen das Ergebnis mitteilen. Aber«, er unterbrach sich kurz, »ich an Ihrer Stelle würde mir nicht allzu viel Hoffnung machen.«

Nyall nickte und schwieg.

Jobe sah von einem zum anderen und vermeinte, auf beiden Gesichtern den gleichen stillen Ausdruck der Zufriedenheit zu erkennen.

»Ach, und warum nicht?«, fragte er laut.

Warwick sah Jobe nicht an. Seine Stimme klang leise und müde. »Nach dem, was Sie uns erzählt haben, Mr. Jobe, besitzt dieses Gold für die Eolaner offensichtlich einen beträchtlichen Wert. Die Tatsache, dass sie es in einem Versteck im Langhaus aufbewahren, bedeutet, dass es für sie eine rituelle, fast heilige Bedeutung hat. Sie wollten es Ihnen nicht verkaufen, sie wollten es Ihnen nicht geben.« Er hielt inne und zuckte mit den Schultern. »Dass Sie es aus einem anderen Grund wertvoll finden, gibt Ihnen noch lange kein Anrecht darauf.«

Jobes Gesicht färbte sich scharlachrot. Wörter drohten ihn zu ersticken. Für einen Augenblick war der mögliche Verlust seines Goldes nur noch zweitrangig. Die Tatsache, dass hier ein Weißer über die Rechte von Eingeborenen redete, versetzte ihn in Wut.

Warwick sah ihn scharf an. Diesmal war sein Blick neugierig. Er erinnert sich, dachte Jobe. Es fällt ihm wieder ein. Jobe änderte seine Taktik, lächelte und sagte freundlich: »Mir ist, als wären wir nicht immer so penibel mit den Rechten der Eingeborenen umgegangen.«

Warwick starrte ihn noch immer an. »Das stimmt. Aber Sie sprechen von der Vergangenheit. Jetzt gibt es diese Ausbeutung nicht mehr, jedenfalls tun wir alles, was in unserer Macht steht, um sie zu unterbinden. Aber hier geht es um mehr als das. Wenn Sie das Gold in dem uns unterstellten Gebiet gefunden hätten, könnten wir Ihnen möglicherweise eine andere Anwort geben. Aber diese Menschen haben bislang überhaupt keinen Kontakt mit unserer Kultur gehabt. Sie kennen unsere Gesetze nicht. Wenn Sie ihnen ihr Gold wegnehmen, schleudern sie Speere nach Ihnen. Die ganze Unternehmung könnte in einem schrecklichen Blutvergießen enden.«

»Sie hatten Handelskontakte«, Jobe lächelte immer noch. »Sie haben Handelsgüter aus Kairipi eingetauscht. Sie schätzen das Cornedbeef ungemein.«

»Ein paar Dosen Cornedbeef kann man wohl kaum als Kulturkontakt bezeichnen«, sagte Warwick eisig.

»Ich dachte, diese Regierung verfolgt die Politik, Privatunternehmen zu unterstützen«, bellte Jobe.

Nyall erhob sich und schlug nun einen strengen Ton an. »Die Regierung verfolgt auch die Politik, die Papuas zu beschützen, und ganz besonders die Naturvölker in den entlegenen Gebieten.«

»Beschützen!« Die Tragweite dieser Worte traf Jobe wie ein Schlag. »Beschützen! Jetzt hören Sie mir mal gut zu, Mr. Nyall. Ich bin in bestem Glauben zu Ihnen gekommen. Ganz legal und tipptopp.«

Nyall sah auf seine Armbanduhr. »Kommen Sie heute Nachmittag um drei Uhr wieder, bis dahin überdenken wir das Ganze in Ruhe. Man kann nie wissen ...« Er beendete den Satz nicht. »Ich vertraue darauf, dass Sie in der Zwischenzeit mit niemandem darüber reden. Wir wollen keine Gerüchte in die Welt setzen.«

»Ich bin doch kein Trottel.« Jobe warf Warwick einen bösen Blick zu, dann verbeugte er sich respektvoll vor Nyall und verließ das Zimmer.

Sie warteten, bis seine Schritte nicht mehr zu hören waren. Dann sagte Warwick: »Du kannst ihn damit nicht durchkommen lassen, Trevor.«

Nyall drehte sich weg. »Warum nicht?«

»Also, mal abgesehen von den offensichtlichen Gründen, die ich Mr. Jobe zu erklären versucht habe, geht es um den Mann selbst.«

»Ich habe gemerkt, dass du ihn nicht mochtest.«

»Er dürfte eigentlich gar nicht hier sein. Er hatte des Landes verwiesen werden sollen, aber durch den Ausbruch des Krieges wurde das verschlampt. Er hat schon zweimal im Gefängnis gesessen – vor dem Krieg in Rabaul. Das eine Mal hatte er einen Jungen fast umgebracht, hat mit einem Ruder auf seinen Kopf eingeprügelt und ihn fast erschlagen, das andere Mal wurde er beim Alkoholhandel in einem Eingeborenendorf erwischt. Damals kam er wegen Mangels an Beweisen davon. Er ist ein ganz mieser Typ – mit ihm gibt es immer furchtbaren Ärger, und es gibt noch andere wie ihn. Sie hassen die Menschen hier, beuten sie aus und lehren sie schlechte Angewohnheiten. Man dürfte sie nicht mal in die Nähe eines Landes wie Papua lassen.«

»Du scheinst eine Menge über ihn zu wissen. Ich dachte, die Gerichtsakten aus Rabaul wären im Krieg vernichtet worden.«

»Das stimmt auch. Er hatte Pech, dass er mir über den Weg lief. Ich habe gegen ihn ausgesagt. Offensichtlich hat er auch in Eola Ärger gemacht. Er wäre nie zu uns gekommen, wenn das nicht der letzte Ausweg für ihn wäre. Meiner Meinung nach haben sie ihn weggejagt und er hatte zu viel Angst, allein wieder dorthin zu gehen. Deshalb versucht er jetzt, Regierungsschutz zu bekommen, vielleicht die Unterstützung des Distriktleiters und von ein paar Polizisten. Warum sonst wäre er hergekommen und hätte sich mit der Bürokratie eingelassen?«

»Na gut«, sagte Nyall. »Damit wäre das erledigt.«

Warwick nahm seinen Hut. »Ich muss wieder zurück.« Er sah zur Tür und wieder zu Nyall. Er wartete, als ob er eine Erlaubnis zum Gehen brauchte.

Nyall sagte: »Ich habe so ein Gefühl, dass er das nicht widerspruchslos hinnehmen wird.«

Um drei Uhr nachmittags saß Warwick an seinem Schreibtisch und schrieb einen Brief an seine Frau. Er sah durch die offenen Jalousien seines Büros auf den großen leeren Exerzierplatz, der von einer Reihe Kokospalmen begrenzt wurde. Der Brief, den er gerade beantwortete, flatterte in einem Luftzug auf, und er nahm einen steinernen Briefbeschwerer und legte ihn auf das Blatt.

»Meine Liebste«, hatte er geschrieben. »Dein Brief kam heute Morgen an. Du hättest die Pflegerin deines Vaters nicht entlassen sollen, ohne mich vorher zu konsultieren. Er ist krank und weiß nicht, was für ihn das Beste ist. Du musst dich in diesen Dingen mit mir beraten. Jetzt hast du dir viel zu viel Arbeit aufgebürdet. Ich bin sehr zornig auf dich. Nein, ich bin nicht zornig – wie könnte ich auch? Aber mir missfällt der Gedanke, dass du dich überlastest. Wenn du hierher kommst, brauchst du dir um nichts mehr Sorgen zu machen …«

Sein Füller hielt inne, und er sah auf ein gerahmtes Foto auf seinem Schreibtisch, um sich davon inspirieren zu lassen. Aus irgendeinem unerklärlichen Grund fand er es schwierig, seiner Frau zu schreiben. Das Foto zeigte eine junge Frau Anfang zwanzig in Hosen und einer kragenlosen Bluse, die mit einem jungen Hund auf dem Schoß auf dem Rasen saß. Sie trug keine Kopfbedeckung und lächelte. Sie hatten erst vor zwei Monaten geheiratet, während seines letzten Urlaubs in Australien, aber seine Frau hatte ihren Vater nicht verlassen können.

Das Telefon klingelte. Es stand auf einem Tisch hinter ihm. Er drehte sich um und warf einen Blick über seine Schulter. Sein Assistent, ein fünfzehn Jahre jüngerer Mann, saß auf der anderen Seite des Zimmers mit den Füßen auf dem Tisch und kippelte auf den hinteren Stuhlbeinen. Er zupfte Fangipaniblüten aus einem Büschel und fädelte sie auf. Das Telefon klingelte wieder, aber er zeigte keine Reaktion und sah auch nicht hoch.

Warwick beugte sich nach hinten und nahm ab, aber er konnte die leise Stimme kaum hören, die »Hallo, Mr. Warwick bitte!« sagte. Er presste die Lippen aufeinander. Irgendwas muss mit dem Assistenten geschehen, dachte er. Es war zwar unangenehm, aber so konnte das nicht weiter gehen.

»Hallo, hier Warwick.«

»Bist du das, David?« Es war Trevor Nyall. Was denn nun?, überlegte Warwick. Dann fiel ihm Jobe ein.

»Ich dachte, ich ruf dich lieber an, damit du Bescheid weißt. Ich fürchte, unser Freund wird dich besuchen kommen. Er ist in keiner guten Stimmung.«

»Ach?« Warwick hörte kaum zu. Sein Blick hing noch immer an dem Frangipanibüschel und den braunen geschickten Fingern, die sie auffädelten. Sie waren schmal, langgliedrig und weich wie die Hände der Eingeborenen. Sie hatten ihm noch nie gefallen.

»Anscheinend denkt er, die ganze Sache ist deine Schuld«, sagte Nyall. »Er hörte mir gar nicht zu. Er sagte, ich wäre ein netter Kerl und hätte ihm schon noch ein faires Angebot gemacht. Er glaubt, du hast es auf ihn abgesehen.«

»Er hat mich wahrscheinlich wieder erkannt.« Warwick hörte jetzt aufmerksam zu.

»Möglich. Ich vermute, er ist jetzt in der Kneipe und trinkt sich Mut an, und dann geht er zu dir und sagt dir, was er von dir hält.«

»Danke«, sagte Warwick und legte auf. Er drehte sich um. Jobe machte ihm keine großen Sorgen – im Gegensatz zu den Blumen.

»Was ist los, Tony? Nichts zu tun?« Die Blumengirlande fiel auf den Schreibtisch. Die Hände wurden gefaltet.

»Massenhaft, aber das hier scheint mir am wenigsten destruktiv. Dafür werde ich mich wenigstens nicht verantworten müssen. Wenn unsere braunen Brüder Entschuldigungen und Erklärungen von uns verlangen, werde ich ihnen sagen können: ›Gegen mich liegt nichts vor, ich habe nur mit Blumen gespielt …‹«

Warwick war der junge Mann nicht unsympathisch. Vielleicht war er zu klug für das Territorium, und hier war Klugheit eher ein Nachteil. Er war zu klarsichtig und sah dabei nicht nur das Gute, sondern auch das unvermeidliche Übel, das aus allem, was sie taten, folgte. Aber Tony musste zurechtgestutzt werden. Er befolgte nur widerwillig seine Anweisungen.

»Wir wissen alle, wie schwierig es ist. Wir haben alle Fehler gemacht. Wahrscheinlich ist unsere Aufgabe unlösbar, aber wir müssen weitermachen. Du bist neurotisch, Tony. Du solltest dich zusammenreißen.«

»Ich bin nicht neurotisch. Ich bin normal. Hier sind die glücklichen, erfolgreichen und sorglosen Leute neurotisch.«

Warwick wandte sich ärgerlich ab. Ich wahrscheinlich, dachte er. Denn er hatte nie zugelassen, dass die Probleme der Papuas ihm die Laune verdarben. Nur ein Selbstmörder nahm die ganze Angelegenheit zu ernst. Warwick nahm den Füller wieder auf und schrieb weiter – nicht, weil es für seine Frau von irgendwelchem Interesse gewesen wäre, sondern um seinem Ärger Luft zu machen – »eine Unterbrechung ... eine Auseinandersetzung mit meinem schwierigen Assistenten. Wenn wir nicht so überlastet wären, würde ich ihn rauswerfen. Er hat einen neurotischen, neidischen Charakter und tut nie, was man ihm aufträgt ...«

Um drei Uhr fünfundvierzig saß er immer noch an dem Brief. Das Büro war leer und er allein. Das übrige Personal war nach Hause gegangen, mit Ausnahme des Angestellten, der jetzt in der Türöffnung erschien. Sereva war groß und gut gebaut. Er kam aus einem nahe gelegenen Dorf und war früher Warwicks Hausboy gewesen. Warwick hatte sich an seine Gegenwart gewöhnt, hatte ihn Englisch und Schreiben gelehrt und nach dem Krieg in seiner Behörde eingestellt. Obwohl er gebildet war – soweit man das von einem Papua sagen konnte –, war er nicht oberflächlich anglisiert und auch nicht von allem Importierten blind begeistert. Er verachtete die alten Bräuche seines Stammes nicht und trug lieber einen Rami als Shorts und Hemd.

Er sprach mit leiser, fast flüsternder Stimme. »Da draußen ist ein Herr, Mr. Warwick, der Sie sehen möchte.«

Im nächsten Moment war Mr. Jobe an ihm vorbeigestürmt,

wobei er ihn mit einem Stoß nach hinten schleuderte. »Aus dem Weg, du dreckiger Wilder!«

Sereva, der das Gleichgewicht verloren hatte und auf dem Boden hockte, stand wieder auf.

»Wenn Sereva ein rachsüchtiger Mensch wäre«, sagte Warwick ruhig, »könnte er Sie deswegen vor Gericht bringen. Alles in Ordnung, Sereva?«

Der junge Mann nickte. »Ja, Taubada.« Er sah Jobe nicht an, sondern verließ leise das Zimmer.

»Wissen Sie nicht, dass es gesetzlich verboten ist, einen Papua zu schlagen?«, fragte Warwick.

Jobe sah erschrocken drein. »Ich habe ihn nicht geschlagen. Hab ihm nur eine Art freundschaftlichen Schubs gegeben.« Er stand mit rotem Kopf verlegen mitten im Raum.

»Das mit dem Gold tut mir Leid«, sagte Warwick. »Das ist Pech, aber so kann es gehen.«

»Pech!«, platzte Jobe heraus. »Das ist ein gemeiner Trick, Mr. Warwick, und ich werde mir das verdammt noch mal nicht bieten lassen. Dieser Nyall, der ist so weit okay. Alles hätte bestens geklappt, wenn Sie sich nicht eingemischt hätten.« Er lächelte und streckte die Hände aus. »Ich frage Sie, Mr. Warwick, ist das fair? Jemandem seine alten Fehler vorzuwerfen? Ihn mit der Vergangenheit zu belästigen, wo er sich alle Mühe gibt, ein anständiger Mensch zu sein?«

»Das hatte nichts damit zu tun. Sie begreifen offenbar nicht, worum es hier geht. Wenn Sie diesen Menschen ihr Gold wegnehmen, zerstören Sie die wichtigsten Wurzeln ihrer Kultur, und so etwas tun wir nicht, solange wir es nicht durch etwas ersetzen können, von dem wir meinen, dass es besser ist. Mit der gleichen Berechtigung könnten Sie um Erlaubnis bitten, Kruzifixe aus Kirchen zu stehlen.«

Mr. Jobe, der an Gott und die ewige Verdammnis glaubte, war zutiefst verstört. »Ich muss doch sehr bitten, Mr. Warwick«, sagte er mit lauter Stimme, »das ist keine sehr christliche Bemerkung.«

»Es tut mir Leid, Mr. Jobe«, sagte Warwick kurz angebunden,

»aber so sehen wir die Sache. Sie können das Gold nicht bekommen. Es gehört den Eolanern.«

»Eingeborene! Sie stellen sich doch nur vor sie, wenn es Ihnen in den Kram passt.« Der Gesichtsausdruck verbindlicher Freundlichkeit war jetzt ganz verschwunden. Die tief liegenden, teilweise verborgenen Augen funkelten wild. Jobe machte einen Satz nach vorn und ließ die Faust auf Warwicks Schreibtisch krachen. »Das werde ich nicht hinnehmen!«, brüllte er.

»Ach ja? Und was wollen Sie dagegen tun?«

»Sie glauben wohl, ich wäre Ihnen nicht gewachsen, Sie mieser Angeber! Ich komme auch ohne Sie zurecht, Mr. Dicketuer Warwick. Wie steht es mit *ihm*? Er wird mir helfen!« Er wies heftig auf den leeren Stuhl und die Frangipanigirlande, die noch über der Lehne hing. »Sie sind in dieser Stadt nicht der liebe Gott, Mr. Warwick. Es gibt genug Leute, die Sie nicht ausstehen können. Ich brauchte nur eine halbe Stunde in der Kneipe, um das rauszufinden. Sie stecken bis zum Hals in Schulden. Und Ihr Adlatus hier wäre der Erste, der Ihnen ins Gesicht spucken würde.«

»Wollen Sie mir drohen?«, fragte Warwick ruhig.

Jobes Hände sanken herab. Er hielt kurz inne und überlegte, ob er irgendetwas Ungesetzliches getan hatte. Noch eine Anklage und er müsste von den Inseln verschwinden und sich wahrscheinlich eine feste Stellung suchen. Dieser Gedanke war ernüchternd. Er warf Warwick einen Blick zu, der mitleidig wirken sollte, und sagte: »Ich will nur mein Recht, Mr. Warwick. Ich will nur, dass es fair zugeht. Bin in aller Ehrlichkeit hergekommen. Das ist schwer für jemanden, der seine Vergangenheit vergessen will. Und mir scheint, Sie maßen sich ziemlich viel an, wenn Sie behaupten, dass das Eintauschen von dem Gold Ärger bringen würde. Ich hätte Ihnen die Speerwunde nicht zeigen sollen. Das hat man davon, wenn man ehrlich ist.«

»Was das betrifft«, sagte Warwick, »habe ich mir überlegt, dass wir hinfahren und uns die Sache mal ansehen sollten.«

Jobe machte einen Schritt vorwärts. »Sie und ich?«

»Nein. Sie können hier auf meine Rückkehr warten. Ich nehme

einen Landvermesser mit. Ganz abgesehen von dem Gold, möchte ich mir gern diese Leute ansehen. Für die anthropologische Forschung erscheint mir ihre Kultur äußerst bemerkenswert.«

Jobe verzog sein Gesicht.

»Wenn sie ihrem Gold keinen besonderen Wert zumessen und sich friedlich davon trennen wollen, wird man Ihnen vielleicht gestatten, Ihre Absichten zu verwirklichen. Wenn nicht jetzt, dann vielleicht später. Und wenn nicht, dann sollten Sie sich die ganze Angelegenheit aus dem Kopf schlagen.«

Kapitel 2

Der Mann und die Frau auf den beiden hintersten Plätzen des Flugzeugs beugten sich zum Fenster und sahen nach unten. Einen Moment lang erschien auf ihren Gesichtern der fast identische Ausdruck von Sehnsucht.

Das Flugzeug flog an der Küste entlang. Sie konnten die Riffe sehen – lange violette Flecke unter der Wasseroberfläche – und die leuchtend türkisblauen Ringe, die die seichten Buchten anzeigten. Fast direkt aus dem Meer erhoben sich am Ufer steile Hügel, manche aus nacktem Felsen, andere teilweise bewaldet, bis, je höher sie aufragten, alles von Wald bedeckt war. Darüber war es wolkig.

Stella Warwick lehnte sich zurück, schloss die Augen und knetete ihre Hände im Schoß mit der theatralischen Intensität eines Menschen, dem es gleichgültig ist, ob man ihn beobachtet oder nicht. Ihr erster Blick auf Papua hatte sie aufgewühlt. Die Stewardess ging zu ihr, weil sie dachte, ihr wäre übel, aber sie blieb stehen, als Stella ihre Augen wieder aufmachte. Jetzt starrte sie vor sich hin und der hungrige Ausdruck auf ihrem Gesicht war dem von Entschlossenheit gewichen. Dann lehnte sie sich ans Fenster und sah auf die Landschaft unter ihr.

Bisher war sie auf das Land, zu dem sie so schnell transportiert wurde, nicht sehr neugierig gewesen. Der Flug war wie im Traum vergangen. Die Mitreisenden und die überflogenen Länder hatte sie gar nicht wahrgenommen. Sie hatte sich bei den Zwischenlandungen keine der beiden nordaustralischen Städte angesehen, sondern war vor lauter Angst, sie könnte zurückgelassen werden, im Flughafengebäude geblieben. Diese Angst bedrückte sie immer, wenn sie allein reiste. Jetzt verspürte sie zum ersten Mal eine unbestimmte Aufregung. Hier entfaltete sich unter ihr das fremde Land, für das sie all ihre Kräfte mobilisiert hatte.

Das Flugzeug überflog die Küste, eine Trichtermündung, flog an einer Gruppe kleinerer Inseln vorbei, drehte jetzt zum Land hin ab und flog direkt auf die Berge zu, deren Gipfel in Wolken verschwanden. Ein Signal blinkte auf und wies die Passagiere an, ihre Sicherheitsgurte anzulegen. Stella vermeinte, am Fuß einer Hügelkette weit hinten links Häuser erkennen zu können.

»Ist das Marapai?«, fragte sie die Stewardess, die den Mittelgang entlangging und den Passagieren Bonbons anbot.

»Ja, gnädige Frau«, antwortete die Stewardess, überheblich, aber nachsichtig. »Das ist Marapai. Wir werden bald landen. Bitte legen Sie Ihren Gurt an.«

Stella hatte sich ihr Schicksal selbst gewählt und nun sollten keine unvorhergesehenen Ereignisse dazwischenkommen – also tat sie wie geheißen.

Die Stewardess hieß Penny Smart, hatte während des Krieges bei den Frauen-Hilfstruppen der Luftwaffe gedient und war nun, sieben Jahre später, eine fröhliche Person mit etwas abgestumpften Gefühlen. Die Versteinerung ihres Herzens war unvermeidlich gewesen, aber als Stellas kleine ungeschickte Finger mit dem Gurt kämpften, ertappte sie sich bei einer Regung der Rührung. Was in aller Welt will sie hier?, fragte sie sich, während sie sich vorbeugte, um zu helfen. Die war noch nie von zu Hause weg gewesen – wie ein Kind auf seiner ersten Party.

»Danke.« Stella sah sie aus großen leidenschaftlichen Augen an.

Penny Smart wandte sich verwirrt ab. Nein, das war kein Kind auf seiner ersten Party. Sie warf einen Blick auf die Passagierliste, die sie zusammengefaltet in ihrer Uniformtasche bei sich trug. Sie fand Stellas Namen und hatte eine Ahnung, um wen es sich handeln könnte, aber sie verwarf sie, denn dieses Mädchen war entweder zu jung – oder zu alt –, und dann bot sie dem Mann auf dem Platz gegenüber von den Bonbons an.

Er war groß – nicht gerade dick, aber untersetzt und füllig, was den Eindruck von Leutseligkeit und Selbstzufriedenheit vermittelte, wie ihn Männer manchmal nach einer schweren Mahlzeit ausstrahlen. Er lehnte die Bonbons ab und Penny Smart ging weiter den Gang entlang. Er faltete die Zeitung zusammen, in der er gelesen hatte, schob sie unter seinen Sitz und sah sich abschätzend um. Wie bei Stella, so hatte man auch bei ihm den Eindruck, dass er dort angekommen war, wo er hinwollte. Seine Augen wanderten über die Plätze vor ihm. Stella wurde als Letzte von seiner forschenden Neugier erfasst.

Sie lehnte ihren Kopf ans Fenster und sah hinunter auf das Land, während es ihnen entgegenkam. Das Meer lag hinter ihnen, und durch eine Lücke zwischen den runden goldenen Hügeln waren sie jetzt ins Landesinnere geflogen und kreisten über einer Landebahn. Auf der einen Seite führte eine gerade Schotterstraße nach Marapai, auf der anderen Seite markierte ein riesiges Bollwerk aus Bergen, deren Gipfel in Wolken verschwanden, die Grenze der Welt der Weißen. Stellas Gesicht war unbewegt und blass. Ihre kurzen strubbeligen Haare erweckten den Eindruck, als sei sie eben erst aufgewacht. Aber in Wirklichkeit fühlte sie sich verzweifelt und ängstlich. Alles, was vor ihr lag, schien wie Luftschwaden von der Erde aufzusteigen und sie einzuhüllen. Die von ihr ersehnte Zukunft atmete ihr ins Gesicht, aber sie war nicht sauber und tröstlich, wie sie es sich gewünscht hatte, sondern erschreckend und einsam.

Ihre Augen suchten den Blick des Mannes gegenüber. Seine Zukunft versprach Reichtum und Wohlleben und er lächelte. Arme Kleine, dachte er, ihr ist schlecht. Er war selber mal während eines Fluges luftkrank gewesen und sie tat ihm Leid. Hübsches kleines Ding. Er mochte Locken.

Sie spürte seine Freundlichkeit und lächelte. Das Bild von dem breiten freundlichen Gesicht und dem faltenlosen straffen Fleisch, dem dünnen Haar und den kleinen Augen unter struppigen Augenbrauen prägte sich tief in ihr Gedächtnis ein.

Sie wandte sich wieder zum Fenster. Die Landebahn kam näher und glitt unter dem Flugzeug davon. Sie setzten heftig auf, hoben noch einmal leicht ab und bekamen dann endgültig Bodenkontakt. Das Flugzeug war gelandet. Es rollte noch eine kleine Strecke und hielt dann vor einem niedrigen Gebäude mit einem Blechdach. Einen Augenblick später wurde die Gangway gebracht und die Tür flog auf.

Stella rührte sich nicht. Nicht die Vorstellung, in die Gefahr hinein zu landen, hatte sie erschreckt, sondern die, allein zu landen. Zum ersten Mal in ihrem Leben wurde sie nicht abgeholt, niemand würde sich um ihr Gepäck kümmern und sie zu ihrem Ziel fahren. Lauter kleine praktische Dinge, die bislang immer von jemand anderem erledigt worden waren.

»Kommen Sie?« Es war Penny Smart, die bei der offenen Tür stand und Stella anlächelte.

Die grelle, heiße Mittagssonne brannte auf die Erde. Die geteerte Landebahn unter Stellas Füßen fühlte sich warm und klebrig an. Neugier und Staunen, diese Teile des Lebenswillens, waren in ihr noch nicht so abgestorben, wie sie befürchtet hatte. Sie vergaß ihr Gepäck und die Verzweiflung über das Alleinsein und sah sich zutiefst überrascht um.

Papuas – braunhäutige mit riesigen schwarzen Wuschelköpfen und blauhäutige mit kurz geschorenen, spitz zulaufenden Schädeln wie Kokosnüsse – hoben das Gepäck aus dem Flugzeug und luden es auf einen Gepäckwagen. Stellas Landsleute waren in Weiß gekleidet. Das kleine Flughafengebäude stand auf Stelzen, als wollte es dem Boden entfliehen. Die Landschaft um sie herum war so zerklüftet, blau, grün und phantastisch, dass es ihr schier den Atem verschlug. Die wilden majestätischen Berghänge wirkten nicht real, eher wie eine Filmkulisse. Vor diesem Hintergrund erschien es unpassend und seltsam, dass die Passagiere von Freunden begrüßt wurden, ihr Gepäck überprüft und ausgehändigt bekamen.

Stella nahm ihren Koffer und ging hinüber zum Büro, fort von den glänzenden Augen und erröteten Wangen derer, die Männer und Liebhaber hatten. Sie stand im Eingang und sah in den Warteraum voller Leute, die sich miteinander unterhielten und sich um ihre Angelegenheiten kümmerten. Was sollte sie tun? Wie würde sie nach Marapai kommen? Immer hatte es jemanden gegeben, der gesagt hatte: Setz dich, warte hier, bis ich wiederkomme, der die

Formulare ausgefüllt hatte und dann herausfand, wann die Busse abfuhren.

Eine junge Frau hinter dem Schalter bemerkte Stellas blasses Gesicht und ihr bestürztes Stirnrunzeln. Sie fing Stellas Blick auf und winkte. Sie musste ein Formular ausfüllen. Ihr Gepäck wurde vom Flugzeug hierher gebracht und in einer halben Stunde fuhr ein Bus in die Stadt. Sie brauchte nur zu warten. Erleichtert sah sie auf und lächelte die blonde, hübsche junge Angestellte an, die sich um sie gekümmert hatte. Als sie wegging, sagte die Angestellte zu Penny Smart, die neben ihr stand und sich gerade eine Zigarette anzündete: »Alles in Ordnung mit ihr? Sie sieht ein bisschen verwirrt aus.«

»Alles in Ordnung.« Penny Smart ließ das Streichholz auf den Boden fallen. Der Moment des Mitgefühls war vorbei. Leute kamen, Leute gingen, alle hatten sie Probleme, und Penny hatte ihre. Die mit Mumm in den Knochen wahrten ein tapferes Gesicht. Doch mit Mysterien war es etwas anderes. Das Territorium lebte davon und wenn es keine finden konnte, erfand es seine eigenen. Sie beugte sich verschwörerisch über die Passagierliste, die auseinander gefaltet auf dem Tisch lag, und tippte mit einem langen lackierten Nagel auf Stellas Namen. »Sieh mal hier! Das ist doch ein höchst interessanter Name hierzulande!«

Die Angestellte las den Namen laut. »Quatsch! Wieso, was sollte sie hier wollen?« Sie sah auf und lächelte. »Ja, natürlich. Kann ich Ihnen behilflich sein?«

Der Mann vor ihr hatte anscheinend nichts gehört. Er hatte den Kopf abgewandt und starrte in die Ecke des Raums, wo Stella mit übereinander geschlagenen Beinen allein saß, ihre Reisetasche auf der Erde zu ihren Füßen.

Eine halbe Stunde später fuhr der Bus nach Marapai ab. Außer Penny Smart, der Angestellten und zwei Männern vom Flughafenpersonal fuhr nur noch Stella mit. Der Mann, der ihr gegenüber gesessen hatte, war verschwunden.

Die Straße verlief etwa eine Meile durch die niedrigen Hügel, die von kleinen knorrigen Gummibäumen mit dicken gekräuselten Blättern bewachsen waren. Das waren nicht die Gummibäume, die Stella kannte. Sie sahen aus, als wären sie verrückt geworden und streckten ohne Sinn und Verstand Blätter und Äste in alle Himmelsrichtungen. Ab und zu begegneten sie Papuas, die barfuß am Straßenrand entlangwanderten, die Grasröcke der Frauen unterhalb der Knie schwingend.

Stella hatte solche Menschen schon früher gesehen, steife Figuren auf Fotos in anthropologischen Büchern oder auf Schnappschüssen in einem braunen Album, aber niemals hätte sie diese Originale erwartet, die auf breiten flachen Füßen entspannt dahinschlenderten, während die Sonne auf ihrer glänzenden Haut Farblichter aufblitzen ließ.

Die Straße stieg an und machte eine Kurve. Unter ihnen erstreckte sich die Küste mit den verstreut davorliegenden Inseln, grün und mit glattem Rücken wie träge Wale. Bisher waren sie an kleinen verkrüppelten Bäumen vorbeigekommen, doch nun überzog tropische Vegetation die Hänge: Bäume mit riesigen gezackten Blättern, die schlanken biegsamen Stämme der Kokospalmen und Schlingpflanzen, die sich von Baum zu Baum hangelten. Rechts unten in der Ebene lagen die Häuser von Marapai verstreut auf den niedrigen Hügeln.

Penny Smart saß vorn neben der Angestellten und wandte sich nun an Stella. »Wollen Sie irgendwo abgesetzt werden?«

Stella, ganz in die Szenerie vor ihr versunken, fuhr zusammen und sah die Stewardess verständnislos an.

»Wollen Sie irgendwo abgesetzt werden?«

»Ja, wenn es Ihnen nichts ausmacht.« Sie nahm ein Notizbuch aus ihrer Handtasche, öffnete es auf der letzten Seite und las: »Port Road Nummer 16.«

»Zum Wohnheim?«, fragte Penny Smart. »Arbeiten Sie für die Verwaltung?«

Stella nickte.

»Erwartet Sie jemand?«

»Nein.« Aber ich bin nicht allein, redete sie sich zu. Ich werde Freunde haben und Feinde. Es war der Feind, bei dem ihre Gedanken fast liebevoll verweilten.

Sie hatten jetzt den Stadtrand von Marapai erreicht und fuhren an der Küste entlang durch eine Allee von Kasuarinenbäumen. Kokospalmen beugten sich über das Wasser, als ob sie sich nach anderen Inseln – vielleicht nach ihren Herkunftsinseln – sehnten, denn sie ließen ihre Nüsse auf den Sand fallen, von wo das Meer sie zu weit entfernten Stränden trug. Auf der anderen Straßenseite zwischen grünen Bäumen und Sträuchern mit mannigfaltigem Blattwerk erhoben sich Bungalows, und es gab Bananenpalmen mit mächtigen biegsamen Blättern, die vom Wind ganz zerfranst waren.

Sie sah sich die Menschen an, an denen sie vorüberfuhren. *Er* könnte einer von ihnen sein – denn sie besaß wenig Informationen über ihn, und das Bild, das sie sich von ihm gemacht hatte, war frei erfunden. Er könnte in jedem dieser Häuser sitzen oder mit einem Jeep auf dieser Straße fahren und würde nicht im Traum daran denken, dass der heutige Tag anders werden könnte als jeder andere – er würde sich beschützt und in Sicherheit fühlen.

Jetzt hatten sie fast das Ende der Allee erreicht. Der Fahrer hupte nachdrücklich und ein alter verkrüppelter Mann humpelte eilig von der Fahrbahn. »Den Wilden hätte ich fast platt gemacht«, sagte er und brüllte vor Lachen.

Gleich darauf hielten sie vor einem langen Holzbungalow mit Wellblechdach.

»Das ist Nummer 16«, sagte Penny Smart und öffnete die Tür. Der Fahrer kümmerte sich um Stellas Gepäck.

Stella betrachtete gleichgültig ihr neues Zuhause. Es hätte einen neuen Anstrich gebraucht und sah vernachlässigt aus. Die Wände sahen grau und fleckig aus, als gäbe es hier und da Schimmelflecken. Über ein Fenster hatte man einen Streifen Wellblech genagelt, und eine Stufe der Vordertreppe war zerbrochen.

Sie stieg die Treppe hoch und drehte sich um, um zum Abschied zu winken. Nie wieder, so kam es ihr vor, würde ihr jemand dauerhaft zur Seite stehen, nur merkwürdige Fremde würde es geben, die Formulare ausfüllten, ihre Koffer trugen oder sie zum Bus brachten. Die Räder drehten sich, Staub wirbelte auf, dann war sie wieder allein.

Vor ihr lag ein kurzer Flur mit drei geschlossenen Türen. Der Flur war bis auf eine ausgefranste Grasmatte leer. Was sollte sie tun? Klopfen? Hineingehen? Warten? Die sie geliebt hatten, hatten versäumt, sie auf diesen Augenblick vorzubereiten – hatten sich nachsichtig über ihre Hilflosigkeit amüsiert und sie dem Entsetzen über das Stimmengeräusch hinter den geschlossenen Türen überlassen.

Dann ging eine Tür auf, ein Mann in einem langen weißen Rami kam heraus und ließ sie einen Spalt weit offen stehen. Sie konnte in den Raum dahinter sehen. Zwanzig oder dreißig junge Frauen saßen an langen Tischen beim Mittagessen. Sie wurden von barfüßigen Eingeborenen in weißen oder bunten Ramis bedient, wie ihr auch einer in der Eingangshalle begegnet war. Einige trugen schwarzgelbe Stoffbänder um ihre Unterarme und Perlen in ihren durchstochenen Ohrläppchen. In der Mitte des Raumes stand eine grauhaarige Frau, die aussah, als hätte sie hier etwas zu sagen. Ihr Kopf schnellte hin und her, während sie die Kellner beobachtete.

Stella stand an der Wand und zögerte. Die Mädchen, die ihr am nächsten saßen, aßen kaltes Fleisch und heiße Dosenerbsen, über die sie sich ereiferten, aber keine nahm Notiz von ihr. Schließlich ging sie zu der Frau in der Mitte des Raumes. »Entschuldigen Sie«, sagte sie leise. »Ich habe hier ein Zimmer.«

Die Frau schaute sie nicht an. Zwischen schmalen Lidern, die sie ständig zusammenkniff, als ob sie dadurch schärfer sehen könnte, huschte ihr Blick auf der Suche nach kritisierbarem Material durch den Raum. »Es gibt hier keine Zimmer.«

»Ich bin heute angekommen. Mit dem Flugzeug. Ich werde für die Regierung arbeiten. Ich habe ein Schreiben dabei.«

»Es gibt hier keine Zimmer«, sagte die Frau deutlich. »Ich muss es schließlich wissen. Mir untersteht das Haus.« Jetzt sah sie Stella an. Ihre Art war so direkt, dass Stella die Feststellung nicht anzweifelte.

»Was soll ich tun?« Der Verlust des Zimmers erschien ihr wie eine Katastrophe. Sie hatte ohnehin so wenig gehabt, nur einen Brief, in dem stand, dass ein Zimmer sie erwartete und ein Kopfkissen. Jetzt hatte sie nichts.

Die Frau sagte: »Natürlich, jetzt fällt es mir ein. Sie sind verlegt worden. Sie sind jetzt in Castle Warwick.«

»Was?« Stella zuckte zusammen.

»Castle Warwick«, sagte die Frau langsam und deutlich. Sie war spürbar gereizt. »Jemand anders hat Ihr Zimmer hier bekommen und Sie wurden dorthin verlegt.«

»Warum heißt es Castle Warwick?«

Die Frau warf einen bedeutungsvollen Blick in den Raum. Es gab vieles, schien sie andeuten zu wollen, das ihre Aufmerksamkeit erforderte. »Weil dort jemand wohnte, der Warwick hieß.«

»Da gehe ich nicht hin!«, sagte Stella heftig und entsetzt. »Da gehe ich nicht hin. In meinem Brief steht, dass ich hier wohnen soll.«

»Es gibt Leute«, die Frau schien solche Vorfälle gewöhnt zu sein, »die seit Monaten auf dieses Zimmer gewartet haben. Warum sollten Sie es bekommen, wo Sie gerade erst angekommen sind? Es wird Ihnen in Castle Warwick gefallen.«

»Sie können mich nicht zwingen, dorthin zu gehen«, rief Stella. »In meinem Brief steht, dass ich hier wohnen soll.«

»Ihr Brief«, sagte die Frau angestrengt, und die Geduld schien ihr schwer zu fallen, »wurde in Australien geschrieben. Hier sind wir in Papua und hier geht es anders zu. Jemand hat Ihr Zimmer bekommen. Sie haben Glück, dass es überhaupt eins für Sie gibt. Zumindest handelt es sich um ein Holzhaus. Es gibt Männer, die müssen in den Baracken der Eingeborenenpolizei am anderen Ende der Stadt wohnen. Was erwarten Sie denn von einem Ort wie diesem?«

Sie war nicht unfreundlich, aber sie war der Beschwerden überdrüssig, deren Anlass sie nicht aus der Welt schaffen konnte, und das Klima machte sie nervös.

Für einen Moment meinte Stella, nicht mehr weiterzukönnen.

Sie war zu Boden gegangen, noch bevor der Kampf begonnen hatte.

Doch da erhob sich langsam aus dem Schmerz jene Dienerin des Lebens: die Neugier. Wie sah das Haus aus? Da waren die Schnappschüsse in dem braunen Album, aber als wie nichtssagend und trügerisch hatten sich diese Fotos erwiesen! In diesem Land mit seinen Farben, Bäumen und seiner schwirrenden Luft, seinen schönen seidenhäutigen Menschen gab es etwas, das man weder in Bilder noch in Worte bannen konnte.

»Wie lange ist es schon ein Regierungswohnheim?«, fragte sie leise.

»Seit ein paar Wochen, seit der Besitzer gestorben ist. Es wurde erst vor vierzehn Tagen eröffnet. Sie gehen bis zur Gabelung beim Hotel und folgen dann der Straße rechts den Hügel hoch. Fragen Sie jemanden, Sie können es nicht verfehlen.« Sie wandte sich an einen der Boys, der mit einem Stapel Teller vorüberging.

Aber Stella hatte das Beängstigende ihrer Situation überwunden, fand jetzt eine Art Befriedigung darin und wich nicht vom Fleck. »Welches Zimmer bekomme ich?«

»Du lieber Himmel.« Die Frau drehte sich um und starrte ihr ins Gesicht. »Das weiß ich nicht. Das werden Sie an Ort und Stelle erfahren.«

»Ich habe Gepäck dabei.« Diese Frau, die in den letzten Minuten zweimal Castle Warwick gesagt hatte, war wichtiger als die Schattenbilder, die während der letzten zwei Monate durch Stellas Leben geweht waren, und sie wollte um keinen Preis von ihr ablassen.

»Stellen Sie es auf die Veranda. Ich schicke nach dem Essen einen der Boys damit hoch.« Und die Frau eilte davon, flüchtete vor dem Mädchen, das sie dumm und verschroben fand. Die sollten etwas sorgfältiger auswählen, wen sie hierher schicken, dachte sie zum zwanzigsten Mal in dieser Woche. Nette, zuverlässige Mädchen mit dem Herz auf dem rechten Fleck, Mädchen mit robuster Gesundheit, die dem Klima und den Lebensbedingungen gewachsen waren, und mit starkem Willen, um den Männern zu widerstehen. Keine blassen, kleinen, verweichlichten Geschöpfe wie diese hier.

Stella kletterte die Stufen zu ihrem künftigen Zuhause hoch. Es lag etwas von der Straße zurück. Das Grundstück stieg steil an, weshalb der Garten in Terrassenbeeten angelegt war, und die Stufen waren lang und hoch. Zu beiden Seiten standen seltsame Bäume mit flachen Kronen, die an japanische Drucke erinnerten. Sie öffneten gerade ihre dunkelroten Knospen und trugen lange schwarze Schoten von der letzten Blüte.

Es war sehr heiß und Stella stieg in dem durchbrochenen Schatten langsam hoch. Sie fühlte sich sehr müde. Das gleißende Sonnenlicht auf der Erde vor ihren Füßen blendete sie und verursachte ihr Benommenheit und Übelkeit. Fast gefühllos näherte sie sich dem Haus. Je höher sie stieg, desto dichter und geordneter wurde der Garten, der größtenteils aus diesen Bäumen mit den scharlachroten Blüten bestand und aus anderen Bäumen mit runden glatten Ästen und Trauben von weißen duftenden Blüten.

Hin und wieder blieb Stella stehen und sah sich um, doch eher, um Kräfte zu sammeln als Eindrücke aufzunehmen. Als die Stufen noch steiler wurden, konnte sie über die Reihen der grünen und blühenden Bäume die gebleichten Wellblechdächer der Stadt sehen, die Werft, vor der ein großes Dampfschiff festgemacht hatte, und direkt unter ihr den Hinterhof des Hotels, in dem Haufen von bernsteinfarbenen Flaschen lagen, die in der Sonne leuchteten wie riesige Harzteiche inmitten einer wilden Unordnung aus rostigem Schrott, Metall, Maschinen, kaputten Fahrzeugen und Drähten.

Als Stella die Haustür erreichte, verschwand all das aus ihrem Blickfeld, und nun hatte sie ungehinderte Sicht auf die Küste unten bis zu den halb verschwommenen und im Dunst liegenden Inseln und Halbinseln. Eine schwache Brise ließ die Blätter in ihrer Nähe rascheln und trocknete den Schweiß auf ihrem Körper. Steifbeinig stieg sie die letzten Stufen hoch und sah durch die geöffnete Tür nach drinnen. Sonnenlicht und die huschenden Schatten der Blätter spielten auf dem nackten Fußboden. Am Ende des Flurs tauchte eine schwarzweiße Katze auf und stolzierte mit hin und her peitschendem Schwanz auf sie zu.

Wieder fühle sie undeutlich, dass die Fotos sie irregeführt hatten. Hier gab es etwas völlig Unerwartetes – das hing mit dem Licht und den Blättern zusammen und mit dem Gefühl, dass sie sich gar nicht in einem Haus befand. Aber sie war für solche Überlegungen zu müde.

Sie probierte die erste Tür rechts, aber das Zimmer war belegt. Kleidungstücke lagen unordentlich auf Bett und Stuhl. Das Bett war ungemacht und auf dem Tisch standen ein ungeleerter Aschenbecher, eine Flasche Gin und zwei leere Gläser. Sie versuchte es bei der Tür gegenüber. Das Zimmer war unbewohnt. Es war klein und hell und umfasste ein Bett mit einer einstmals blauen Baumwolldecke, einen über eine Ecke gespannten geblümten Vorhang, eine Kommode, einen kleinen geschnitzten Holztisch und eine gewebte Grasmatte. Es gab keine Fenster, aber die obere Hälfte der Verandawand öffnete wie eine Klappe nach außen und wurde durch einen langen Holzhaken in Position gehalten. Grober Maschendraht war über die Öffnung genagelt worden.

Stellas Kopf und Herz waren jetzt völlig leer und sie ging zum Bett. Eine riesige Schabe schoss unter der Matratze hervor und zockelte durchs Zimmer. Stella legte sich aufs Bett, ihre Glieder schienen vor lauter Müdigkeit abzufallen. In einer Ecke oben an der Zimmerdecke kauerte eine kleine graue Eidechse. Stella schlief ein, seltsam froh über die Anwesenheit der Eidechse, darüber, der völligen Einsamkeit um eine Winzigkeit entkommen zu sein.

Kapitel 3

Stella wurde durch das Geräusch von Schritten und Stimmen auf der Veranda draußen geweckt. Sie hatte keinerlei Vorstellung davon, wo sie sich befand, und ein paar Augenblicke lang wusste sie nicht, was vor sich ging. Das Zimmer, in dem sie lag, erstrahlte in einem rosigen Glanz. Die graue Eidechse an der Decke war jetzt rosa, als wäre sie von innen beleuchtet. Drei Papuas trugen ihr Gepäck auf die Veranda. Sie stand auf, strich ihr Kleid glatt und ging zu ihnen hinaus. Ein kleiner braunhäutiger Mann trug ihre Hutschachtel und redete sie in einer unverständlichen Sprache an.

In dem Garten hinter ihm loderten die Blüten wie Fackeln in den Bäumen und sein Körper glühte mit roten Flämmchen wie vom Widerschein eines Feuers. Der Himmel trug so wilde Farben, dass sie erschrak. Am liebsten wäre sie nach drinnen verschwunden und hätte sich versteckt vor etwas, das sie im Garten bedrohte. Die Farben bedrängten sie so stark, dass sie das Gefühl der Einsamkeit vergaß.

Sie wies auf ihr Zimmer und die drei Boys trugen das Gepäck hinein, dann verschwanden sie im Gänsemarsch über die Treppe zur Straße hinunter, hüpften auf gelben Fußsohlen von Stein zu Stein. Ihre Körper schaukelten von einer Seite zur anderen und die roten Flämmchen wanderten von einer Schulter zur anderen. Derjenige, der sie angesprochen hatte, war der Letzte, und als sie unten am Ende des Gartens angekommen waren, streckte er einen dünnen Arm aus, so dunkel wie eine Schlange, und pflückte eine Blume. Eine unbestimmte, unwillkürliche Empfindung rührte sich in Stella, als sie ihm zusah, aber da sie fürchtete, dass dieses Gefühl die Drohung von weiterem Schmerz barg, kehrte sie dem Garten den Rücken und ging ins Haus.

Die Tür gegenüber im Flur öffnete sich und eine junge Frau erschien, hob die Arme, streckte sich und gähnte. Sie war hoch gewachsen, dunkelhaarig, Ende zwanzig und trug einen schwarzen, mit roten Drachen bestickten Morgenrock, dessen einer Ärmel zerrissen war. Das blauschwarze Haar fiel ihr in schweren Locken ungekämmt auf die Schultern. Sie sah ziemlich schmuddelig aus, aber dieser Eindruck mochte auch von dem Blick in das Zimmer hinter ihr herrühren, das noch so war, wie Stella es gesehen hatte: das Bett ungemacht, die zwei benutzten Gläser und der volle Aschenbecher immer noch auf dem Tisch, die schmutzigen Kleider über die Stuhllehnen geworfen. Aber nach einem Blick in das Gesicht der anderen war Stella klar, dass sie mit der verbrauchten schwülen Luft nichts gemein hatte, dass ihre schmuddeligen Brokatpantöffelchen und die verschlissene Großartigkeit der roten Monster auf keinen Fall auf einen schmutzigen Charakter hinwiesen. Stella fand die andere wunderschön. Ihr Gesicht verriet Würde und Gelassenheit. Ihre großen schwerlidrigen Augen wirkten, als könnten sie stets nur gelassen und freundlich in die Welt schauen.

»Sind Sie gerade angekommen?«, fragte sie mit weicher, tiefer Stimme.

Stella nickte.

Die andere blinzelte und sagte vage: »Dann haben die Sie also hierher verfrachtet. Sie hatten das Los von Nummer 16 gezogen.«

»Ja, aber jemand anders hat das Zimmer bekommen.«

»Niemand mag es hier.« Während sie sprach, drehte sie sich um und schob ihre Tür weiter auf, um einen Blick auf den elektrischen Kessel auf dem Boden zu werfen. »Das liegt an den Ratten, es wimmelt nur so davon. Das Haus ist am Einstürzen. Sie hätten es reparieren müssen, bevor sie uns hier reinließen. Es war vielleicht das Richtige für einen verrückten Anthropologen. Die sind ja nicht ganz dicht und finden sich mit allem ab. Tja, aber es gibt hier ein Wohnraumproblem. Wir haben Glück, dass wir nicht alle in Zelten leben müssen.«

»Verrückter Anthropologe?« Stella sah die Frau begierig an.

»Kommen Sie rein, ich koche gerade Tee.« Sie ging voran, und angezogen von dem freundlichen Blick, folgte Stella ihr.

»Der Kerl, dem das Haus mal gehörte« – die andere nahm ein paar Kleidungsstücke von einem Stuhl und warf sie aufs Bett – »David Warwick. Ich hatte noch nie von ihm gehört, aber das heißt gar nichts.«

Von einem Bord hinter einem Vorhang holte sie zwei Tassen, eine Flasche Milch, eine Teekanne und eine Dose mit Keksen und fand für alles noch Platz zwischen dem Aschenbecher, den Gläsern und der Flasche Gin. »Er hat sich umgebracht.« Sie starrte auf den Kessel, in dem das Wasser zu kochen anfing.

Stella starrte auch und schwieg. Dies hier war das größte Glück, das sie seit der Abreise aus Australien erlebt hatte. Sie vergaß den papageienbrustfarbenen Himmel und die zum Blumenpflücken ausgestreckte Hand. Sie verlor ihr Gefühl von Fremdheit und hatte den Eindruck, zu Hause angekommen zu sein. »Warum?«, fragte sie leise.

»Schulden. Sehen Sie sich das Haus doch an, es bricht zusammen. Dabei ist es eins der größten in der Stadt. Die Häuser aus der Vorkriegszeit erkennt man immer sofort, sie sind groß und luftig und haben Veranden. Seit dem Krieg stecken sie uns in Kästen, die für Leute in Schneeregionen konstruiert wurden. Das halten sie für fortschrittlich.«

»Hatte er denn so viele Schulden?«

»Inzwischen weiß man, dass er fürchterlich verschuldet war. Er lieh sich von seinen Freunden Geld. Aber er war eine Berühmtheit, so eine Art Nationalheld, wissen Sie, und da erließ man ihm manche Schulden und er kam gerade eben auf Null. Er muss ein hoffnungsloser Fall gewesen sein, was Geld betrifft. Es war ihm einfach völlig egal ...«

»Ich begreife nicht, warum ein Mann, dem Geld völlig egal war, sich umbringen sollte, weil er keins hatte.«

Die Frau schnippte eine Locke aus dem Tee, den sie gerade eingoss, und reichte Stella die Tasse. »Ich bin ganz Ihrer Meinung.«

»Wollen Sie damit sagen, dass Sie nicht an Selbstmord glauben?«

»Wegen Geld? Niemals.« Sie sprach mit sanftem Nachdruck.

»Eine Menge Leute hält es ebenfalls für unwahrscheinlich. Man sagt es nur – na ja, um irgendwas zu sagen.«

»Warum dann?«

Die Frau rührte ihren Tee um. Ihre Lider waren gesenkt, ihr Gesicht düster. »Manche Leute brauchen anscheinend keinen Grund. Das Leben hier reicht schon.«

»Oh nein, das reicht *nicht*!«, sagte Stella heftig.

Der Löffel wanderte unablässig im Kreis herum. Immer noch waren die Lider der Frau gesenkt. »Manche Leute gehören einfach nicht hierher. Man braucht hier eine besonders dicke Haut.« Sie blickte auf, und Stella sah den Anflug eines trägen Lächelns in ihren Augen. »Wie meine. Ich wüsste nicht, worüber ich mich beklagen könnte. Reichlich Sonne. Ich liebe Sonne und Baden. Ich liebe es, den ganzen Tag fast nackt herumzulaufen. Manche Leute drehen durch.«

»Aber *er* doch nicht!«, rief Stella aus. »Er lebte seit Jahren hier.«

»Nein.« Die Frau schlürfte ihren Tee. Falls Stellas Wissen sie überraschte, ließ sie es sich nicht anmerken. »Er wahrscheinlich nicht.«

»Wenn die Leute das nicht glauben – das mit den Schulden, meine ich –, warum unternehmen sie dann nichts?« Stella beugte sich vor. Die Tasse berührte klirrend die Untertasse. Sie stellte sie ab und faltete ihre bebenden Hände.

»Was könnten sie schon tun?« Die andere blinzelte Stella über den Dampf hinweg an. »Warum trinken Sie nicht Ihren Tee?«

»Aber wenn sie es nicht glauben, sollten sie die Wahrheit herausfinden.«

»Tatsache ist, er ist tot und wir sind in seinem Haus. Was bedeutet schon die Wahrheit und wann findet man sie je? Wie weit geht man dafür?« Die Frau stellte die Tasse ab und kratzte Nagellack von ihrem Daumennagel. »Mein ganzes Leben habe ich mit Menschen verbracht, die die Wahrheit herausfinden wollten – über mich, über sich, über alles. Mir ist die Wahrheit vollkommen egal.«

Stellas glänzende Augen sahen unverwandt auf das Mädchen

vor ihr. »Wahrheit und Gerechtigkeit sind das Einzige, das etwas bedeutet.«

»Meinen Sie?« Die Frau betrachte aufmerksam den Schnipsel rosa Lack in ihrer Hand. Sie hatte die letzten fünf Jahre ihres Lebens unter Menschen gelebt, die gefühlsbetont waren oder es zu sein versuchten, und Stellas unaustralische Ernsthaftigkeit erschreckte sie nicht. »Ich denke nicht, dass das so wichtig ist. Wenn ich überhaupt mal denke«, fügte sie hinzu, »und das ist selten, wie man mir sagt. Ich bin eine Banausin. Ich bin gegen Wissen und Wahrheit. Und ganz sicherlich gegen Gerechtigkeit. Für die Leute, die ich am meisten liebe, wäre es schrecklich, wenn es bei uns Gerechtigkeit gäbe.«

Stella hob ihre Tasse hoch. Ihre Hände zitterten nicht mehr. »Wo wurde er gefunden?«

»In diesem Haus, sonst war niemand da außer einem Gecko.«

»Gecko?«

»Diese kleinen Viecher da oben.« Die Frau zeigte zur Decke, wo zwei Eidechsen mit gespreizten Füßen klebten. »Sie brauchen vor denen keine Angst zu haben. Sie sind lieb. Es gibt ein Sprichwort, dass man niemandem trauen darf, der keinen Gecko im Haus hat.« Sie warf Stella einen langen forschenden Blick zu. »Übrigens, ich heiße Sylvia Hardy.«

»Ich bin Stella Warwick.« Stella sah sie nicht an. Sie stellte ihre leere Tasse ab.

»Mehr?« Sylvia hielt ihre Hand hin.

»Nein, danke.« Stella stand auf und sah zur Tür hinüber, aber noch wollte sie nicht gehen. Irgendetwas Verzweifeltes in ihr hatte sich an diesem kleinen chaotischen Zimmer und seiner Bewohnerin festgehakt. »Kennen Sie einen gewissen Trevor Nyall?«

»Ja, den kennt hier jeder. Er ist einer von den oberen zehntausend.«

»Wissen Sie, wo er wohnt?«

»Gleich hier auf dem Hügel. Wo alle wichtigen Leute wohnen. Sie nehmen die Straße den Hügel hoch. Es ist das drittletzte Haus.«

Stella ging zur Tür.

»Seien Sie pünktlich zum Abendessen. Das ist um halb sieben, und jetzt ist es fünf. Ist er ein Freund von Ihnen?«

Stella schüttelte den Kopf. »Das wäre zu viel gesagt.« Sie meinte in Sylvias Augen Spott und Skepsis zu lesen. »Man hat mir gesagt, er würde mir helfen.«

»Wahrscheinlich wird er Sie mit Freundlichkeit überschütten. Dieser Ruf geht ihm voraus.«

Die Straße stieg steil an, zu beiden Seiten lagen Häuser tief in üppigen Gärten versteckt. Manche waren so gebaut wie das Haus, das sie gerade verlassen hatte: Bungalows mit Veranden und Wänden, die sich wie die Seiten einer Schachtel aufklappen ließen. Andere sahen mehr aus wie australische Häuser: flach, rechteckig wie eine Schuhschachtel, mit Drahtgittern in den Fenstern. Die Bäume mit den schwarzen Schoten und den federartigen Blättern erblühten überall. Zwei Papuas kamen den Hügel herab auf sie zu, sie hatten ganze Blütenbüschel in ihr dichtes Haar gesteckt. Während Stella bergauf lief, wurde die Sicht auf die Küste klarer und weiter, der Abstand wurde größer, aber sie blieb nicht stehen, um zurückzuschauen. Ihre Angst war wieder da und sie lief rasch und ohne sich umzusehen. Ein Lastwagen überholte sie, und dahinter ging eine Frau in einem weißen Baumwollkleid mit einem Tennisschläger in der Hand. Sie gaffte Stella an ohne zu lächeln.

Bald machte die Straße einen scharfen Knick und verengte sich. Die Vegetation war weniger üppig und vor ihr lagen drei Häuser, von denen das letzte den Hügel krönte. Ein neues Haus, noch war es nur ein Holzgehäuse, stand wie ein Haufen rosa Knochen auf dem Hügel darüber. Sie blieb am Fuß einer Treppe stehen und sah hinauf.

Das von Sylvia bezeichnete Haus war blind – die Sonne schien grell auf die Verandafenster – und ihr war, als würde es sie zurückweisen oder gar nicht zur Kenntnis nehmen.

Sie ging die Stufen hoch. Die Anstrengung des Aufstiegs und das Wissen um den Anfang, dass dies der erste Schritt war, brachten ihr Herz zum Hämmern und verschlugen ihr den Atem.

Seit dem Aufwachen schon überstieg dieses sonderbare neue Land mit seinen Riesenblättern und flammenden Blumen ihre Fassungskraft, und sie konnte kaum glauben, dass sie hier war. Der Garten verhielt sich nicht nach ihr bekannten Gesetzen. Die Sonne war von den Hängen der Hügel verschwunden, aber die Farben waren noch intensiver, noch leuchtender. Büsche mit roten und gelben Blättern schienen in Flammen aufgehen zu wollen. Eine blühende Ranke von aprikosenfarbener Bougainvillea auf der Veranda berührte ihre Sinne wie eine Hand eine offene Wunde.

Ihr kam in den Sinn, dass dieses Land die Grenzen von Schönheit und Fülle überschritten hatte und jetzt in eine Art Inferno abtauchte. Zu einer Zeit wie dieser mit Freude darauf zu reagieren, war ihr unvorstellbar; es hätte bedeutet, dass ihre Trauer substanzlos war. Aber sie konnte nicht leugnen, dass sie irgendwie reagiert hatte, und wie so viele vor ihr, die sich vor ihren eigenen leidenschaftlichen Gefühlen fürchteten, kam sie zu dem Urteil, dass dieses Land böse war. Die Blüten um sie herum hätten auch in Blut getaucht sein können.

Auf halbem Weg zum Haus kam ihr ein Mann entgegen. Es konnte ein Hausboy sein, denn er trug keinen Schmuck und keine Stoffbänder an den Armen, nur einen sauberen weißen Baumwollrami, der von der Taille bis zu den Knöcheln reichte und vorn mit einem roten N bestickt war. Sein Haar war auf dem Oberkopf gerade abgeschnitten wie eine Distel.

Sie sprach ihn an, obwohl sie kaum damit rechnete, dass er sie verstehen würde. »Ist das das Haus von Mr. Nyall?«

Er trat zur Seite, aber antwortete nicht. Seine schwarzen sanften Augen wirkten wie eine dunkle, sahnige Flüssigkeit und sahen ihr direkt ins Gesicht. Dann lächelte er. In einer geschmeidigen, vornehmen Bewegung hob er den Arm und wies zum Haus.

»Mr. Nyall, ja, Sinabada.«

Sie ging zum Haus weiter. Während das Farbeninferno hinter ihr verschwand und die alte vertraute Welt von Häusern und Zimmern und Veranden näher kam, merkte sie, wie sie aufgeregt wurde. Hatte sie sich richtig verhalten? Hätte sie schreiben oder anrufen müssen? War ihr spontanes Hereinschneien beleidigend? Sie blieb unten an den Verandastufen stehen und lauschte.

Aus dem Haus drang kein Geräusch – wenigstens waren keine Gäste da. Sie stieg die Stufen hoch und sah durch die offen stehende Tür in ein großes helles Zimmer. Eigentlich war es gar kein Zimmer: Die obere Hälfte der Außenwand war nach außen aufgestellt worden und Sprengsel von grünen Blättern hatten ihren Weg von den Sträuchern draußen nach drinnen gefunden. Lange Gazevorhänge hingen vor den Türöffnungen und wehten in dem schwachen Wind hin und her. Auf dem goldfarbenen Fußboden lagen Teppiche und die Möbel waren aus dickem goldgelbem Bambus. In ihrer Überraschung fand Stella, dass es das schönste Zimmer war, das sie je gesehen hatte.

An der Wand gegenüber kniete ein Mann und reparierte den Stecker einer Leselampe. Sie blieb im Türrahmen stehen und betrachtete aufmerksam, was sie von ihm sehen konnte. Er war wider Erwarten dünn – sie hatte gedacht, er wäre beleibt, vielleicht sogar dick. In diesem Licht erschienen seine Arme genauso braun wie die des Boys, dem sie auf dem Weg begegnet war. Seine Haare waren schwarz, ziemlich lang und zerzaust.

Er knipste das Licht an, stand auf und musste ihre Gegenwart gespürt haben, denn er sah sich um, den Schraubenzieher immer noch in der Hand. Sein Gesicht war schmal und er sah krank aus. Er machte auf sie nicht den Eindruck eines prominenten Mannes, sondern den eines Menschen, der Prominenz scheute. Er war groß und gut gebaut, aber gebeugt, als hielte er gutes Aussehen für einen Nachteil, den man besser versteckte. Er konnte nicht älter als fünfunddreißig sein, möglicherweise war er jünger. Sie hatte jemand viel Älteres erwartet, etwa in David Warwicks Alter.

»Mr. Nyall?«

»Ich kann Sie nicht sehen. Kommen Sie herein. Sie stehen im Licht.«

»Entschuldigen Sie bitte.« Sie fühlte sich zurückgestoßen, weil er sie nicht sofort erkannt hatte. Sie trat nach vorn und er betrachtete sie genau. Er trug eine Brille, durch die seine ohnehin großen Augen noch vergrößert wurden, so dass sie riesig wirkten. Seine Augenlider waren lila, fast schwarz.

»Ich kenne Sie nicht«, sagte er. »Obwohl mir Ihr Gesicht bekannt vorkommt.«

»Vielleicht haben Sie ein Foto von mir gesehen.« Sie hatte einen der Höhepunkte ihrer Pilgerfahrt erreicht und fand, dass dieser Augenblick auch für ihn entsprechend bedeutsam sein sollte.

Er sah zur Seite, als ob sie ihn störte, und schüttelte den Kopf. »Tut mir Leid.«

»Sie sind mir noch nie begegnet. Ich bin Stella Warwick.« Sie wartete. Es war einer dieser Augenblicke, von denen sie sich ein Glücksgefühl erhoffte. Es lag immer noch eine bittere Freude in der Zugehörigkeit zu David Warwick. Schließlich hatte er sie erwählt, und ein Abglanz seiner Berühmtheit fiel sicher auch auf sie.

Aber er nahm das äußerst knapp zur Kenntnis. »*Sie* können doch nicht seine *Frau* sein!«

»Aber ja.« Sein Zweifel missfiel ihr.

Er starrte sie an, aber im selben Moment, als ein Gefühl sein Gesicht überfluten wollte, verwandelte es sich in eine Maske. Er wandte sich abrupt ab und drehte ihr den Rücken zu. Sie starrte ihn fassungslos an, wusste vor Überraschung nicht, was sie tun sollte.

Dann drehte er sich wieder um. »Was tun Sie hier?«

»Ich wollte Sie treffen.«

Mit einer Bewegung des Schraubenziehers fegte er ihre Bemerkung beiseite. »Hier, in diesem Land?«

Sie spürte, dass irgendetwas nicht in Ordnung war. »Wo sonst sollte ich hin? Dies ist mein Zuhause.«

»Sie sind nie hier gewesen.«

»Ich habe kein anderes. Mein Vater ist tot und das Haus wird verkauft. Außerdem – wo sonst sollte ich hin? Seine Freunde leben hier. Hier hat er gelebt und gearbeitet.«

»Ja«, murmelte Nyall. »Das stimmt.« Aber er sah sie nicht an, sondern warf wilde Blicke durchs Zimmer. »Sie sind Australierin, nicht wahr? Sie müssen doch in Australien Verwandte haben.«

Seine Reaktion missfiel ihr und sie antwortete scharf: »Ich habe keine Verwandten.«

Er sah wieder weg. Ein schwacher Laut kam von seinen Lippen. Ihr war, als hätte er »oh, mein Gott« gesagt.

Sie sprach jetzt ganz förmlich weiter, weil sie ihm die tieferen Motive nicht enthüllen wollte, die sie zu dieser Reise veranlasst hatten. »Es gab niemanden mehr, keinen Ort, wo ich hätte hingehen können, nichts, was ich hätte tun können. Sie reden so, als ob ich nicht hier sein sollte. Aber wo sonst sollte ich hin? Für mich gibt es keinen anderen Platz.«

»Und *der* hier«, sagte er schroff, »ist für Sie absolut unmöglich.«

Sie sah sein Verhalten jetzt in einem neuen Licht. Begierig trat sie näher, hielt dann aber inne. »Warum?«

»Es ist ein seltsames Land«, sagte er tonlos.

»Ist es böse?«, fragte sie. Sie hatte erst vor vier Jahren die Klosterschule verlassen – sie war nicht katholisch, aber ihr Vater hatte eine Klostererziehung für passend gehalten und gehofft, sein Kind würde dadurch anmutig, unterwürfig und ›weiblich‹. Die folgenden vier Jahre hatte sie fast ausschließlich ihren Vater gepflegt und eine Sekretärinnenausbildung absolviert. Sie hatte weder Zeit noch Gelegenheit gehabt, irgendwelche komplizierten Vorstellungen vom Bösen zu entwickeln. Sie glaubte, das Böse sei eine Eigenschaft, die man in den Gesichtern von übel beleumdeten Fremden entdeckte. Bislang war die elterliche Güte oder die Großzügigkeit von Freunden bei ihr nie in Verdacht geraten.

»Nicht durch und durch. Aber alles Böse, das es hier gibt, werden Sie bestimmt zu spüren bekommen.«

Mit funkelnden Augen trat sie noch näher. »Glauben Sie das? Es war gefährlich herzukommen, nicht wahr?«

Er sah hinunter in ihr junges lebhaftes Gesicht. »Ja, es war töricht und gefährlich.«

»Gott sei Dank! Aber Sie werden mir helfen, ja? Ich bin gekommen, um Sie um Hilfe zu bitten.«

»Wo wohnen Sie?«

»Im Haus meines Mannes.«

»Sie sind verrückt! Was in Gottes Namen haben Sie vor?«

Ihre Stimme senkte sich zu einem Flüstern. »Ich suche einen Mann namens Jobe. Wissen Sie, wo er ist?«

Er fuhr mit dem Schraubenzieher durch die Luft. »Ich werde Ihnen nicht helfen. Ich werde Ihnen in keiner Weise helfen. Ich will mit Ihnen nichts zu tun haben.«

Sie machte einen Schritt zurück. Dass er der Freund ihres Mannes gewesen war, hatte in ihr die Hoffnung genährt, er würde ihr helfen. Doch jetzt stieg eine Welle der Wut in ihr hoch: Sie hasste ihn, weil er ihr seine Hilfe verweigerte und aus einem noch schrecklicheren Grund. Sie fühlte, dass sich ihr ein neues Hindernis entgegenstellte. Sie wollte ihn nie wieder sehen. Sie wollte sein Gesicht vergessen und alles, was er gesagt hatte. Aber bevor sie ging, wollte sie ihm wehtun.

»Ich dachte, Sie wären sein Freund. Man hatte mir gesagt, Sie würden mir helfen. Aber ich sehe, Sie haben Angst und wollen sich nicht einmischen.«

Er runzelte die Stirn. »Ich habe nie behauptet, der Freund Ihres Mannes zu sein, und ich bin mir ganz sicher, dass er das auch nie von mir behauptet hat. Ich glaube, Sie befinden sich in einem Irrtum.«

»Sie sind nicht Trevor Nyall.«

»Nein.« Er ging auf die Tür zu.

Sie stand da und beobachtete ihn, froh, dass er nicht Trevor Nyall war. Es war ein gutes Gefühl, dass sie nicht ihre Ansicht über jemanden ändern musste, dem sie theoretisch vertraut hatte. Aber am schönsten war die Gewissheit, dass David sich nicht geirrt hatte. Es hätte ihre Erinnerung an ihn beeinträchtigt, wenn sie herausgefunden hätte, dass Trevor Nyall ein falscher Freund gewesen war.

»Wer sind Sie?«, fragte sie und folgte ihm auf die Veranda. Aber er rannte vor ihr die Stufen hinunter. Überrascht stellte sie fest, dass es fast dunkel war. Sterne leuchteten am Himmel und das Feuer war aus den Büschen und Bäumen verschwunden. Die Bougainvillearanke über der Veranda sah papiern und farblos aus.

»Ich fahre Sie nach Hause«, rief er über die Schulter zurück und verschwand um die Hausecke.

Sie folgte ihm die Auffahrt entlang zur Rückseite des Hauses, wo unter einem großen Baum ein Jeep stand. »Ich will nicht nach Hause. Ich will Mr. Nyall sprechen.«

Er machte die Tür auf und wartete, dass sie einstieg.

Ein Licht auf der Rückseite des Hauses ging an, und er wandte den Kopf und warf einen besorgten Blick dorthin. Er schlug die Tür hinter ihr zu und eilte um den Kühler herum zum Fahrersitz. Seine Bewegungen waren hastig, fast verzweifelt, als ob er sie so schnell wie möglich loswerden wollte. Er ließ den Motor an, fuhr die kurze Auffahrt entlang und durch ein Tor. Zweimal sah er zurück.

»Ich will nicht nach Hause!«, sagte sie wieder. »Ich will Mr. Nyall sprechen!«

Er antwortete nicht. Sie wusste, er würde sie nicht zu ihm bringen, aber es kam ihr nicht in den Sinn, sich zu fragen, warum sie überhaupt mit ihm mitfuhr. Sie merkte plötzlich, wie ein seltsames neues Hochgefühl sie erfüllte. Feindseligkeit waberte zwischen ihnen wie Leidenschaft.

»Ist Mr. Nyalls Haus nicht weiter oben an der Straße?«, fragte sie, als er hügelabwärts abbog. Sie hatte gewusst, dass er hier abbiegen würde, aber es erfüllte sie mit einer verqueren Erregung, ihm das Eingeständnis seiner Ungerührtheit abzuzwingen. Sie hatte den richtigen Weg eingeschlagen. Sie hatte sich den ersten Feind gemacht. Und da es keine Liebe geben konnte, sehnte sie sich am meisten nach Hass.

»Ich bringe Sie nicht zu ihm. Ich bringe Sie nach Hause.«

»Ich will nicht nach Hause!«, rief sie aus. »Ich will Mr. Nyall sprechen!«

»Das ist mir egal. Sie können tun, was Sie wollen, aber ich bringe Sie nicht dorthin!«

»Warum nicht? Warum wollen Sie nicht, dass ich mit Mr. Nyall rede? Haben Sie Angst, dass er mir helfen wird? Ist es das? Haben Sie Angst, ich könnte Mr. Jobe finden?«

Er gab keine Antwort und sein Gesicht verriet ihr nichts.

Sie schwiegen, bis sie Castle Warwick erreichten. Sie saß neben ihm, die Hände im Schoß geballt, und die Funken der Wut und der Erregung erstarben langsam in ihr. Er beugte sich über sie und öffnete die Tür, stieg aber nicht aus.

Sie stand auf der Straße, schlug die Jeeptür zu und drehte sich zu ihm um. »Vielen Dank für alles, was Sie getan haben.«

Er sah sie fragend an, schwieg aber.

»Ich habe immer gewusst, dass irgendetwas nicht stimmt. Und Sie haben mir den ersten Beweis dafür geliefert. Jetzt werde ich die Wahrheit herausfinden.«

»Die Wahrheit!« Er wiederholte ihre Worte, aber sie kamen wie ein Stöhnen aus seinem Mund. Im nächsten Augenblick war er weg, der Jeep schoss davon und jagte mit heulendem Motor den Hügel hoch.

Sie kam zu spät zum Essen. Sie fand den Speisesaal, einen großen luftigen Raum, der auf der anderen Seite des Hauses auf die Veranda hinausging. An einem der drei Tische saßen zwei junge Mädchen und kicherten. Die anderen Gäste waren schon gegangen und das Personal trug gerade das schmutzige Geschirr ab.

Sie setzte sich auf die Veranda und sah hinaus auf die dunkler werdende Stadt. Wer Sicherheit und Bequemlichkeit gekannt und sie plötzlich verloren hat, kann diese Abendstunden am wenigsten ertragen. Dunkelheit bringt Zärtlichkeit mit sich. Die ungeduldigen Stimmen des Tages sind gedämpft. Stella vergaß den Mann auf dem Hügel.

Als sie fertig gegessen hatte, war es dunkel. Die Stadt unten funkelte vor Lichtern, und vom Sonnenuntergang war nur ein blasser Streifen am Horizont geblieben. Es gab kein Licht in dem Flur vor ihrem Zimmer und sie tastete sich mit einer Hand an der Wand entlang. Vor Sylvias Tür blieb sie kurz stehen und zögerte. Die Erinnerung an das kleine Zimmer – warm, unordentlich und muffig wie eine Höhle – beschäftigte ihre Phantasie. Sie hob die Hand und wollte klopfen, als die Tür aufgerissen wurde und ein Mann in offensichtlicher Eile in den Flur wankte.

Da er gegen sie prallte, konnte sie sein Gesicht nicht sehen. Sie fühlte seinen Körper zurückzucken. Er stieß einen Laut aus, fast einen Schrei, und trat, oder taumelte vielmehr, zurück in das Zimmer und schlug ihr die Tür vor der Nase zu.

Kapitel 4

Philip Washington lehnte an der Tür und presste seinen Körper dagegen.

»Was in aller Welt ist denn los?«, sagte Sylvia mit ihrer trägen Stimme. Sie saß mit hochgezogenen Beinen auf dem Bett und trug einen grünen Chiffonrock, der vor einigen Jahren modern gewesen und inzwischen umgearbeitet war, aber seine längst vergangene Glanzzeit immer noch erkennen ließ. Eine Kakerlake hatte ein Loch in den Saum gefressen, an dem sie geistesabwesend mit ihrem Fingernagel herumkratzte.

»Draußen ist ein Eingeborener!« Er sprach schnell und seine klare, etwas schrille hohe Stimme zitterte. »Er drückt sich vor der Tür rum!«

»Sei nicht albern. Das ist das Mädchen aus dem Zimmer gegenüber. Ich habe sie eben die Tür zumachen hören.«

»Ich sage dir, es war ein Eingeborener! Denkst du, ich erkenne nicht, wenn ich einen sehe?« Aber er hatte sich etwas entspannt und sprach in diesem scharfem Ton, nicht weil er so überzeugt war, sondern weil er Widerspruch nicht leiden mochte, vor allem nicht von Sylvia. »Ich kann sie schon auf eine Meile riechen. Man muss aufpassen, dass die jungen Männer sich nicht hier oben rumtreiben. Wenn du dich nicht vorsiehst, wirst du noch mal vergewaltigt, so wie du den ganzen Tag unbekleidet rumläufst und jedem deine Beine zeigst.«

»Das Haus ist ›boysicher‹«, sagte Sylvia nachsichtig. Sie wusste, wenn Philip nervös oder außer sich war, ließ er es an dem aus, der gerade in seiner Nähe war, und sie achtete nicht weiter auf ihn. Es war offensichtlich, dass er außer sich war. Das Blut kehrte in sein Gesicht zurück, aber er sah immer noch blasser und verkniffener aus als sonst. Er ging nicht wieder hinaus, sondern griff mit zitternder Hand nach der Ginflasche. In seinen ruhigeren Momenten war er ein gut aussehender Mann mit einem schmalen, schön geschnittenen Gesicht und hellgrauen Augen. Er war groß, schlank und anmutig, weshalb die ungeschlachteren seiner Kollegen ihn für weibisch hielten. Das hatte nur zum Teil mit seiner äußeren Erscheinung zu tun. Er interessierte sich für das Leben der Eingeborenen, besonders für ihre Kunst, was der männliche weiße Durchschnittseinwohner von Marapai seltsam und etwas unpassend fand.

Er setzte sich auf einen Stuhl, von dem Sylvia einige, aber nicht alle Kleidungsstücke entfernt hatte, goss etwas Wasser in sein Glas und hob es mit unsicherer Hand zum Mund.

»Du bist ein richtiges Nervenbündel, Schatz«, sagte Sylvia besänftigend. »Du solltest dir wirklich mal Urlaub nehmen.«

»Verdammt noch mal, hör endlich damit auf, dass ich mir Urlaub nehmen soll!«, fuhr er sie beleidigt an. »Natürlich müsste ich mir eigentlich Urlaub nehmen. Jeder Trottel sieht das. Ich sage dir doch, ich kann nicht weg.« Er stellte das Glas ab und warf dabei den immer noch nicht ausgeleerten Aschenbecher um. »Also wirklich, Sylvia,«, fuhr er kühl fort, während er Asche von seinen tadellos gereinigten Hosen klopfte, »du bist eine Schlampe. Du lebst in einem Schweinestall. Unbegreiflich, wie du dieses dreckige Durcheinander aushältst.«

»Ich habe aufgeräumt. Außerdem brauchst du ja nicht herzukommen. Ich weiß gar nicht, warum du überhaupt hier bist. Du hast immer geschworen, keinen Fuß in dieses Haus zu setzen.«

Washington, der erkannte, dass er wahrscheinlich würde gehen müssen, wenn er sich noch länger so unausstehlich benahm, antwortete nicht, sondern lehnte sich zurück und zündete sich eine Zigarette an.

Natürlich war es kein Eingeborener gewesen, nur ein Mädchen mit einem blassen Gesicht. Das war ihm mittlerweile klar. Die andere Gestalt – die eines nackten braunen Mannes mit für den Tanz weiß bemaltem Gesicht – gab es, wie Sylvia unterstellt hatte, nur in seiner Einbildung, war das Ergebis von überanstrengten Nerven und einem zufälligen Zusammenspiel von Licht und Schatten.

Und dennoch – er schüttete sich den kaum verdünnten Gin in die Kehle –, wo fing in diesem verfluchten Land die Phantasie an und wo endete sie? Je länger man hier blieb, desto weniger sicher war man, wo das Fleisch endete und die Gespenster anfingen. Dass ein kleiner brauner Mann mit bemaltem Gesicht sein Bild meilenweit vom Dschungel bis hierher projizieren konnte – das konnte sich ein phantasiebegabter Mensch unschwer vorstellen. Washington fuhr sich mit den Fingern durchs Haar.

Dies war das Haus, fiel ihm ein, wo David Warwick sich erschossen hatte. Seine Hände begannen wieder zu zittern. Du mein Gott! Ich hätte nicht herkommen sollen. Armer Warwick! Vielleicht bin ich der Nächste.

»Was das Mädchen betrifft«, sagte Sylvia, »die finde ich reichlich merkwürdig, sieht aus wie ein Küken, das ein paar Tage zu früh aus dem Ei geschlüpft ist. Und das Merkwürdigste an ihr ist ihr Name. Rate mal, wie sie heißt.«

Er machte eine ungeduldige Handbewegung.

»Warwick«, sagte Sylvia. »Stella Warwick. Sollte unser Gespenst am Ende eine Tochter haben?«

»Er war erst ein paar Monate verheiratet«, sagte Washington kurz. »Ziemlich geläufiger Name.«

»Sie hatte ein Empfehlungsschreiben an einen sehr lieben Freund von dir.«

»Von mir?« Nun zeigte er ein wenig mehr Interesse.

»Trevor Nyall«, sagte Sylvia und lächelte leise.

Washington gab keine Antwort. Vor sechs Monaten war die Stelle von Nyalls Assistenten in dessen Amt frei geworden. Washington hatte sich beworben, war aber nicht genommen worden, und ein älterer Mann aus dem Süden hatte die Stelle bekommen. Seither klammerte Washington sich an die Vorstellung, dass Nyall ein Mann war, der vom Grips seiner Untergebenen profitierte, sie aber aus Furcht vor Konkurrenz nicht aufsteigen ließ. Washington hatte die Freude an seinem Beruf verloren. Seiner Ansicht nach war arbeiten sinnlos, wenn höhere Mächte immer nur darauf warteten, ihm eins auszuwischen.

In den Tropen ist der Zerfall ebenso schnell und heftig wie das Wachstum. In nur einer Nacht kann sich Schimmel auf einem Hut oder Schuh bilden, ein Körper verwest schon in wenigen Stunden, und in wenigen Wochen zerfällt eine Persönlichkeit. Es hieß allgemein, Washington sei in den letzten paar Monaten in Stücke gegangen. Auch er selbst spürte eine Art innere Zersetzung. Er hielt gerade noch so weit zusammen, dass er seine Arbeit erledigte, ohne dass Klagen kamen, denn obwohl er Nyall hasste, fürchtete er ihn auch.

»Das«, bemerkte Sylvia, »macht es nur noch merkwürdiger.«

Ihr Versuch, das Mädchen im Zimmer gegenüber mit David Warwick in Beziehung zu bringen, ärgerte ihn. Solch eine Beziehung wäre nur eine weitere unerträgliche Wendung in einer ohnehin schon unerträglichen Situation. Er antwortete verdrossen: »Nyall hat tausende von Bekanntschaften. Leuten einen *Gefallen* zu tun, *kleine* unerhebliche Dinge, sich Leute irgendwie zu verpflichten ... so was gefällt einem Kerl wie ihm. Und Warwick ... das ist ein geläufiger Name.«

»Das würde ich nicht sagen.«

»*Frauen*«, sagte Washington bissig, »müsssen sich ständig was zusammenspinnen. Sie können nicht zwei Leute miteinander Mittag essen sehen, ohne sie gleich ins Bett zu stecken. Sie müssen sich ständig wie Schnecken an jemanden drankleben.«

Sylvia beugte sich vor und goss ihm nach. Nachdem sie von der Schule in Sydney abgegangen war, hatte sie als Malermodell gearbeitet und war an Temperamentsausbrüche gewöhnt. Künstlernaturen, glaubte sie, waren absonderlich, unerklärlich und unberechenbar. Sie wollten bewundert und respektiert werden – alle, die Künstlertum für sich in Anspruch nahmen, hatten ihr das gesagt. Sie selbst wusste von sich, dass sie durchschnittlich war, und hatte niemals versucht, etwas anderes zu sein. Sie hatte die meiste Zeit ihres Lebens mit Menschen verbracht, die Malerei, Musik oder Dichtung liebten oder es zumindest behaupteten, selbst aber keinerlei Interesse für diese Leidenschaften entwickelt. Sie beherrschte den Jargon, war aber nie von dem

Fieber befallen worden. Man wurde damit geboren, glaubte sie, man kam mit dem Abdruck von Apolls Kuss auf der Stirn zur Welt. Diese Künstler, diese Männer der Phantasie, verdienten jede Verehrung, jede Entgleisung war statthaft, war verzeihlich. Die letzten sieben Jahre hatte sie ihnen ihr Leben gewidmet. Sie hatte mit drei Malern gelebt, die in ihr alle das Abbild ihrer geliebten, verlorenen oder verräterischerweise wieder verheirateten Mütter gesehen hatten. Nachdem der Letzte sie schließlich verlassen hatte, floh sie verzweifelt in ein Land, wo die Männer dem Hörensagen nach aus soliderem Holz geschnitzt waren. Doch schon bald wandte sich ihr Herz wieder einem Künstlertemperament zu, Philip Washington.

Sicher, er war wohl kaum ein Künstler im eigentlichen Sinne des Wortes. Seine Erfolge im Bereich des Schöpferischen beschränkten sich auf kleine esoterische Gedichte, deren jämmerliche Unreife Sylvia nicht erkannte, da die beeindruckende Flut von Papua-Ortsnamen sie einschüchterte. Es gab jedoch auch frische Einfälle und frischen Enthusiasmus. Kein Ballett, sondern Eingeborenentänze, kein Picasso, sondern Sepik-Masken, keine gutbürgerliche Küche, sondern fremdartige, exotische, unverdauliche Speisen aus Taro und Yamswurzeln. Die alten vertrauten Eigenschaften waren da, wie die Geister ihrer früheren Liebhaber stiegen sie aus dem bizarren Gewand auf, das zwölf Jahre in den Tropen beigesteuert hatten – die warmen, aber so flüchtigen Gefühle, die scharfe, lebendige, grausame Redeweise, die hysterischen Höhen und Tiefen von Seligkeit und Verzweiflung.

»Hier hast du noch einen Drink«, sagte sie liebevoll. Denn in halb betrunkenem Zustand war er ruhiger und deshalb, so schloss sie, auch glücklicher.

Er tätschelte ihre Hand und ließ sich erweichen. »Liebe kleine Schlampe.«

»Ich glaube, dieses Haus bekommt dir nicht«, sagte sie freundlich. »Vielleicht hättest du nicht herkommen sollen. Nur starken Weibern wie mir macht es nichts aus, sich zu den Toten zu legen.«

Das gefiel ihm. Er war stolz auf seine Empfindsamkeit, obwohl sie ihn in letzter Zeit mit Sorge erfüllt hatte. »Wo sonst kann ich hin?«, sagte er verdrossen. »Du bist zwar dumm, aber du bist das einzige menschliche Wesen in dieser unmöglichen Stadt, das seine fünf Sinne beisammen hat.«

Sylvia lächelte und blinzelte. Die ständigen Verletzungen hatten sie nie abgehärtet, und fast jedes seiner Worte hallte schmerzlich in ihr wider. Aber kein schmerzliches Zucken zeigte sich in ihrem Gesicht. »Früher hast du gern Leute zu dir eingeladen.«

»Das Haus fällt doch zusammen«, sagte er verbittert. »Es ist verseucht mit Kakerlaken. Nachts kann ich kaum schlafen. Sie trampeln herum wie Elefanten. Und Rei ist so blöd, der kann nicht mal Tee kochen.«

»Ich hab gleich gesagt, dass du den Rausschmiss von den beiden Kerema-Boys bereuen wirst. Wenigstens war der dreckige alte Teufel, der lange Kerl, ein guter Koch.«

»Das bereue ich nicht«, rief er wie ein Kind. »Verschon mich mit deinen dummen Reueanwandlungen. Nur Dummköpfe bereuen. Ich bereue nichts.«

Er wollte ihr nicht wehtun. Er hielt sie weitgehend keiner tieferen Gefühle für fähig und dachte, dass sie die Hälfte dessen, was er sagte, nicht begriff. Es tat ihm gut, jemanden zu haben, an dem er sich abreagieren konnte. Aber als er in ihr sorgloses Gesicht schaute, sehnte er sich für einen Augenblick nach ihrer gelassenen unkomplizierten Sicht der Dinge. Er stand auf, ging zu ihr, sank zu ihren Füßen nieder und vergrub den Kopf in ihrem Schoß. Sylvia streichelte seine Haare und lächelte. Sie ertrug seine Gefühlsausbrüche, weil sie fast immer so endeten.

Sie erinnerte Washington nicht an seine Mutter, sondern an seine zehn Jahre ältere Schwester, die sich während seiner gesamten Kindheit und Jugend um ihn gekümmert hatte. Sie war eine einfache, selbstlose Frau mit einem verkrüppelten Fuß, die in Melbourne lebte und ›künstlerische‹ Keramik töpferte.

Sein Ziel war gewesen, mit ihr in einem Haus auf dem Hügel zwischen den vornehmsten Verwaltungsbeamten zu wohnen.

Obwohl er die Erfolgreichen verachtete, sehnte er sich nach Erfolg und hätte zu gern eine bedeutende Rolle gespielt. Aber sieben Jahre extravagantes Leben bei einem kleinen Gehalt hatten wenig zur Verwirklichung seiner Pläne beigetragen. Er hatte kein Geld, um ein Haus zu bauen, und die Regierung stellte keine bereit. Die Beschaffung von Wohnraum war schwierig und die Wartelisten begünstigten irgendwie immer die Namen mit hohen Gehältern. Aber nach Meinung des Wohnungsamtes hatte er zumindest ein Dach über dem Kopf, auch wenn das Dachstroh von Geckos und Kakerlaken wimmelte, und Dielen unter den Füßen, seien sie auch voll weißer Ameisen. Die Beamten hatten ihm mitgeteilt, er gehöre zu den vom Glück Begünstigten. Die meisten unverheirateten Männer wohnten in einem unbeschreiblich scheußlichen Durcheinander und schimpften ständig auf den Lärm und die Unbequemlichkeit.

Aber ein paar Jahre lang war er ziemlich glücklich gewesen. Er liebte die Tropen und sein Haus, bis es einzustürzen begann. Meistens hatte er zwei Papua-Boys und zeitweilig sogar bis zu fünf, und er hatte eine freundliche, manchmal leidenschaftliche Anhänglichkeit zu ihnen entwickelt. Sie hatten dafür gesorgt, dass er arm blieb, aber sie hatten ihn amüsiert. Immer hatte die Hoffnung auf eine Beförderung bestanden und damit auch auf ein Haus. Vor sechs Monaten hatten sich diese Hoffnungen in Luft aufgelöst. Der höhere Posten im Amt war an jemand anderen gegangen. Sein Haus fiel auseinander. Seine Kleidung war geflickt, die Läden forderten ihre Schulden ein. Seine Schwester töpferte noch immer und fragte in ihren Briefen nicht mehr nach Neuigkeiten über das geplante Zusammenziehen. Die Regierung konnte das Haus offensichtlich nicht beschaffen und er konnte es nicht bauen. Die Menschen um ihn herum fanden ihn schwierig und kamen zu dem Schluss, dass er doch kein so unterhaltsamer Gesellschafter war. Wäre Washington eine Stelle im Süden angeboten worden, hätte er sie dankbar angenommen.

Jetzt verbarg er wie ein erschrecktes Hündchen seine Nase tiefer in Sylvias Rock. Sie streichelte ihn immer noch.

»Ich kann nie schlafen.« Seine Stimme wurde durch ihren Rock gedämpft. »Wenn ich doch nur schlafen könnte. Ich habe seit Wochen nicht richtig geschlafen.«

»Dann nimm doch was«, riet sie ihm.

»Nachts treiben sich hier Leute herum. Ich weiß das genau. Ich höre sie rumschleichen. Gestern Abend war jemand in meinem Haus.«

»Unsinn«, murmelte sie und streichelte sein Haar.

»Aber wenn ich dir doch sage, dass jemand da war!«, beharrte er. »Ich lag mit geschlossenen Augen da – ich schlief nicht, ich schlafe schon lange nicht mehr. Es war ein Eingeborener, ich konnte ihn riechen. Ich konnte ihn sehen.«

»Vielleicht war es Rei.«

»Ich habe ihn gefragt und er sagt, er wäre nicht da gewesen. Außerdem, meinst du, ich würde Rei nicht erkennen?.«

»Schon, aber er würde lügen, oder? Wenn er denkt, du willst ihm etwas vorwerfen. Oder wenn er sich reingeschlichen hätte, um eine Zigarette zu stibitzen.«

»Rei war es nicht!« Er brüllte sie fast an. »Vielleicht war es einer dieser verdammten Keremas, der irgendetwas Böses im Schilde führte.« Er glaubte nicht, dass es ein Kerema gewesen war, aber mehr wagte er nicht zu sagen. Tatsächlich war er sich, bis das Gespräch darauf kam, mit dem Eingeborenen gar nicht sicher gewesen. War es ein Mann gewesen? Oder nur ein Flecken Mondlicht? Nur durch das Nachdenken nahm es festere Gestalt an. Aber den Geruch hatte er sich nicht ausgedacht. Er hatte den Geruch wahrgenommen, so wie er ihn vor einer halben Stunde im Flur wahrgenommen hatte. Den wurde er nicht mehr los. Er trug den Geruch mit sich herum. Ihm war, als würde er diesen Geruch nie mehr loswerden, solange er lebte.

»Was könnten sie wollen?«, fragte Sylvia ruhig.

Er brach in wildes Gelächter aus. »Sich rächen, weil ich sie rausgeworfen habe. Versuchten es wahrscheinlich mit ein bisschen Purripurri oder so.«

»Zauberei?« Sie hob die Augenbrauen und lächelte. »So ein

Unsinn. Ich glaube, du hast dir das Ganze eingebildet.« Sie wappnete sich gegen einen neuerlichen Ausbruch, griff nach der einzigen Medizin, die sie kannte, und goss ihm noch ein Glas Gin ein. »Hier, trink das, Schatz. Du bist mit den Nerven fertig. Du schläfst nicht genug.«

»Wie kann ich denn genug schlafen«, klagte er, »wenn die verdammten Eingeborenen die ganze Nacht durch mein Haus wandern.«

Aber der Gin wirkte und langsam fühlte er sich besser. Er streichelte Sylvias Schenkel. Sie liebte ihn – liebe, törichte, dumme Sylvia. Und seine Schwester liebte ihn. Und zumindest Rei war ihm treu ergeben, auch wenn er ein schlechter Koch war und man sich nicht darauf verlassen konnte, dass er die Hunde auch wirklich verjagte. Bald würde er sich ein Stück Land kaufen und sein Haus bauen, und sie konnten alle zur Hölle fahren. Er würde ihnen die kalte Schulter zeigen, allen. Er würde Trevor Nyall die kalte Schulter zeigen, weil er ein eigenes Haus besitzen würde, und die Leute würden ihn respektieren und zu seinen Essenseinladungen kommen und über seine gastgeberische Großzügigkeit staunen. Er kannte eine besondere Art der Pawpaw-Zubereitung. Er würde einen chinesischen Koch ins Land holen – die Einwanderungsbehörde würde keine Einwände erheben, wenn er sie erst mal fürstlich bewirtet hatte. Er dachte sich das Menü für seine erste Einladung aus und stellte eine Gästeliste zusammen. Trevor Nyall, beschloss er, würde nicht eingeladen.

Es war halb zwölf, als er Sylvia verließ. Der Jeep stand wartend am Straßenrand, aber Rei war nirgends zu sehen. Washington schwankte ein bisschen, aber er hatte noch einen ziemlich klaren Kopf. Er sah die Straße hinauf und hinunter und pfiff. Die Häuser weiter oben am Hügel waren noch erleuchtet und von irgendwoher weiter oben hörte er Papuastimmen, aber die Straße war leer.

Der Wind hatte sich gelegt und durch die Fransen der Kasuarinenbäume wehte nur eine leichte Brise. Er roch den Duft der

Frangipaniblüten. Er blieb stehen und genoss die kühle Nachtluft. Dann fiel ihm Rei wieder ein und er drückte heftig auf die Hupe.

Die Dunkelheit vor ihm lichtete sich, eine undeutliche Gestalt tauchte auf und bewegte sich zögernd auf ihn zu. Es war ein Eingeborenenpolizist. Washington sah seinen Gürtel in der Dunkelheit glänzen.

»Oh, hau ab!«, sagte er ungeduldig.

Er hupte wieder, setzte sich auf den Beifahrersitz und zündete sich eine Zigarette an. Vom Hang des gegenüberliegenden Hügels her bewegte sich ein verschwommener weißer Fleck auf ihn zu. Das war zunächst alles, was von Rei zu erkennen war, sein flatternder weißer Rami. Er kam atemlos an. Offensichtlich hatte er gefeiert. Er kaute Betelnuss, trug eine Hibiskusblüte im Haar und eins von Washingtons neuen Geschirrtüchern um den Hals. Unter dem Arm trug er eine Gitarre, die mit bunten Papierbändern geschmückt war.

»Wo warst du?«

»Boyhaus.« Rei grinste breit.

»Wessen Boyhaus?«

Rei machte eine vage, ausladende Geste, die beinahe den ganzen Hügel umfasste.

»Das Boyhaus von welchem Taubada?«, fragte Washington. Das Wohlgefühl, das Sylvias Körper ihm geschenkt hatte, schwand bereits wieder. Ohne zu wissen warum, misstraute er Rei plötzlich. Was hatte er getrieben? Mit wem hatte er sich unterhalten? Er befürchtete … er wusste nicht was …

Rei antwortet nicht. Sein Lächeln war erloschen. Sein Gesicht war jetzt dumm und unbewegt, aber seine Augen schienen größer und glänzender zu werden. Washington wusste diese Zeichen zu deuten: Rei war nervös und würde jetzt irgendetwas sagen.

»Warst du mit irgendwelchen Fremden zusammen, irgendwelchen Gaunern?«, erkundigte er sich freundlicher.

»Nein, Taubada.« Nichts auf der Welt konnte ihm verraten, was hinter diesen schimmernden Augen vor sich gehen mochte, die jetzt so fest in seine blickten.

»Na gut. Steig ein und lass uns heimfahren.« Wahrscheinlich hatten sie nur um Geld gespielt, und darüber wollte er natürlich nicht ausgefragt werden. Als Rei den Motor anließ und der Jeep hügelabwärts fuhr, sagte Washington in dem Wunsch, die flatternden Nerven des Boys zu beruhigen: »Sing mir was vor, Rei. Welches Lied hast du da oben gespielt?«

»Ich nicht singe, Taubada.«

»Warum nicht?«

»Kopfweh«, sagte Rei und kaute weiter.

Washington blickte zur Seite. Sie kamen am Kai vorbei. Ein Handelsschiff hatte beim Anleger festgemacht. Es war noch erleuchtet, und die Lichter aus den Bullaugen tanzten im Rhythmus der Wellen auf und ab. In dieser Nacht wurde nicht ausgeladen und der Kai lag verlassen da. Nur ein einzelner Eingeborener kauerte an einer Ecke der Werft, sein schwarzer wolliger Kopf hatte gegen den Himmel die Silhouette einer Blume.

Sogar Rei hat sich verändert, dachte Washington. Er war immer ein Dummkopf gewesen, aber ein fröhlicher. Er war immer glücklich. Er brachte seine Freunde hoch zum Boyhaus mit, spielte stundenlang seine Gitarre und sang – Volkslieder, Schlager und Samoa-Tänze, die er von den frühen polynesischen Missionaren gelernt hatte.

Aber jetzt sang er nur noch mit seinen eigenen Leuten und gab Washington das Gefühl, ein Fremder zu sein. Er lief ernst und still umher, was seinem Charakter völlig widersprach. Er benahm sich nicht länger wie ein Kind und verhielt sich oft rätselhaft. Manchmal war Washington, als ob Rei vor ihm Geheimnisse hütete.

Alle, dachte Washington – und der Trost von Sylvias Zärtlichkeiten rückte in immer weitere Ferne –, hatten sich gegen ihn gewandt, auch Rei. Dabei war er ihr Freund gewesen. Sie waren mit ihren Problemen immer zu ihm gekommen: ein Stück altes Laken für ein Segel, Metall, um das Dach zu flicken, ein rostiges Messer, ein Brief, der an einen Freund geschrieben werden sollte. Bei ihren Hochzeiten hatte er Reden gehalten. Aber jetzt kam keiner mehr und niemand sang ihm etwas vor. Rei, der mit rätselhaftem

Gesichtsausdruck umherlief und seine Aufgaben tüchtiger erledigte als früher, war als Einziger übrig geblieben. Washington fühlte sich, als hätte die ganze braune Rasse ihn beschnüffelt und traute ihm nicht länger – verschwor sich gegen ihn, indem sie ihn mieden oder, Gott behüte, noch mehr als das. Er unterdrückte ein Schaudern.

Die Straße verlief am Ufer entlang. Die Ebbe hatte ein paar Meter Kieselstrand hinterlassen, und ein halbes Dutzend Eingeborene fischte mit Taschenlampen in den seichten Stellen. Er konnte die ungenauen, schattenhaften Umrisse ihrer Körper sehen. Die Straße machte eine Kurve und führte hinter einer Reihe niedriger Gebäude auf die Hügel zu. Ein von Pflanzen überwucherter Hang, über den sich nur ein Pfad schlängelte, ragte vor ihnen auf. Die Straße machte abermals eine Kurve und endete bei einem Haufen baufälliger Blechhütten, die früher einmal Militärdepots gewesen waren.

»Es ist kein Licht an.« Washington stand auf und spähte durch die Stämme von ein paar Kokospalmen. »Ich habe dir gesagt, du sollst Licht anlassen.«

»Kein Licht«, wiederholte Rei, und beide stierten zu dem schwarzen Fleck auf dem Hügel, der Washington Haus war.

»Dann geh verdammt noch mal nach oben und hol mir meine Taschenlampe.«

Rei, der die Dunkelheit genauso wenig mochte wie Washington, rollte mit den Augen.

»*Geh schon!* Beeil dich! Ich will hier nicht die ganze Nacht warten!«

Rei kletterte aus dem Jeep und ging langsam den Pfad hoch. Die Dunkelheit verschlang Kopf, Schultern, Arme und Beine, bis man nur noch seinen weißen Rami wie eine Motte durch die Dunkelheit schweben sah. Er fing an zu singen.

Warum singt er jetzt?, überlegte Philip. Um die Geister zu bannen? Vor welchem Geist hat er hier Angst? Oder spürte er, ohne zu wissen warum, dass in dieser baufälligen kleinen Hütte kein Frieden herrschte?

Die weiße Motte von Reis Rami verschwand, aber seine Stimme war noch immer zu hören, wie er auf dem Weg hügelaufwärts sang. Washington zündete sich eine Zigarette an. In dem Gewirr der Schuppen bewegte sich etwas. Eine Tür knirschte und ein Stück Blech fiel scheppernd zu Boden.

»Verdammter Boy!«, sagte er laut. Langsam wurde er wieder nervös und fuhr heftig zusammen, als ein Fliegender Hund sich in einem Pawpawbaum bewegte. Die Blätter knisterten und raschelten wie Papier, dann schnellte eine große schattenhafte Fledermaus aus dem Laub und stieg mit schweren Flügelschlägen in den Himmel. Washingtons Haut begann zu kribbeln. Er starrte gebannt auf den Weg vor ihm. *Was trieb dieser Boy bloß?* Er drückte heftig auf die Hupe und im nächsten Moment ging das Licht in seinem Haus an. Er erhaschte einen Blick auf Rei, der an der Haustür vorüberging, und dann den Kegel einer Taschenlampe, die sich hügelabwärts auf ihn zubewegte. Er sah einen langen, dünnen Strahl den Weg beleuchten. Er hörte Rei rufen: «Wau! Wau!«

Durch den Strahl der Taschenlampe raste ein magerer schwarzer Hund. Washington zog Luft durch die Zähne ein und ballte in einem Wutanfall die Hände. Erst konnte er sich nicht rühren, aber dann stieß er die Tür des Jeeps auf und kletterte hastig hinunter auf die Straße. »Fang den Hund!«, schrie er. »Leuchte auf den Hund!«

Das Licht zuckte heftig auf und nieder, aber der Hund hatte mittlerweile fast die Schuppen erreicht. Washington bückte sich und klaubte eine Hand voll Steine auf. Er schleuderte sie in wilder ungezügelter Wut. Prasselnd trafen die Steine auf Blech und man hörte ein schwaches Jaulen. In seiner Bedrängnis kam der Hund jetzt auf ihn zu. Als er vorbeirannte, trat Washington nach ihm, aber es war mehr eine Geste der Wut als ein Angriff, denn der Hund war mindestens einen halben Meter entfernt. Er beschimpfte ihn heftig und warf noch einen Stein, diesmal sorgfältig gezielt. Vor seinem inneren Auge tanzten brutale Bilder. Er sah seinen Stiefel den Hundeschädel zerschmettern, er sah den spitzen Stein das Auge durchbohren. Er hörte sein Todesgeheul. Doch der Hund war verschwunden, unverletzt.

Rei näherte sich ihm langsam.

»Wo war er?«, fragte Washington. Es kostete ihn alle Kraft, nicht zu brüllen, sondern ruhig und vernünftig zu sprechen, um Rei nicht zu verschrecken.

»Unter dem Haus, Taubada.«

»Unter dem Haus?« Seiner Anstrengung zum Trotz hob sich seine Stimme. »Was hat er da gemacht?«

»Nichts, Taubada. Kaikai.«

»Gegessen? Was hat er gegessen?«

»Knochen, Taubada.«

»Einen Knochen! Was für einen Knochen?«

Rei sah verstört zur Seite. »Nichts, Taubada. Taubadas Kaikai. Langer Knochen Taubadas Kaikai. Er nehmen sein lange Bratpfanne.«

Die Angst wich aus Washingtons Körper und hinterließ ein Gefühl von Übelkeit und Schwäche. »Oh!« Ihm fiel der Kotelettknochen ein, der in der Bratpfanne vor der Hintertür lag. Er machte sich auf den Weg den Hügel hinauf.

Gegen drei am nächsten Morgen wachte er auf. Es war ruhig und kühl. Von der Morgendämmerung war noch nichts zu sehen, aber der Himmel vor seinem Fenster war hell und leer und wartete auf die Sonne. Die Blätter der Pawpawbäume spreizten sich vor dem Himmel wie Hände. Drei Glühwürmchen blinkten blass in dem Dachstroh über seinem Kopf, ihre Lichter gingen aus und an wie der Schlag winziger Herzen. Für einen Augenblick lag er friedlich da, so wie früher, als es noch keinen Grund zur Angst gab, und blickte zu den Glühwürmchen und den Pawpawblättern hinüber. Dann fiel ihm wieder ein, wo er war, und sein nackter Körper spannte sich unter dem Laken an. Er hob das Moskitonetz hoch und untersuchte mit großen furchtsamen Augen das Zimmer. Er fing am Fußende des Bettes an und ließ den Blick langsam zur Wand gegenüber wandern. Viele der Gegenstände wirkten zu dieser unheimlichen Stunde seltsam und fehl am Platze. Sein Regenmantel, der an einem Nagel über der Haustür hing, hätte so knitter- und faltenfrei auch der dunkle, bucklige Schatten eines wartenden Mannes sein können. Aber das war ein Phantom, das ihm schon früher begegnet war, mit dem er an einem dieser Abende sogar gesprochen und das er mit der Taschenlampe angeleuchtet hatte. Heute wanderte sein Blick weiter bis zur Wand. Hier glühten die Hauer eines Ebers wie ein Lächeln ohne Körper. Drei Kürbisse auf einem Bord sahen aus wie die nackten Knochenstirnen menschlicher Schädel. Tapatuch raschelte wie das trockene, flüsternde Trippeln von Ratten. Das einzige andere Geräusch war das schwache Klimpern von Bambuswindharfen an der gegenüberliegenden Wand.

Erst als seine Augen die Tür erreichten, sah er es. Es stand im Türrahmen und verstellte die Sicht auf das, was er eigentlich dahinter hätte sehen können: den Hügel, die Bananenpalmen, die Ecke vom Boyhaus. Nichts davon war sichtbar, nur ein paar blasse Sterne über seinem Kopf. Es war ein Mann. Ein kleiner Mann, ein Eingeborener. Es war nicht Rei oder irgendein anderer Hausboy, denn er trug keinen Rami. Sobald Washington ihn erblickt hatte, konnte er ihn auch riechen. Eingeborenenfleisch, ungewaschenes, primitives Eingeborenenfleisch. Nicht der süße, schlammige Geruch der Küstenleute, die sich im Meer wuschen und schwammen, sondern der widerliche Gestank von primitiven Inselleuten, die sich Schweinefett auf die Haut schmierten.

Panik ergriff ihn. Seine Hand schoss vor, seine Finger packten den erstbesten Gegenstand, den sie berührten – eine halb leere Rumflasche auf dem Tisch neben seinem Bett –, und er schleuderte sie in Richtung Türöffnung. Die Flasche traf den Türrahmen und rollte die Stufen hinunter bis auf den Erdboden draußen. Der Schatten war verschwunden. Er schien nicht zur Seite zu treten, sondern zu verblassen, und gab den Blick frei auf den Himmel mit seinen funkelnden Sternen, den Hügel und die langen, schwingenden Blätter der Bananenpalmen. Alles war still bis auf das tropfende Geräusch des auslaufenden Rums, das Klimpern der Windharfen und das trockene heisere Klatschen des Tapatuchs.

Schluchzend vor Entsetzen lag Washington wie angekettet auf seinem Bett.

Kapitel 5

Um acht Uhr dreißig am nächsten Morgen klingelte das Telefon auf Washingtons Schreibtisch. Er ließ es ein paar Mal klingeln, dann hob er den Hörer ab und sagte missmutig: »Du bist spät dran.«

»Das tut mir Leid, Liebling«, sagte Sylvia, die ihn jeden Morgen um Viertel nach acht anrief. »Ich bin gerade erst gekommen. Ich war noch beim Personalbüro und habe mich um ein verirrtes Lamm gekümmert. Ist im Lauf der letzten paar Minuten jemand in dein Büro gekommen?«

Es gab eine Pause, während er sich umschaute. »Nur ein Mädchen.«

»Ein schlankes Mädchen mit kurzen Haaren, das einen verschreckten Eindruck macht?«

»Verschreckt würde ich nicht sagen. Sie unterhält sich gerade mit Finch.«

»Sie war es, mit der du gestern Abend zusammengestoßen bist. Merkwürdiges Geschöpf. Sie ist gerade erst angekommen und musste sich beim Personalbüro melden. Aber sie hatte Angst, allein hinzugehen, deshalb musste ich sie begleiten.« Dann sagte sie mit einem gewissen Unterton der Selbstzufriedenheit: »Sie ist nicht Warwicks Tochter, sie ist seine Frau.« Von Washington kam keine Antwort und sie redete weiter. »Was meinst du, was sie hier macht? Komisch, was? Sie ist noch so schrecklich jung. Sie tut mir Leid und trotzdem wünschte ich, sie wäre nicht hier. Mir kommt sie verdreht vor, ich kriege Gänsehaut bei ihr. Ich hab so ein komisches Gefühl ...«

»Woher weißt du, wer sie ist?« Washingtons Stimme klang weit entfernt, denn sein Kopf war vom Hörer abgewandt.

»Ich weiß es einfach. Wegen dem, was sie sagt. Was sie so redet. Und sie arbeitet in deinem Amt. Sie will eigentlich ins Amt für

Kulturentwicklung, wo ihr Mann gearbeitet hat, aber Nyalls Sekretärin ist gerade auf Urlaub und da haben sie ihr die Vertretung angehängt. Sie war ganz aufgebracht, weil sie nicht zur Kultur durfte, aber als sie dann Nyalls Namen gehört hat ... Hallo! Hallo! Bist du noch dran?«

»Ja, ich bin noch dran. Ich muss jetzt aufhören.«

»Du hast mir noch gar nicht gesagt, wie es dir geht. Ist alles in Ordnung?«

»Grässlich. Ich glaube, ich bekomme Fieber. Konnte letzte Nacht nicht schlafen.«

»Liebling, du solltest zu Hause im Bett liegen.«

»Vielleicht gehe ich auch nach Hause. Ich hatte das schon überlegt.«

»Ich komme dann und koch dir was. Armer Liebling – Philip?«

Aber er hatte aufgelegt.

Trevor Nyall betrat das Amt für Landvermessung um zehn Uhr. Stella saß in seinem Büro ganz am Ende des Gebäudes. Sie hörte Stimmen im Flur: »Guten Morgen, Mr. Nyall«, und eine Männerstimme erwiderte sonor: »Guten Morgen, guten Morgen.«

Sie wartete und sah mit starrem Blick auf die Schreibmaschine auf dem Tisch vor ihr. Aber er tauchte nicht sofort auf. Auf dem großen, leeren Schreibtisch in der Ecke wurde ein Blatt Papier hochgeweht und segelte auf den Fußboden, wo es liegen blieb. Sie machte keine Anstalten, es aufzuheben, sondern saß wartend da, die Hände im Schoß fest umklammert.

Die Tür flog auf und ein Windstoß durchfuhr das gesamte Gebäude. Das Blatt wurde hochgeblasen und zum Fenster geweht. Eine Akte auf dem Schreibtisch fiel um und aus einem Marmeladenglas kippten Wasser und Frangipaniblüten auf den Fußboden.

Der Mann, der hereingekommen war, schloss die Tür hinter sich und bückte sich, um das Blatt aufzuheben. Das kostete ihn etwas Mühe, denn er war groß und stattlich, und als er sich wieder aufrichtete, war sein Gesicht von Schweißperlen überströmt. Es war ein gut aussehendes, faszinierendes Gesicht. Sein dichtes Haar war eisengrau, seine Haut gelblich gebräunt, seine Augen funkelten jugendlich. Seine Haltung verriet weniger Selbstgefälligkeit als Zufriedenheit. Sein Aussehen ließ darauf schließen, dass er das Leben liebte, dass er noch nie gedemütigt, enttäuscht oder übergangen worden war, dass er seinen Weg in dieser Welt gemacht hatte, ohne Schaden an seinem Gewissen zu nehmen oder sich Wünsche versagen zu müssen.

Stella hatte noch nie ein Foto von ihm gesehen und führte die Vertrautheit seines Aussehens darauf zurück, dass er genau so aussah, wie sie ihn sich vorgestellt hatte. Er sah zu ihr hinüber, lächelte und sagte: »Guten Morgen.« Sein Lächeln war bezaubernd. Nicht jeder, überlegte sie, während sich ihr Herz für ihn erwärmte, würde seiner Sekretärin so zulächeln, und sie dachte an den Mann auf dem Hügel, der nicht gelächelt hatte.

»Ich hebe sie auf«, sagte sie.

»Danke, es ist für mich ziemlich weit bis da runter.« Seine Stimme war kräftig und herzlich. Stella bückte sich neben ihm und sammelte die verstreuten Blumen ein. Vor lauter Aufregung kribbelte ihre Haut. Er strahlte eine Energie und einen Optimismus aus, die sie bereits angesteckt hatten. Er würde ihr helfen.

»Sie sind bestimmt meine neue Sekretärin.«

Sie richtete sich auf. »Ich bin Stella Warwick.«

Seine schweren dunklen Lider hoben sich. Seine Hände, die er auf der Tischplatte gefaltet hatte, lösten sich voneinander und blieben dort liegen, Finger gekrümmt, Handflächen nach oben. »Nein«, sagte er leise und schüttelte den Kopf.

Er saß da und starrte sie an, dann stand er auf und kam um den Tisch herum auf sie zu. Er nahm ihre Hände, sah auf sie hinunter und sagte: »Oh, Sie Ärmste. Was tun Sie hier?«

Stellas Augen füllten sich mit Tränen. Sie war glücklich. Sie hatte einen Freund gefunden. Er würde sich um sie kümmern und ihr sagen, was sie tun musste und wie.

»Was tun Sie hier?«, wiederholte er und hielt immer noch ihre Hände.

»Ich wollte Sie sehen. Ich brauche Ihre Hilfe.« Sie richtete den großen, bittenden, kindlichen Blick auf ihn, den ihr Vater und ihr Mann so an ihr geliebt hatten.

»Natürlich helfe ich Ihnen. Ich werde alles für Sie tun, was in meiner Macht steht.«

»Ich bin gekommen, um herauszufinden, warum mein Mann ermordet wurde.«

Er fuhr nicht zusammen, sondern sah unbeirrt in ihre geweiteten glänzenden Augen. Dann zog er einen Stuhl heran und bedeutete ihr, sich zu setzen. Er ging zur Tür, öffnete sie, schaute sich nach allen Seiten um, schloss sie wieder und kam zurück. Er blieb vor ihr stehen, sah auf sie hinunter und schüttelte langsam den Kopf. »Stella, Ihr Mann wurde nicht ermordet. Er hat Selbstmord begangen.«

»Nein, Sie irren, Mr. Nyall. Er wurde ermordet.«

»Nun, glauben Sie nicht, es würde mich überraschen, dass Sie so denken.« Er lächelte auf sie hinunter. »Die Vorstellung von Selbstmord missfällt Ihnen, nicht wahr? Sie halten das für unehrenhaft und Sie wissen, dass David ein Ehrenmann war.«

Stella hatte nicht den Eindruck, dass diese Worte ihren Gefühlen gerecht wurden, und wollte ihn unterbrechen, aber er hob seine Hand und fuhr in dem sanften, erklärenden Ton fort, in dem die Leute oft mit ihr sprachen und der sie jetzt an ihren Mann erinnerte: »Das ist aber keine romantische Erfindung. Es stimmt.«

Er schlug mit der Faust in seine Handfläche. »Sie werden das nur schwer verstehen. Das hier ist nicht Australien, Stella. Die Leute hier verhalten sich anders. Keiner von uns in diesem Land ist ein normaler, ausgeglichener Mensch.«

Sie blickte ihn ernst an. Sie meinte, noch nie einen so normalen und ausgeglichenen Menschen gesehen zu haben. »Alle sagen, David hätte Schulden gehabt«, begann sie. »Ich weiß, er war verschwenderisch, und er hat auch kaum etwas hinterlassen. Aber Schulden …« Sie hielt inne. »Er *machte* sich einfach nichts aus Geld.«

Er schüttelte nachsichtig den Kopf. »Wie einfach es sich für Sie darstellt. Er war ein Spieler. Er lieh sich einen Haufen Geld von seinen Freunden.«

»Ich sehe keinen *Grund*«, insistierte sie, »warum Sie glauben, er hätte sich umgebracht.«

»Wenn Sie einen Monat hier blieben, würden Sie Grund genug sehen.« Er sprach jetzt langsam und unterstrich jedes Wort mit einer Handbewegung. »Dieses Land ist herzzerreißend, Stella. Einfach *herzzerreißend*. Wir stehen vor einem unüberwindbaren Problem.« Er hatte sich abgewandt, ging im Zimmer auf und ab und redete nun wie vor einer großen Zuhörerschaft. »Dies ist ein junges, wildes, unzivilisiertes Land, voller Menschen, die zu den primitivsten Völkern unserer Erde zählen. Ich weiß nicht, ob Sie begreifen, was das bedeutet. Wir müssen ihnen nicht nur unsere westlichen Vorstellungen von Gesetz und Religion beibringen, wir müssen sie zudem in wenigen Jahren über ganze Zeitalter hinwegzerren. Und so vieles, was wir getan haben, war falsch. Das war nicht immer unsere Schuld, das Problem ist einfach enorm. Und oft zieht dieses Land Menschen an, die nur Geld verdienen wollen. Die machen es uns unmöglich.« Sein Blick kehrte zu Stellas Gesicht zurück. »Für diejenigen von uns, Stella, die sich darüber große Sorgen machen, waren die vergangenen paar Jahre herzzerreißend. Sie müssen sich dieses Land als ein kleines Kind vorstellen, aus dem wir versuchen einen mündigen Erwachsenen zu machen. Menschen wie David haben dabei einen aufgeweckten, starken Jugendlichen mit all unserem Wissen und keinem unserer Fehler im Sinn, aber was, muss er feststellen, bringt er hervor? Einen billigen, schäbigen Taugenichts, der weder erwachsen noch ein Kind ist. Eine Art durchtriebener, verwahrloster Zehnjähriger, der nicht mal glücklich ist. Es ist schrecklich.«

Stella verstand nicht. »Wollen Sie mir damit sagen, dass das Glücksspiel und die Schulden bei seinen Freunden nichts mit Davids Tod zu tun hatten?«

»Es gibt viele Arten von Selbstmord«, Trevor klopfte mit dem Ende einer Zigarette auf ein silbernes Etui, »und hier finden Sie

sie alle. Die einen trinken, die anderen spielen, und bei manchen ist es eine allgemeine moralische Zersetzung.« Er machte eine Pause. »Ich kann gar nicht sagen, wie besorgt ich darüber bin, was Sie sich da in den Kopf gesetzt haben. Glauben Sie mir, am besten lassen Sie das Ganze auf sich beruhen. Sie werden nur Davids Ruf schaden.« Sein Gesicht hellte sich auf und er lächelte sie an. »Sie müssen uns besuchen kommen und bei uns wohnen, und wir werden Ihnen etwas von diesem Land zeigen. Sie können sich hier amüsieren, segeln, Golf ... Wer weiß, vielleicht lernen Sie jemanden kennen, Sie sind jung ...«, endete er optimistisch.

Stella zügelte ihren Zorn. »Es stimmt nicht, was Sie über David gesagt haben.«

Eine kaum wahrnehmbare Falte erschien zwischen Trevor Nyalls Brauen. Seine Mundwinkel senkten sich.

»Wissen Sie, David hat meinem Vater geschrieben.«

»Ach!«, entfuhr es ihm scharf.

»Er wusste, dass man ihn ermorden würde, und er schrieb es meinem Vater. Vielleicht hat er ihm sogar geschrieben, wer der Mörder war.«

Nyalls Gesichtsausdruck hatte sich völlig verändert. Seine Lippen waren schmal und verkniffen und seine Augen hatten ihre Sanftheit verloren.

Stella fasste wieder Mut bei diesen Anzeichen von Festigkeit und Stärke. Jetzt wird er mir helfen, dachte sie.

»Wie meinen Sie das? Haben Sie den Brief gesehen?«

»Ich sagte es Ihnen bereits. Nur teilweise.«

»Hat Ihr Vater Ihnen gesagt, was darin stand?«

»Nein. Er konnte es mir nicht sagen.«

Stella hatte seit drei Wochen nichts von ihrem Mann gehört. Am Tag vor seiner Abreise nach Eola hatte er ihr geschrieben und sie vorgewarnt, dass er sich eine Zeit lang nicht melden würde. Aber am Ende des Monats hatte sie auf Nachricht gewartet. Der Postbote hatte – wie alle Vorstadtpostboten – mittlerweile Anteil an dem täglichen Briefwechsel genommen und selten eine Gelegenheit ausgelassen, um Bemerkungen über liebende Ehemänner und die Freuden der Trennung zu machen. Er war so besorgt über das plötzliche Ausbleiben der Briefe gewesen, dass sie sich schließlich genötigt sah, ihm zu erklären, dass David verreist war. Als sie eines Morgens gegen zehn vom Einkaufen zurückkam, war sie ihm am Ende seiner Runde begegnet. Er hatte gerade das Gartentor eines Hauses zugeknallt, das zwölf Türen von ihrem entfernt war. Er schwang sich auf sein Fahrrad, aber bei ihrem Anblick stieg er wieder ab und lächelte.

»Er ist zurück, Mrs. Warwick«, rief er.

»Ein Brief für mich?«

»Nicht für Sie, für Ihren Vater.«

Stella rannte die Haustreppe hoch und rief den Namen ihres Vaters. Seit seiner Genesung saß er morgens immer in einem Zimmer auf der Ostseite des Hauses, weil dort die Morgensonne hineinschien. Sie stieß die Tür zu seinem Zimmer auf.

»Du hast einen Brief bekommen, Daddy? Wie geht es ihm? Ist er zurück?«

Die hohe Lehne vom Sessel ihres Vaters war der Tür zugekehrt. Im Kamin brannte ein Feuer, denn obwohl es Frühling war und vor dem Fenster schon die Pflaumenblüten niederfielen, war die Luft kühl und es hatte noch starken Morgenfrost gegeben. Das Zimmer war sonnendurchflutet, aber die Stille ließ Stella frösteln. Die Flammen wirkten im morgendlichen Sonnenlicht schwach und blass. »Daddy.«

Seine Hand bewegte sich und fiel kraftlos von der Armlehne. Sie eilte durchs Zimmer und stellte sich vor ihn, dachte, er schliefe, aber er starrte ins Feuer. Stella bemerkte die graue Färbung seiner Haut nicht sofort und auch nicht die herabhängenden Falten seiner Wangen, als ob sich das Leben bereits aus dem Fleisch zurückzog, es zusammensacken und verfallen ließ. Sie sah auf den Tisch neben ihm, und da war der Brief mit der grünen Luftpostmarke und der vertrauten Schrift. Aber der Umschlag war leer.

»Daddy, David ...« Sie sah ihn an. Seine Augen waren immer

noch auf das Feuer gerichtet. Sie vergaß den Brief und sah nur noch das runzelige Entsetzen in seinem Gesicht. Ihr kam der Gedanke, dass sich seine Augen für ewig an einem Punkt im Feuer verfangen hatten, von dem sie nie wieder loskommen würden.

»Daddy, was ist los?«

»Mir geht es nicht gut.«

Sie sah sich mit wilden Blicken um, hilflos und verängstigt. »Was soll ich tun?«

Seine Augen immer noch auf das Feuer gerichtet, hob er die Hand und griff in die Luft. Sie beugte sich über ihn und seine Finger berührten ihr Gesicht, tasteten ungeschickt wie Babyhände über ihre Wangen und Lippen.

»Bist du das, Stella?«

Er wandte nicht den Kopf. »Meine arme kleine Tochter. Du bist ganz allein. Mord! Mord!« Tränen liefen aus seinen Augen und seine Finger tasteten immer noch nach ihrem Gesicht, schlossen sich um eine Haarlocke und zogen ihren Kopf zu ihm hinunter.

Sie wich zurück, aber seine Finger waren im Tod erstarrt. Das letzte bisschen Leben floss in diesen klammernden, verzweifelten Griff. Und als sie ihren Kopf zurückzerrte, blieb eine Strähne ihres Haars in seiner Hand zurück.

Das Telefon stand auf dem Fensterbrett neben dem Kamin. Ihr Vater saß da und starrte ins Feuer, seine Augen weit offen und unbewegt; seine Hand, die immer noch die ausgerissene Haarsträhne hielt, sank langsam auf sein Knie. Sein Mund wurde zu einer schmalen, verzerrten Linie. Eine Seite seines Gesichts erzitterte, die andere blieb schrecklich reglos. Sie ertrug es nicht, ihn anzusehen. Sein Kinn sackte herab, dann schloss sich der Mund und erstarrte in seinen endgültigen unbeweglichen Zügen.

Kapitel 6

Trevor Nyall ging zu den offenen Jalousien und sah hinaus in das grelle Sonnenlicht. Sie saß da und wartete. »Ich weiß alles über das Gold, Eola, Jobe. Er hat mir alles geschrieben. Wie Jobe ihn bedrohte ...«

»Ihn bedrohte!« Nyall drehte sich um.

»Er sagte, dass David ihm im Weg stünde, dass er das Gold trotzdem kriegen würde ...«

»David hätte Ihnen nie davon erzählen dürfen. Diese Angelegenheit war höchst vertraulich. Wenn alle Angestellten der Verwaltung sich ihren Frauen anvertrauen würden ...!«

Sein anklagender Blick ließ sie zurückweichen. »Ich weiß. Er bat mich, nicht darüber zu sprechen. Aber ich muss Jobe finden. Verstehen Sie denn nicht? Er hat David *umgebracht!* Es gibt keine andere Erklärung. Er muss David nach seiner Rückkehr aufgesucht haben. David hatte Angst und schrieb meinem Vater ...« Ihre ungeduldige Stimme wurde lauter. »Ich muss Jobe finden!« Sie zitterte, wie man zittert, wenn man von einer heimlichen Liebe spricht.

»Bitte«, sagte er, »sprechen Sie leise.«

Ihre Stimme bebte schrill. »Es ist mir egal, wer mich hört!«

»Sie *müssen* leise sprechen. Sie wissen nicht, welches Unheil Sie anrichten könnten.«

»Entschuldigung«, sagte sie unterwürfig.

Er sah auf ihre Hände, die sich in ihrem Schoß umklammerten. »Ist schon gut.«

»Ich muss ihn finden«, sagte sie leise, aber leidenschaftlich. »Wenn ich diese Aufgabe nicht hätte, würde ich sterben.« Sie zitterte und dachte an die leeren Abende, die vor ihr lagen, wo niemand und nichts auf sie wartete.

»Mein armes Kind«, sagte er und sah freundlich auf sie nieder.

»Sie haben das Ganze so aufgebauscht – wie werden Sie aufnehmen, was ich Ihnen zu sagen habe? Mr. Jobe hat das Land verlassen. Er ist gleich nach Davids Tod abgereist.«

Stella starrte zu ihm hoch. Ihr war kalt.

»Davids Entscheidung war ihm mitgeteilt worden.« Nyall ging wieder vor seinem Schreibtisch auf und ab. »Sie betraf, falls Sie es nicht wissen, die Verweigerung der Schürfrechte. Offensichtlich rechnete er damit. Ein paar Tage später erfuhr ich, dass er nach Sydney geflogen war.«

»Er könnte zurück sein. Vielleicht hat er abgewartet, bis sich die ganze Aufregung legte, und ist dann zurückgekommen. Vielleicht ist er jetzt hier. Vielleicht ist er in Eola!« Sie ballte die Fäuste. Das Blut war in ihr Gesicht zurückgekehrt.

»*Warum* soll er David umgebracht haben?« Nyall stieß ein kleines verzweifeltes Lachen aus.

»Das weiß ich nicht«, schrie sie. »Vielleicht aus Rache, vielleicht weil er wütend war. Vielleicht weil niemand außer David sich an Eola erinnern würde, und dann konnte er hinfahren und das Gold holen, ohne dass jemand davon erfuhr. Vielleicht wird er einen neuen Antrag stellen und der kommt durch. David hatte einen Assistenten ...« Sie unterbrach sich, als Nyall sie scharf ansah, deutete seinen interessierten Blick aber als Zustimmung und fuhr überstürzt fort: »Vielleicht waren er und Jobe zu einer Einigung gelangt. Dieser Assistent hasste David. David meinte, er sei neidisch auf ihn. Jobe könnte zurück sein. Es gibt nur zwei Möglichkeiten, in dieses Land einzureisen. Wir könnten herausfinden, ob er zurück ist, indem wir die Fluglinien und Schifffahrtgesellschaften überprüfen.«

»Stella«, unterbrach Nyall sie, »zwei Worte von einem sterbenden verwirrten alten Mann, und Sie setzen sich solche Ideen in den Kopf! Gehen Sie *zurück* nach Australien. Das ist morbide und ungesund! Das ist Wahnsinn. Welchen Nutzen erwarten Sie für sich?«

»Ich erwarte keinen Nutzen. Ich erwarte das Schlimmste.«

Er las in ihrem Gesicht, dass sie für vernünftige Argumente

nicht zugänglich war. »*Nun*, gut.« Er lächelte und tätschelte ihre Schulter. »Sie sind fest entschlossen. Wir können Sie jetzt nicht gut allein losziehen lassen, nicht wahr? Ich bin Ihr Freund. Ich muss Ihnen helfen.«

Sie sah ihn dankbar an, die Aufwallung von Leidenschaft und Triumph war vorüber. Sie fühlte sich erschöpft und sehr jung.

»Ich sage Ihnen, was wir tun werden«, fuhr er fort. »Wir werden zum Hafen und zum Flughafenbüro gehen und herausfinden, ob Mr. Jobe zurückgekehrt ist. Wenn ja, helfe ich Ihnen, ihn zu finden. Wenn nicht, müssen Sie das mit dem Mord vergessen und versuchen, über David hinwegzukommen. Geben Sie mir Ihre Hand darauf?«

Sie sah auf die dargebotene Hand. Der Handel gefiel ihr nicht, aber ihre Kraft hatte sie verlassen, und er glich in diesem Augenblick David so sehr, sprach so seltsam in Davids eigenen nachsichtigen Worten, dass sie einschlug. »Ja, das tue ich. Wenn er nicht hier ist, werde ich Ihnen nicht mehr zur Last fallen.«

Er nahm seinen Hut vom Tisch. »Zuerst fahren wir zum Flughafenbüro.«

Das Flughafenbüro war ein zweistöckiges kleines Haus auf der Hauptstraße neben dem Hotel. Nyall fuhr gleichzeitig mit einem Bus vor, der Passagiere vom Flugfeld brachte, und Stella und er warteten kurz, bis das Gepäck ins Büro gebracht worden und die Transitpassagiere zum Hotel gegangen waren.

»Da unten ist der Laden.« Nyall zeigte auf ein niedriges Gebäude auf der rechten Seite. »Gar nicht schlecht, wenn man bedenkt, wie isoliert man hier ist. Sehen Sie diese Kerle? Sie kommen von der Küste. Die darf man nie als Hausboys einstellen.«

Drei große, schlanke junge Männer kamen auf dem Gehweg auf sie zu. Sie trugen rote Ramis und Ketten aus Hundezähnen und dünne Stränge von bunten Perlen, die sie zu engen Halsbändern geknotet hatten und die ihnen bis auf die Gürtel hingen und beim Gehen hin und her schwangen. Ihre langen Haare waren mit Blumen geschmückt. Sie lächelten nicht und schauten weder rechts noch links, während sie langsam vorbeistolzierten und eine Aura halsstarriger Arroganz verbreiteten.

»Die unerfreulichsten Menschen im ganzen Territorium«, sagte Nyall. »Stehlen einfach alles. Nicht vertrauenswürdig. Wenn Sie einen Wäscher brauchen, kommen Sie vorher lieber zu meiner Frau. Wir helfen Ihnen und zeigen Ihnen ein bisschen die Umgebung.«

»Das Land interessiert mich nicht. Ich bin nur hergekommen, um Jobe zu finden.«

Er lächelte und tätschelte ihr Knie. »Selbstverständlich, selbstverständlich. Und jetzt werden wir nachsehen, ob er wieder da ist. Sie bleiben hier, ich gehe und erkundige mich.« Damit stieg er aus dem Auto und schlug die Tür hinter sich zu. Er lächelte ihr noch einmal zu und überquerte den Gehweg. Eine dicke Papuafrau mit bunten Papierschleifen im Haar trat zurück, um ihn vorbeizulassen.

Stella wartete, bis er die Stufen hochgegangen war, stieg dann aus und folgte ihm. Sie stand in der offenen Tür und beobachtete ihn. Ein junger Mann in weißer Uniform wog Gepäck. Hinter ihm saß auf einer Tischkante die Stewardess. Sie rauchte und lackierte sich die Nägel. Sie sah auf und suchte Stellas Blick. Aber Stella lehnte am Türpfosten, starrte auf Trevor Nyalls breiten weißen Rücken und betete. Lass ihn hier sein. Lass ihn zurückgekommen sein! Wenn er nicht hier war ... sie wagte nicht, den Satz zu Ende zu denken. Dann gäbe es nur das Nichts.

Trevor Nyall beugte sich vor. Sie hörte seine Stimme murmeln, und das Mädchen auf der anderen Seite des Schalters blätterte jetzt in dem dicken Buch auf dem Tresen. »Ich glaube, ich kann mich an den Namen erinnern ...«

Nyall bewegte seinen mächtigen Körper und lehnte sich über den Schalter. Stella sah den gebeugten Lockenkopf des Mädchens, das langsam weiterblätterte, dann hob sie die Hand und rückte den Kragen ihrer weißen Uniform gerade. Sie sucht nicht nach seinem Namen, dachte Stella verzweifelt. Sie denkt an ihre Uniform und wie hübsch sie aussieht und fragt sich, ob ihr Kragen verrutscht ist. Sein Name steht da, und sie wird ihn nicht sehen.

Das Mädchen hob den Kopf und lächelte freudig. »Ja, er ist hier. Er ist gestern angekommen. Leider hat er keine Adresse hinterlassen.«

Stella drehte sich um und ging hinaus auf die Straße.

Gleich darauf kam Trevor Nyall aus dem Büro und lächelte, während er auf sie zukam. »Tja, meine Liebe, Sie sehen ...«

»Er ist hier!« Sie sah zu ihm hoch und strahlte.

Das Lächeln verschwand von seinem Gesicht. »Ich hatte Sie gebeten, hier zu bleiben und auf das Auto aufzupassen. In meiner Aktentasche sind wichtige Dokumente. Die hätten gestohlen werden können ...« Er sah wütend die Straße hoch und runter.

»Das tut mir Leid, ich hatte das nicht verstanden.« In ihrem Jubel bemerkte sie seine Missbilligung kaum. »Ich hatte Recht. Er ist hier und er wird nach Eola fahren. Wir müssen ihn finden, bevor er losfährt!«

Nyall schien verwirrt und ratlos. Er blickte sich unentschlossen um. Auf Stella wirkte er nun weniger bedeutend und attraktiv als zuvor, und sie hatte den Eindruck, dass sein gutes Aussehen im Wesentlichen auf seinem Selbstvertrauen beruhte, auf dem Glauben, er sei immer im Recht.

»Er war in meinem Flugzeug«, sagte Stella leise, »und ich kann mich nicht an ihn erinnern. Ich war zwölf Stunden mit ihm zusammen. Ich erinnere mich an kein einziges Gesicht aus dem Flugzeug.« Sie wandte sich an ihn. »Wie sieht er aus? Beschreiben Sie ihn.«

»Ich kann mich auch nicht an ihn erinnern«, sagte Nyall. Er starrte ein nacktes Kind an, das unten an der Straße im Rinnstein saß und mit einer Papiermütze spielte. »Hm. Dann werden wir ihn wohl finden müssen.«

Er durchbohrte sie mit seinem Blick. »Begreifen Sie eigentlich, worum es geht? Wenn das bekannt wird, fällt es auf mein Amt und mich zurück. Das könnte meinen Rausschmiss zur Folge haben.« Mit einem wilden Blick in die Höhe schien er die himmlischen

Mächte beschwören zu wollen. »Sie haben keine Ahnung, was das Wort ›Gold‹ in diesem Land bedeutet. Sie müssen sehr diskret sein.«

»Ich verstehe.« Stella duckte sich vor seiner Heftigkeit.

»Sie überlassen das besser mir. Ich werde Ihren Mr. Jobe für Sie finden. Sie warten ab.«

Sie wollte selbst nach Jobe suchen, aber sie hätte nicht im Traum daran gedacht, ihm nicht zu gehorchen. Er war die unausweichliche Fortsetzung ihres Vater und ihres Gatten.

»Sie sollten jetzt besser in die Kantine zum Mittagessen gehen. Kommen Sie doch heute Abend zu uns zum Abendessen, dann lernen Sie auch Janet kennen. Nein, heute Abend geht es nicht, wir sind eingeladen. Morgen.«

Sie bedankte sich. »Wer war mit David in Eola? Jemand hat ihn begleitet.«

Nyall drehte sich um und schaute zu dem Kind im Rinnstein. Schließlich sagte er: »Er fuhr allein.«

»Aber er sagte, er würde jemanden mitnehmen – jemanden, der gut über die Papuas Bescheid wusste.«

»Nur Sereva, der hat ihn immer begleitet. Ein guter Boy«, sinnierte Nyall. »Oh, ich glaube, er hatte die Absicht, jemanden mitzunehmen, beschloss dann aber, allein zu fahren – je weniger Leute etwas davon mitbekamen desto besser …«

Kapitel 7

Der Arbeitstag in Marapai endete um halb vier. Dann war die Sonne noch warm, aber nicht mehr so heiß, und die weißen Verwaltungsangestellten verstreuten sich: Einige gingen zum Strand, andere zum Golfplatz oder zu den Tennisplätzen oder legten sich verzweifelt in ihre drei mal drei Meter großen Zimmer und fragten sich, warum sie jemals aus Australien weggegangen waren.

Um halb vier verließ auch Stella das Amt für Landvermessung und suchte sich ihren Weg über den Exerzierplatz. Sie kam an einer Gruppe Polizisten vorbei, die vor der australischen Fahne salutierten, und erreichte eine niedrige Steinmauer und eine Reihe verwilderter Bäume, hinter denen sich – so war ihr gesagt worden – das Amt für Kulturentwicklung befand.

Rechts von ihr bei der Polizeibaracke – ein niedriger grüner Bau mit einem Strohdach – kickten ein halbes Dutzend Papuas einen Ball durch die Gegend, schrien und schütteten sich aus vor Lachen. Sie hatten ihre Ramis wie einen Lendenschurz zwischen den Beinen verknotet und traten barfuß nach dem Ball.

Die umliegenden Büros wurden nach einem Tag in der Hitze bei geöffneten Jalousien, die jeden Windhauch einfangen sollten, für die Nacht geschlossen. Manche Büros waren pünktlicher als andere. Man hörte noch Schreibmaschinengeklapper und Papuas fegten die Böden, standen in den Türen und wedelten kleine Staubwolken nach draußen.

Das Amt für Kulturentwicklung war noch geöffnet, die Jalousien hochgezogen, der Nachmittagswind wehte Staub und den Duft der Frangipaniblüten vom Hof herein. Kasuarinenbäume beugten sich über das Gebäude, die ausgefransten Blätter zischelten auf dem Blechdach.

Stella stand in der offenen Tür und sah sich in dem Raum um, in dem ihr Mann gearbeitet hatte. Er unterschied sich kaum von dem im Amt für Landvermessung. Zwei Meter hohe Zwischenwände unterteilten ihn wie einen Kuhstall. Es gab die übliche Büroeinrichtung – Tische, Schreibtische, Schreibmaschinen und Aktenschränke. Die seltsame, lang gezogene, tierähnliche Form von Papua-Neuguinea und eine Weltkarte mit dem rot umrandeten British Empire waren an die Wand gepinnt. Ein Ölgemälde von einem Eingeborenen mit Federkopfschmuck stand auf einem Bücherregal, und es gab noch eine Zeichnung, vielleicht von einem Kind angefertigt, die an der Wand gegenüber aufgehängt war. Auf einem Tisch zwischen Akten und Drahtkörben lagen ein halbes Dutzend Cornedbeefdosen, eine runde, gelbe Kalebasse mit dem Hauer eines Ebers als Korken, drei Holzfigürchen und ein menschlicher Schädel verstreut. Weiter hinten in einem der kleineren Büros schrieb jemand auf einer Schreibmaschine.

Sie warf einen Blick in das erste Büro, aber es war leer, der Schreibtisch aufgeräumt und die Jalousien dahinter geschlossen. Das zweite Büro war ebenfalls leer. Das dritte Büro sah aus wie ein Museumskeller und roch auch so. Bündel von Speeren und Pfeilen standen in den Ecken; Äxte, Masken und Trommeln waren unter die Tische und oben aufs Bücherregal geschoben worden, und auf dem großen unaufgeräumten Schreibtisch lagen runde glatte Steine als Briefbeschwerer auf losen Papieren.

An einem kleinen Tisch in der Ecke saß ein Papua. Er hatte aufgehört zu tippen und betrachtete aufmerksam ein Lesebuch für Kinder.

Er sah anders aus als die Papuas, die Stella bisher gesehen hatte. Er trug Khakishorts und ein Hemd, so als sei ihm diese Kleidung vertraut und selbstverständlich. Seine Haare waren geschnitten und seitlich gescheitelt wie die eines Weißen, nur eine einzelne schwere Locke war davon ausgenommen und ragte wie ein Hahnenkamm heraus. Seine Hautfarbe war ein heller Bronzeton und er hatte ein hübsches Gesicht. Er besaß weder die flachen Gesichtszüge eines Mekeo noch das adlernasige semitische Gesicht von einigen der dunkleren Männer, die sie in der Stadt gesehen hatte. Er hätte als Südeuropäer durchgehen können, wären da nicht die schmalen Handgelenke und die langen, dunklen Hände gewesen. Er trug Sandalen und rauchte eine Zigarette. Als er Stella sah, stand er sofort auf. »Guten Tag. Wollten Sie zu Mr. Nyall?«

Die Frage schien äußerst merkwürdig, wo Trevor Nyall doch gerade Golf spielte. Sie blinzelte ihn verwirrt an.

»Er ist nicht da. Ich bin allein hier.«

»Ich wollte nicht zu ihm.« Sie sah sich um. »Vielleicht kannst du mir helfen.«

»Möchten Sie sich nicht setzen?« Er bot ihr einen Stuhl an und trat zurück.

Sie setzte sich. Niemand hatte ihr gesagt, dass man sich gegenüber einem Papua auf eine bestimmte Weise verhalten musste, und sie war nicht im Geringsten aufgeregt. Sie fragte sich, warum er sich nicht setzte, aber er blieb respektvoll vor ihr stehen. »Bist du schon lange hier?«

»Ja. Ich habe schon als kleiner Junge für die Regierung gearbeitet.«

Sie mochte unbefangen sein, aber er war es nicht. Er sprach wie ein höfliches Kind zu einem Erwachsenen.

»Wie heißt du?«

»Hitolo, Sinabada.«

Diesen Namen kannte sie nicht. »Vielleicht ...«, begann sie.

»Ich arbeite schon länger für die Regierung als irgendwer sonst im Dorf.« Er lächelte breit, als ob sie sich darüber freuen müsste.

»Vielleicht kanntest du Mr. Warwick, meinen Mann.«

»Oh ja.« Jetzt grinste Hitolo von einem Ohr zum anderen. »Ich kannte ihn gut. Ich war sein Angestellter. Ich habe ihn immer begleitet. Er war ein wunderbarer Mann. Er kam zu meiner Hochzeit – sie fand in einer Kirche statt und meine Frau trug ein weißes Kleid und einen Schleier –, und er saß am Tischende und hielt eine Rede.« Er machte eine Pause und sagte dann fröhlich: »Es gab *Sandwichs*.«

Da hatte Stella eine erste Ahnung von einem Unterschied zwischen ihnen und schaute auf seine Hände, wo sich dieser Unterschied am deutlichsten zu zeigen schien. »Ich bin Mr. Warwicks Frau.« Anscheinend hatte er das noch nicht begriffen.

»Guten Tag. Sehr erfreut, Sie kennen zu lernen.« Immer noch lächelnd hielt er ihr die Hand hin.

Sie drückte die eigenartigen, feuchten, fremden Finger und zog ihre Hand wieder zurück. »Vielleicht können Sie mir sagen, wo ich einen Mann mit Namen Sereva finden kann.«

Er antwortet nicht, sondern stand da und schaute sie immer noch lächelnd an. Sie wartete, schaute hoch in sein Gesicht und bemerkte, dass trotz seiner unveränderten Züge sein Lächeln erloschen war. Die Augen schienen leblos; sie hätte genauso gut einen Totenschädel anschauen können. Seine Lippen erschlafften und sein Gesicht wurde ausdruckslos. Immer noch vor ihr stehend, wandte er sich heftig ab, sodass sie nur noch seine Wange sah, die Augen aber über seine Schulter starrten.

Sie hatte keinerlei Ahnung, was diese Geste bedeutete. Vielleicht hatte er den Kopf so abrupt weggedreht, um einem Schlag auszuweichen, oder er hatte in ihrem Gesicht etwas entdeckt, dessen Anblick er nicht ertrug.

»Kennen Sie ihn?« Irgendetwas an seiner Haltung – er stand da wie gelähmt – beunruhigte sie. Dann rief eine Stimme aus dem Hauptbüro: »Hitolo! Mit wem redest du?«

Hitolo antwortete nicht, als ob jede Bewegung seinen Tod bedeutet hätte. Schritte hallten im Gang und am Ende der Trennwand erschien der Mann, den Stella nie wieder zu sehen gehofft hatte, der Mann, den sie am Vortag für Trevor Nyall gehalten hatte.

Hitolo hatte sich jetzt bewegt. Er hatte den Kopf gedreht, blinzelte, und sein Gesichtsausdruck verriet Konzentration und Erwartung.

»Was haben Sie zu diesem Boy gesagt?«

Stella erwiderte trotzig seinen feindseligen Blick. Diese unerwartete Begegnung verschaffte ihr ein merkwürdiges Hochgefühl. Sie empfand für ihn den gleichen tröstlichen Hass wie für Jobe. Sie erwiderte den Blick seiner dunkel geränderten Augen, überlebensgroß hinter den Brillengläsern, und ihr Pulsschlag beschleunigte sich mit der heftigen Abneigung, die sie erfasste. Sie war sicher, dass er angreifen würde. »Ich habe ihn gefragt, wo ich Sereva finden kann.«

Zuerst antwortete er nicht. Dann sagte er: »Sereva ist tot.« Seine Stimme war tonlos und trocken.

»Tot!«, flüsterte sie. Für jemanden, der einen geliebten Menschen verloren hat, wird der Tod, jeder Tod, auch der eines Fremden, zu einer persönlichen Angelegenheit – die schemenhafte Wiederholung der eigenen Tragödie.

»Hitolo spricht nicht gern darüber. Er sah, wie es passierte, und es war wohl kein erfreulicher Anblick. Sie waren Brüder.«

Sie sah hinüber zu Hitolo, der sehr beherrscht wirkte. Aber sie verstand jetzt, dass seine merkwürdige Haltung mit dem zur Seite gereckten Hals und der abgewandten Wange Ausdruck seiner Trauer gewesen war. »Wann ist das passiert?«

»Weshalb wollen Sie das wissen?«

Sie sah ihn überrascht an.

Er zuckte die Achseln, nahm einen der Steine vom Regal, legte ihn auf seine Handfläche und betrachtete ihn, wie man in eine Kristallkugel sieht. »Wahrscheinlich werden Sie es eh rauskriegen und es wahnsinnig aufbauschen. Er starb im Feld mit Ihrem Mann.«

»Im Feld?«

»Das bedeutet, irgendwo da draußen. Auf der letzten Fahrt, die er ins Bavatal unternahm. Sereva begleitete ihn wie üblich und er starb auf dem Rückweg, bevor sie den Stützpunkt in Kairipi erreicht hatten.«

Stella wusste, sie war auf der richtigen Fährte, und ihre Augen glänzten. »Woran ist er gestorben?«

»Schwer zu sagen. Es war kein Arzt in der Nähe.« Er legte den Stein wieder hin und sah auf. »Er bekam plötzlich Krämpfe und starb ein paar Stunden später unter schrecklichen Schmerzen. Ich hätte nie gedacht, dass der Tod eines Menschen solche Freude auslösen kann«, sagte er leise.

Stella, die nicht wissen konnte, dass ein fanatischer Glanz ihr Gesicht überzog, sagte zornig: »Freude! Wie könnte ich ...«

»Ich sehe doch«, sagte er erbittert, »wie Sie sich daraufstürzen. Sie denken, es könnte Ihnen irgendwie das entschlüsseln, was Sie törichterweise wissen wollen – das Motiv für den Selbstmord Ihres Mannes. Es bestärkt Sie in Ihrem verrückten Wunsch.«

Sie vergaß ihr Versprechen gegenüber Trevor Nyall und antwortete kühl: »David hat keinen Selbstmord begangen.«

Er hob seine Hände, streckte sie ratlos in der Luft und ließ sie dann fallen. »Ah! Das ist es also!« Er wandte sich ab, seine Schultern sanken hinab und er tastete mit der Hand wie ein Blinder über die Tischplatte. Ihre Augen folgten seiner Hand. Die Finger berührten die glatten runden Steine und ergriffen eine kleine schwarze Kokosnuss mit einem weißen Schnitzmuster. Er hob sie auf und betrachtete sie, blinzelte, als erwachte er aus einem Anfall von Geistesabwesenheit, drehte sie dann um und untersuchte sie eingehend.

Stella sah auf den unordentlichen Schreibtisch, die dicken anthropologischen Bände im Bücherregal, die Speerbündel, die Masken, die geheimnisvollen runden Steine. »Sie sind Davids Assistent«, sagte sie. Ihre Entdeckung war äußerst befriedigend und ihre Stimme klang triumphierend.

Er lächelte spöttisch. »Hat er mich so bezeichnet?«

Stella fuhr ihn wütend an. »Ich weiß genau über Sie Bescheid! Sie hassten ihn, Sie waren neidisch auf ihn! Und Sie können mich nicht leiden, weil ich seine Frau bin. Sie verabscheuen alles, was mit ihm zusammenhängt.«

Sie hatte ihn in Wut bringen wollen, aber er stand nur da und sah sie mit hilfloser Traurigkeit an. »Ich vergesse immer«, sagte er schließlich, »dass Sie so jung sind.«

Das waren die fürchterlichsten Worte, die jemals jemand zu ihr gesagt hatte. Sie spürte instinktiv, dass sie die Grundfesten ihrer Überzeugung erschütterten. Sie hasste ihn mehr als Jobe für die Vernichtung ihres Mannes und die Zerstörung ihres Lebens. Er hatte sagen wollen, dass sie zu jung war, um zu lieben. Sie konnte nur wiederholen: »Sie haben ihn gehasst, weil er erfolgreicher war als Sie.«

»Ich habe ihn nicht gehasst. Ich habe lediglich gesagt, dass ich nicht mit ihm befreundet war.«

Sie verabscheute seine sanfte Bestimmtheit. Seine Haltung ihr gegenüber hatte sich gewandelt. Ich vergesse immer, dass du dir etwas vormachst – das meinten die Leute, wenn sie sagten: Ich vergesse immer, dass du so jung bist.

»*Alle* haben ihn geliebt!«, erwiderte sie.

»Manche, aber Sie gehören nicht dazu.«

Sie taumelte unter dem Ansturm von Wut und Schmerz. Sie konnte nicht sprechen. Sein Gesicht verschwamm hinter den Tränen, die ihr in die Augen stiegen.

Seine leise, gnadenlose Stimme sprach weiter. »Sie erwarten das Beste von ihm. Wenn Sie ihn lieben würden, würden Sie auch das Schlimmste akzeptieren. Sie haben ihn nie gekannt – wie auch? Er hatte keine andere Wahl als sein wahres Selbst vor Ihnen zu verstecken.«

Wenn ich ihn nicht liebe, dachte sie, warum bin ich dann hier? Welchen Sinn hätte das, was ich tue? »Sie wollen mich loswerden«, sagte sie verzweifelt. »Sie wollen nicht, dass ich die Wahrheit herausfinde. Sie wissen etwas, von dem Sie nicht wollen, dass andere es erfahren. Sie haben sich mit Jobe abgesprochen. Sie haben ihm ermöglicht, nach Eola zurückzugehen und das Gold zu holen, um es mit Ihnen zu teilen.«

»Das glauben Sie doch selbst nicht«, sagte er müde.

»Was sonst soll ich glauben? Sie wissen etwas. Warum wurden sie umgebracht? Was haben sie in Eola gefunden? David wurde umgebracht, Sereva wurde umgebracht. Sie reisten nach Eola und wurden umgebracht, bevor sie jemandem erzählen konnten, was sie gesehen hatten.« Sie unterbrach sich. »Hitolo war dort.« Sie sah sich um, aber Hitolo war verschwunden.

Er schüttelte den Kopf.

»Aber Sie selbst haben es mir erzählt. Sie haben mir *erzählt,* er hätte seinen Bruder sterben sehen. Sie lügen so schlecht, dass sogar ich Sie dabei ertappe. Sie *sagten*, er war dort.«

»Er ging nicht in das Dorf. Nur David und Sereva gingen hin. Nur die beiden. *Niemand* sonst. Niemand sonst. Sie ließen den Rest der Expedition vor dem Dorf zurück.«

»Ich glaube Ihnen nicht. Hitolo sagte, er hätte David immer begleitet!«

»Hitolo lügt. Er wollte sich nur wichtig machen. Er hatte Angst und blieb zurück. Er hat Angst vor Hexerei.«

»Hexerei?«

»Purripurri. Eola ist voll von Zauberern – Vadamännern. Alle Träger hatten Angst und wollten nicht in die Nähe des Dorfes mitkommen. Hitolo hatte ebenfalls Angst.«

»Ich glaube Ihnen nicht. Er ist gebildet, er würde nicht an Hexerei glauben.«

Er lachte trocken, schaute dann wieder auf den kleinen schwarzen Gegenstand in seiner Hand und streichelte ihn mit dem Daumen.

»Ich glaube Ihnen nicht«, sagte sie verbissen. »Sie wollen mich nur in die Irre führen. Wo ist Hitolo?« Sie stürmte an ihm vorbei ins Hauptbüro. Hitolo kauerte auf dem Boden neben dem Bücherregal. Er sah rasch hoch und stand auf. »Hitolo, bist du mit nach Eola gegangen?«

Er lächelte. »Ja, Sinabada. Ich habe Mr. Warwick begleitet.«

»Bis ins Dorf?«

»Nein. Ich blieb zurück und beaufsichtigte die Träger. Sie hatten Angst. Sie mögen die Leute von Eola nicht. Sie sind einfache Dorfmenschen und sie haben Angst. Sereva ging nach Eola hinein, und als er wieder herauskam, starb er.«

»Woran ist er gestorben?« Hitolos sanfte, leise Stimme hatte eine ernüchternde Wirkung und sie sprach ruhiger.

»Die Leute von Eola haben ihn getötet. Böse Menschen. Sie haben sein Essen böse gemacht und ihn getötet.«

»Sehen Sie.« Der weiße Mann war ihr in den anderen Raum gefolgt und lehnte, die Füße gekreuzt, an der Wand. »Er glaubt, dass die Vadamänner von Eola Purripurri mit Sereva gemacht haben.«

»Mr. Warwick glaubte das auch «, sagte Hitolo leise. »Er sagte den Trägern, dass sie nichts von dem Essen anrühren sollten, das sie aus Eola hatten. Er sagte ihnen, die Vadamänner hätten das Essen böse gemacht, und daran wäre Sereva gestorben.«

Stella sah den Weißen über ihre Schulter an und fragte misstrauisch: »Was ist passiert?«

Der Mann zuckte die Achseln. Es war eine Geste, die sie inzwischen schon von ihm erwartete. Sie verstärkte die Lustlosigkeit, die er ausstrahlte. »Ich weiß es nicht genau, wahrscheinlich das, was Hitolo sagt. Warwick musste den Trägern irgendetwas sagen. Serevas Tod hatte sie erschreckt. Wahrscheinlich starb er an vergiftetem Essen, vielleicht war eine der Dosen schlecht geworden. Das hatte nichts mit den Vadamännern zu tun. Aber die Träger glaubten, es wäre Purripurri, und Warwick musste ihnen etwas sagen, das sie glauben und begreifen konnten. Es sind primitive Menschen, sie stammen von der Grenze zum Eingeborenenland. Er sagte ihnen, die Vadamänner hätten das Essen verzaubert und solange sie es nicht anrührten, wären sie sicher. Das ist der einzige Schutz gegen Zauberei – zu wissen, dass man sicher ist. Wenn sie sich erst mal einbilden, dass sie nicht mehr sicher sind, legen sie sich einfach hin und sterben.« Er hielt inne, den Blick auf Hitolo gerichtet. »Aber du müsstest es besser wissen. Ich dachte, du hättest diese fixe Idee mit deinem Bruder überwunden. Du bist gebildet und hast einen Beruf erlernt. Du sollst diese Primitiven anleiten und nicht wie ein Vogel oder Wildschwein losstürmen, wenn man die Vadamänner nur erwähnt.«

»Ich glaube nicht an Purripurri, Taubada«, sagte Hitolo. »Ich arbeite für die Regierung. Purripurri gibt es nicht.«

Stella wandte sich zur Tür. Sie hatte keine Fragen mehr und allen Grund zu gehen, aber sie zögerte. Hitolo kauerte wieder am Boden, und der weiße Mann beobachtete sie immer noch, während er sich eine Zigarette anzündete. Sie wusste, draußen in dem hellen Nachmittagslicht warteten alle Dämonen auf sie – Angst, Einsamkeit und das Wissen, von keinem Menschen auf der Welt geliebt und erwünscht zu sein. Hier in diesem Zimmer hatte sie sich wenigstens lebendig gefühlt. Sie wandte sich um. »Danke, Hitolo, dass du mir das erzählt hast.«

Hitolo stand wieder auf und warf ihr ein strahlendes Lächeln zu. »Ich helfe Ihnen sehr gern, Sinabada. Mr. Warwick war mein Chef. Er hat mir zur Hochzeit ein Zigarettenetui geschenkt.«

»Das mit deinem Bruder tut mir Leid, Hitolo. Ich habe es vorhin nicht gesagt, aber es tut mir sehr Leid.«

»Eines Tages«, sagte Hitolo, »werde ich nach Eola zurückgehen und diese Vadamänner ausfindig machen, die meinen Bruder getötet haben. Eines Tages werde ich sie für meinen Bruder büßen lassen.«

Sie ging durch die Tür hinaus ins Sonnenlicht. Ihr Zorn war verraucht und sie fühlte sich ausgelaugt. Sogar das Gewicht ihres Kummers war leichter geworden. Von Stund an würde sie nie wieder so fest an ihre eigene Verzweiflung glauben. Ihr Glaube war erschüttert worden, nicht nur durch die Worte, die ihr immer noch in den Ohren klangen, sondern auch durch Hitolos abgewandte Wange. Hier gab es etwas, das sie nicht verstand. Mit der Verzweiflung derjenigen, die sich für eine verlorene Sache einsetzt, blies sie in verglühende Asche. Ich werde Jobe finden, ich werde selbst nach Eola gehen und herausfinden, was geschehen ist. Die Augen auf die Erde gerichtet, sah sie den großen, schlanken Mann nicht, der ihr auf dem Weg entgegenkam.

Kapitel 8

Und Washington, den Blick auf den offenen Eingang zum Amt für Kulturentwicklung gerichtet, bemerkte wiederum Stella nicht. Er betrat das vordere Büro, wo Hitolo immer noch vor dem Bücherregal kauerte. »Hallo, Hitolo. Jemand da?«

Hitolo grinste breit. Washington war bei den Boys beliebt, oder war es bis vor kurzem gewesen. Seine fröhliche, freundliche Art wirkte nur gelegentlich herablassend, und er war selten so unhöflich zu den Papuas, wie er es zu den Weißen war. Aber er war launisch, und das verwirrte sie.

»Mr. Nyall. Er ist im Büro, Mr. Washington.«

Washington nickte und ging den Gang entlang. Anthony Nyall saß auf seinem Schreibtisch, starrte aus dem Fenster und spielte mit einer geschnitzten Kokosnuss, die er in die Luft warf und wieder auffing.

»Hallo, alle miteinander«, sagte Washington auf eine Art, die ihm einst den Ruf eines Charmeurs eingebracht hatte. »Beschäftigt oder so? Störe ich?«

Er begriff sofort, dass die Bemerkung unangebracht war, und hoffte, sie würde ihm nicht als Ironie ausgelegt. Es war allgemein bekannt, dass Anthony Nyall nie beschäftigt war und man ihn deshalb auch nicht stören konnte. Das war in Marapai zwar sehr verbreitet, aber Nyall war in diesen Dingen empfindlich. Er lächelte nicht, sondern legte die Kokosnuss hin, glitt vom Tisch, ging um ihn herum und setzte sich auf seinen Stuhl.

Washington hatte ein Anliegen und versuchte deshalb, seinen Ausrutscher durch Bemerkungen über das Wetter wieder gutzumachen, das in den vergangenen Tagen besonders angenehm gewesen war, weil der kühle Wind alle Moskitos verjagt hatte.

Anthony Nyall antwortet nicht, sondern starrte ihn über den Rand seiner Brille hinweg an. Washington fand diesen durchdringenden, ernsten Blick seltsam beunruhigend. Er hatte Anthony Nyall nie sonderlich gemocht. Wie allen Männern, die zu viel reden, war Washington Zurückhaltung verdächtig, und Nyall war viel zu still.

Nyall unterbrach Washingtons Geplapper über das Wetter. »Kann ich irgendwie helfen?«

»Nun, eigentlich schon.« Washington versuchte beiläufig zu klingen. »Ich komme mehr oder weniger betteln. Ich möchte ein Buch ausleihen.«

»Welches Buch?« Nyall faltete die Hände. Washington wich seinem Blick aus. Er zündete sich eine Zigarette an, blies das Streichholz aus und sagte: »Williams, *Drama von Orokola.*«

»Bedaure, unmöglich.«

»Wieso das?« Washington war nicht überrascht, mimte aber den Entrüsteten.

»Sie wissen ganz genau«, sagte Nyall knapp, »dass dieses Buch«, er nickte in Richtung des Regals hinter sich, »die einzige Ausgabe im ganzen Territorium ist.«

Washington wusste das. Der größte Teil der anthropologischen Bibliothek, der Akten des Obersten Gerichtshofs und der Berichte der Distriktleiter war im Krieg zerstört worden. Die Beamten, die die Aufsicht über das noch Vorhandene führten, wachten eifersüchtig über ihre wenigen Schätze. Die Bücher in Nyalls Regal waren kostbar, weil sie unersetzlich waren.

»Großer Gott, ich werde es schon nicht fressen! Ich bin mir des Wertes dieses Buches sehr wohl bewusst.«

»Das bezweifle ich nicht, aber ich fürchte, ich kann es Ihnen nicht ausleihen.«

Washington wusste sehr wohl, dass Nyalls Argumente Hand und Fuß hatten, aber er beschloss, wütend zu werden. Die Bücher, überlegte er, würden verrotten. Die Kakerlaken hatten sie wahrscheinlich schon halb aufgefressen und eins war sicher: Nyall würde die Bücher nie anrühren. »Wie typisch!« Er drehte die Augen flehentlich gen Himmel. »Und wir fragen uns, warum in diesem Land nichts erreicht wird. Man geht wegen einem Jeep zum Amt für Transportwesen, aber man muss erst mal fünfzehn rosa Formulare ausfüllen, und wenn man damit fertig ist, braucht man den Jeep nicht mehr. Man geht zum Bauamt wegen einer Badezimmertür und die kriegt man nicht, weil Abteilung P keine Türen hat und Abteilung X keine Badezimmer. Wo man auch hinkommt, immer stößt man auf irgendeine klein karierte Bestimmung, die sich ein seniler alter Trottel in Australien ausgedacht hat, der nie aus seinem Städtchen rausgekommen ist und Yams für eine Austernart hält. Und, als Krönung des Ganzen, wenn man etwas über die armen unschuldigen braunhäutigen Opfer rausfinden will, die langsam mit Tuberkulose und Keuchhusten ausgerottet werden ...« Er brach ab und verfluchte sich innerlich. Das war ihm herausgerutscht, er hatte das nicht sagen wollen.

Anthony Nyalls Gesichtsausdruck hatte sich nicht verändert. Vielleicht überzog ein Hauch von Rosa seine Wangen, aber sein Blick war immer noch fest.

»Der Himmel weiß, warum wir überhaupt hier bleiben«, sagte Washington ruhiger. »Wir hätten schon vor Jahren unsere Sachen packen und verschwinden sollen.«

»Warum nehmen Sie nicht Ihren Urlaub, Washington? Er ist doch fällig, oder?«

Der Urlaub, den er nicht nehmen konnte, versetzte Washington immer in Wut. Er vergaß, behutsam vorzugehen, und sagte verdrossen: »Warum sollte ich welchen nehmen?« Eine Unverschämtheit, mir zu predigen! Dem werd ich's zeigen, und seinem großen schleimigen Bruder auch. Er wird mir noch mit Freuden seine Bücher leihen. Aber Washington beherrschte sich. »Könnte ich nur eben etwas in den Quellenangaben nachsehen, in Ihrer Gegenwart, versteht sich.« Er sah zum Regal hinüber.

Es gab keinen Grund, diesem Wunsch nicht nachzukommen, aber Nyall rührte sich nicht und sagte nur: »Vielleicht kann ich Ihnen sagen, was Sie wissen möchten. Ich kenne das Buch.«

»Hm, ja, vielleicht können Sie das. Es gibt ein Kapitel über ...«

»Vadamänner?« Nyall sah Washington mit seinem irritierenden Blick an. »Ja, es gibt eins, das weiß ich. Aber Zauberei ist so ein weites Feld, dass man nicht mit Sicherheit sagen kann, ob die Orokola-Vadamänner ähnlich arbeiten wie die aus dem Bavatal. Die beiden Regionen liegen ein ganzes Stück auseinander. Aber da wir vom Bavatal wenig wissen, ist es wahrscheinlich das Naheliegendste, um sich darüber zu informieren.«

Washington lachte, um seine Bestürzung zu verbergen. »Wie kommen Sie bloß auf die Idee, dass ich mich für Zauberei im Bavatal interessiere?«, fragte er und wünschte sofort, er hätte kein Wort gesagt.

Nyall sah ihn nicht an. Er zog eine Schublade auf und holte eine Dose Zigaretten heraus. »Seit Warwicks Reise ...« Er zuckte mit den Achseln. »Ich nehme an, Sie möchten etwas über die extremste Form der Zauberei wissen, die, die man zum Töten braucht.« Seine Augen waren auf die Wand gegenüber gerichtet und seine Stimme klang kühl und unpersönlich wie die eines Vortragenden. »Es gibt verschiedene gebräuchliche Methoden. Zum Beispiel Erstechen oder Erdolchen aus der Entfernung. Der Zauberer versteckt sich oder bleibt unsichtbar und sticht mit einer scharfen Waffe nach dem Opfer, das führt zu einer tödlichen Krankheit und das Opfer stirbt. Es gibt verschiedene landesübliche Erklärungen. Manche behaupten, er injiziere dem Opfer irgendeine fremde Substanz, andere sagen, er zöge dem Opfer die Seele aus dem Leib. Dann gibt es eine andere Art besonderer Magie, die gemeinschaftlich durchgeführt wird. Einer überfällt das Opfer, die anderen kommen von hinten, schneiden es auf und ziehen ihm die Seele heraus. Dann kommen noch andere und flicken das Opfer wieder zusammen. Es erlangt das Bewusstsein und wird ins Dorf zurückgeschickt. Es weiß nichts von dem, was passiert ist, aber es hat keine Seele mehr, legt sich hin und stirbt. In diesen Fällen haben die Opfer keinerlei Beweise für den Zauber. Entweder wurde es ihnen erzählt oder sie befürchten, dass es passiert sein könnte, oder, wenn sie krank werden, nehmen sie an, dass es passiert ist. Dann gibt es noch die Magie des persönlichen Gegenstands. Davon haben Sie vermutlich schon gehört, sie ist im gesamten Territorium weit verbreitet. Man beschafft einen Ersatz für das Opfer, etwas, mit dem es in Berührung gekommen, das mit seinem Schweiß getränkt ist – ein weggeworfenes Armband zum Beispiel, oder Essensreste oder eine Haarlocke. Diese Dinge werden verschiedenen Behandlungen unterzogen und dann mit Dreck vermischt – meistens Exkremente des Opfers – und gewöhnlich in ein hohles Bambusstück gesteckt. Wenn der Stöpsel von dem Bambusrohr entfernt wird« – Nyall drehte seine Handfläche mit einer Geste der Endgültigkeit nach oben –, »dann ist es aus – zu Ende.«

»Ich verstehe.« Washington warf seinen Zigarettenstummel auf den Fußboden und trat ihn mit dem Hacken aus. Das war ihm alles bekannt und er wusste, dass Nyall das wusste. Er nahm einen der Steine vom Schreibtisch und musterte ihn. »Wer sind die Vadamänner?«

»Im Grunde jeder. Es gibt natürlich berüchtigte Zauberer, aber jeder kann Magie praktizieren, vorausgesetzt, er kann sich überzeugen, die Talismane zu kennen, die Zaubersprüche und die richtige Mischung für die Elixiere, und er kann andere davon überzeugen, und das ist sogar noch wichtiger.«

»Und wie schützen sie sich? Die Opfer, meine ich.«

»Durch Gegenzauber. Das scheint die einzige Möglichkeit zu sein. Wenn man sich vor Magie fürchtet, kauft man sich einen eigenen Zauberer, und der macht dann den Gegenzauber.«

»Und die Toten?« Washington starrte den Stein in seiner Hand an.

»Die Toten? Sie meinen, ob sie sich vor den Toten fürchten?«

Washington redete leichthin und lachte. »Ich meine, würden die Eingeborenen zum Beispiel von einem toten Zauberer fürchten, dass er sich rächen könnte?«

Er hätte seinem Gesicht nicht diesen nonchalanten Ausdruck geben müssen, denn Nyall schaute ihn gar nicht an. Während des ganzen Gesprächs hatten sich beide bemüht, dem Blick des anderen auszuweichen.

»Das wäre möglich. Sie glauben an schlichtweg alles. Die Zauberei ist dehnbar und verändert sich ständig. Aber meistenteils scheinen sie die Toten zu vergessen. Sie verehren und fürchten die

Toten schon, aber nicht so sehr wie wir. Ein lebendiger Zauberer wäre viel furchteinflößender für sie. Die Toten sind harmloser. Die Vorstellung von einem rachsüchtigen Geist ist eher europäisch. Bei den Papuas rächen sich die Lebenden und der Tod mindert ihre Macht. Möglicherweise haben sie keinen so komplizierten Schuldkomplex wie wir.«

Washington lächelte nicht. »Schuld!« Er legte den Stein hin und griff nach der schwarzen Kokosnuss mit dem eingeschnitzten Gesicht. »Aber es könnte möglich sein. Je davon gehört?«

»Dass ein toter Zauberer Purripurri macht? Natürlich ist das möglich. Alles ist möglich, vorausgesetzt, Sie sind entsprechend leichtgläubig.«

»Sie scheinen nicht viel davon zu halten.«

»Oh, ich gebe zu, es geschehen seltsame Dinge. Aber das meiste davon kann man der Einbildung zuschreiben.«

»Finden Sie es nicht ziemlich kindisch«, sagte Washington scharf, »diese Phänomene so verächtlich abzutun, die wahrzunehmen unsereins vielleicht zu unsensibel ist?«

Jetzt richtete Nyall seine großen Augen direkt auf ihn. »Kindisch oder nicht – es ist vernünftig. Ich weiß nur, dass man in diesem Land mit beiden Beinen auf der Erde bleiben muss. Wie Sie wissen, machen die Menschen hier keine halben Sachen. Sie handeln und denken im großen Stil. Die Menschen trinken hier nicht einfach, sie sind Quartalssäufer; wenn sie Geld verdienen, dann ein Vermögen, und wenn sie Geld verlieren, gehen sie bankrott. Und wenn sie sich in irgendwelche Vorstellungen verrennen, dann werden sie am Ende verrückt oder«, er machte eine Pause, »sie bringen sich um.«

Washington warf den Kopf in den Nacken und brüllte vor Lachen. »Wie der arme Warwick, wollen Sie sagen. Na, mir wird das nicht passieren, das versichere ich Ihnen. Dafür habe ich viel zu viel Grund zum Leben. Und was die beiden Beine auf der Erde angeht, da bin ich anderer Meinung. Dieses Land ist von Menschen mit beiden Beinen auf der Erde ruiniert worden. Es braucht Menschen mit Phantasie und Visionen, nicht die biederen Regierungsbeamten mit ihrer Bürokratie und ihren dreifachen Durchschlägen oder die harten Muskelprotze aus dem Busch. Was wir brauchen, sind Männer, die sich Mühe geben, die Menschen hier zu verstehen und herauszufinden, wie sie denken, und die ihnen bei diesen Gedankengängen folgen können.«

»Vor ein paar Jahren hätte ich Ihnen beigepflichtet, aber heute nicht mehr. Sie werden die Papuas nie begreifen, Washington, und das wissen Sie. Wir sind hier, um anzuleiten und aufzupassen, nicht um zu verstehen. Nur Kinder verstehen Kinder, und wir sind keine Kinder mehr. Das ist vielleicht bedauerlich, aber wahr. Manchmal würden wir so gern welche sein, aber wir können nicht zurück. Wir haben die Augen verloren, mit denen man Feen sehen kann. All unsere Feen sind verschwunden. Nur für die Trunkenbolde und die Irren sind noch ein paar übrig.«

»Oh! Und wozu gehöre ich?«, fragte Washington schrill. Das Gefühl, ertappt worden zu sein, versetzte ihn in Wut. Er versuchte den anderen dort zu verletzen, wo er seine Achillesferse vermutete. »Anleiten und aufpassen! Das klingt aus Ihrem Mund wirklich komisch.« Er hätte gern mehr gesagt, aber wagte es nicht. Den Rest verstanden beide auch unausgesprochen. »Alle wissen, dass Sie seit Monaten keinen Schlag gearbeitet haben. Wenn Sie nicht Trevors Bruder wären, hätte man Sie längst rausgeschmissen. Warwick hätte sich das mit Ihnen nicht länger angesehen.«

Aber Anthony Nyalls Gesichtsausdruck blieb unverändert und er sagte nur: »Sie sind schon zu lange hier und brauchen Urlaub.«

Washington war zutiefst verunsichert. Ihm war, als hätte er zu viel gesagt oder nicht genug, und um den letzten Fehler zu korrigieren, redete er weiter. Er sprach in dem klaren scharfen Ton, dessentwegen er die meisten seiner Freunde verloren hatte: »Zufällig bin ich einer der wenigen, die dieses Land interessant genug finden, um es zu studieren. Ich habe den Durchschnittsweißen hier, der sich seine Kneipe, seine Rennbahn und seinen Golfplatz aus Australien mitgebracht hat, nie ausstehen können. Wenn ich segle, dann mit einem Kanu und nicht mit einer Jacht. Ich mag die Papuas und ich interessiere mich für sie. Wenn es noch ein paar mehr gäbe, die versuchten, sie zu verstehen statt ihnen unausgegorene Verhaltensmaßregeln aufzuerlegen, dann könnten wir vielleicht irgendwas bewirken.«

»Soweit ich weiß, haben Sie alle Ihre Boys rausgeschmissen«, sagte Nyall kalt.

»Ich dulde keine Diebe!«, entgegnete Washington leidenschaftlich. »Ich verzichte lieber auf Boys, wenn ich ihnen nicht trauen kann.«

»Das da ist ein sehr mächtiger Zauber.« Nyall deutete auf die Kokosnuss in Washingtons Hand. »Orokola-Magie. Viele davon werden in den Bergen benutzt, wahrscheinlich auch im Bavatal. Meistens sind sie harmlos, aber wenn Sie die richtigen Sprüche kennen und sie mit den richtigen Kräutern füllen, können sie so gut wie alles vollbringen. Wenn Sie eine an Ihrer Tür aufhängen, hält sie Diebe fern.«

»Ich wäre Ihnen dankbar, wenn Sie diese Witze unterlassen würden«, sagte Washingston eisig.

Nyall stand auf. »Na gut, dann versuchen Sie nicht unter irgendwelchen Vorwänden an Informationen zu kommen. Dies ist eine kleine Stadt und das Leben von praktisch jedem hier ist öffentliches Eigentum, besonders bei einem Mann wie Ihnen, der immer ein eher unkonventionelles Leben geführt hat. Dieses Land macht Sie fertig. Sie sind ein Nervenbündel. Sie haben sich mit jedem Boy zerstritten, den Sie in den letzten zwei Monaten in Ihrem Haus hatten. Sie haben eine Höllenangst und es ist höchste Zeit, dass Sie hier rauskommen. Sie wissen genauso gut wie ich, was mit Leuten geschieht, die in dieser Verfassung noch länger hier bleiben. Sie können dieses Land nicht bekämpfen. Sehen Sie zu, dass Sie hier rauskommen, seien Sie kein Narr!«

Es war alles so wahr, dass Washington nichts erwidern konnte. Er konnte auch nicht länger wütend sein. Er fühlte sich erschöpft und seiner Abwehr beraubt. Er dachte an Sylvia und sehnte sich nach ihrer Nähe. Er schleppte sich aus dem Zimmer.

Als Anthony Nyall auf seinen Schreibtisch sah, war die kleine schwarze Kokosnuss verschwunden.

Kapitel 9

Am nächsten Morgen betrat Trevor Nyall zehn Minuten nach Stella sein Büro. Er blieb nur fünf Minuten, um ein paar Papiere von seinem Schreibtisch zu holen und sie in die Aktentasche zu stecken. Dann klopfte er Stella auf die Schulter, erkundigte sich freundlich nach ihrem Befinden und verschwand wieder. Jobe erwähnte er nicht.

Aber er kam um zwölf Uhr nicht zurück, und auch nicht am Nachmittag, und Stella arbeitete den ganzen Tag allein. Es gab nur eine Unterbrechung. Als sie gegen fünf vor zwölf Hut und Handtasche nahm, um zum Mittagessen in die Kantine zu gehen, ging die Tür auf und ein Mann betrat das Büro. Er stand mit seiner Aktentasche in der offenen Tür und fragte: »Ist Mr. Nyall nicht da?«

Stella lächelte ihn an. Er hatte etwas an sich, was ihn ihr sofort sympathisch machte. Seine hellen Augen funkelten unter dichten, überhängenden Augenbrauen. Sein Gesicht war rosig und leutselig. Sie meinte nicht, ihn schon einmal gesehen zu haben, aber er erinnerte sie vage an jemanden, der freundlich zu ihr gewesen war.

»Nein, er ist außer Haus. Er ist in einer Konferenz.«

»Konferenz? Ha! Ha!« Er rieb sich die Hände und seine Augen funkelten noch heller. »Immer in einer Konferenz, diese Regierungsburschen, was? Sonst wären sie todunglücklich. Wenn sie nicht quasseln würden, müssten sie ja vielleicht mal arbeiten, was?«

»Ich weiß nicht. Ich bin noch neu hier.« Es kam ihr vor, als ob er sie aufmerksam betrachtete, obwohl sie sich darin nicht ganz sicher sein konnte, denn seine Augen lagen unter den struppigen tabakbraunen Brauen so verborgen wie zwei kleine Tiere im Hinterhalt.

»So, so. Noch neu, was? Wie gefällt es Ihnen? Ganz nett hier.

Bis auf die Eingeborenen«, fügte er hinzu. »Früher war alles viel besser. Damals haben die Mistkerle noch geschuftet. Aber die Regierung hat sie mit diesem neumodischen Bildungskram verdorben. Das Land ist im Eimer. Ein hübsches Ding wie Sie ... so ganz allein, da müssen Sie gut auf sich aufpassen. Merkwürdige Dinge passieren hier.«

»Ich passe auf mich auf.« Stella lächelte.

Er ging hinüber zu Nyalls Schreibtisch und legte seinen grauen Filzhut ab, dessen Schweißband vor Nässe triefte. Stella überlegte, warum dieser Hut, den man in australischen Städten zu Tausenden sehen konnte, seinem Besitzer in diesem Land ein zwielichtiges Aussehen verlieh.

Er sah ziemlich besorgt aus. »Sie müssen sich vor den Hausboys in Acht nehmen. Denen ist nicht zu trauen. Und laufen Sie nachts bloß nicht allein herum.«

»Ich muss jetzt gehen, sonst verpasse ich mein Mittagessen. Wollen Sie auf Mr. Nyall warten? Er sagte zwar, er käme wieder, aber es ist schon so spät, dass ich bezweifle, dass er noch kommt. Wahrscheinlich geht er von der Konferenz direkt zum Essen.«

»Ich denke, ich bleib mal hier.« Er machte es sich auf einem Stuhl bequem. Seine ramponierte Aktentasche behielt er auf den Knien.

Stella war an diesem Abend um halb sieben bei Trevor und Janet Nyall zum Essen eingeladen und lief wieder den Hügel hinauf zu ihrem Haus. Diesmal war der Sonnenuntergang weniger strahlend als zwei Abende zuvor. Der Himmel war bedeckt und die lang gezogenen lila Wolken waren nur an den Rändern feuerrot. Es war windstill und drückend. Die Straße machte vor ihr eine Kurve und sie sah einen Weißen, der ihr den Hügel herunter entgegenkam. Er hob die Hand und winkte. Es war Trevor Nyall.

»Ich dachte, Sie könnten sich verlaufen«, sagte er, als er nahe genug herangekommen war. »Sie kennen sicherlich den Weg nicht.«

Sie gingen nebeneinander her. »Haben Sie etwas über Mr. Jobe herausgefunden?«, fragte sie.

Er hatte ihren Arm genommen und tätschelte ihre Hand. Diese Geste tröstete sie. »Nun, nicht besonders viel, meine Liebe. Das braucht seine Zeit. Er ist nicht im Hotel abgestiegen, und er war auch nicht im Wohnheim. Manchmal besorgen sich diese Streuner dort ein Bett. Meiner Meinung nach ist er schon wieder fort. So, hier müssen wir hoch. Es ist ziemlich steil.«

Sie hatten die Straße verlassen und standen vor der Treppe, die Stella zwei Abende zuvor hochgestiegen war. Sie sah überrascht nach oben. Die Stufen führten geradeaus durch die grünen Bäume mit den flachen Kronen.

»Ein hübscher Fleck, nicht wahr?« Nyall nahm sie wieder beim Ellenbogen. »In ein paar Wochen, so um Weihnachten herum, werden diese Flammenbäume eine Augenweide sein. Es gibt nichts Schöneres als Weihnachten in Marapai. Sie müssen mit uns feiern. Das ist ein endloser Spaß. Ich glaube, heute war jemand da, während ich weg war, und wollte mich sehen. Wer war das? Was wollte er?«

Aber er interessierte sich offensichtlich mehr für die Bäume, und bevor sie antworten konnte, sagte er: »Da, sehen Sie nur, ist das nicht wunderschön?«

»Es war ein Mann. Er hat seinen Namen nicht gesagt. Er kam so um fünf vor zwölf. Haben Sie ihn nicht mehr angetroffen?«

»Nein. Ich war erst um halb vier fertig. Eins der Mädchen erzählte mir von ihm. Hat er keinen Namen genannt?«

»Nein.«

»Hat er nicht gesagt, was er wollte?« Er hatte sich umgedreht und sah sie an.

»Nein.«

»Wunderschöne Bäume.« Er lächelte rund um sich herum. »Die Graftons sind schrecklich stolz auf ihre Jakarandas, aber ich finde, nichts reicht an den Flammenbaum heran.«

Sie hatten das Ende der Treppe fast erreicht. »Mr. Nyall«, sagte Stella. »Ich habe irgendwie das Gefühl, dass er nicht die ganze Antwort auf mein Problem ist – ich meine Jobe. Da steckt noch mehr dahinter. Ich habe herausbekommen, dass Sereva tot ist.«

»Sereva?«, sagte er desinteressiert. Er machte einen großen Schritt nach vorn und sie musste sich beeilen, um Schritt zu halten.

»Davids Assistent. Nur die beiden gingen nach Eola hinein, und Sereva starb, bevor sie zurück ins Camp kamen. Da draußen ist irgendwas passiert, das wir von Jobe nie werden erfahren können, und deshalb muss ich dorthin reisen. Sonst finde ich niemals heraus, was mit David geschehen ist ...«

Sie waren jetzt auf der obersten Stufe zur Veranda angekommen. Sie hatte so eifrig gesprochen, dass sie kaum bemerkt hatte, dass sie sich dem gleichen Haus näherten, aus dem sie zwei Abende zuvor hinausgeworfen worden war.

»Wir werden Jobe schon finden«, sagte er und schob sie die Stufen hoch. »Machen Sie sich keine Sorgen.«

Aber Jobe war nicht mehr ihr wichtigstes Ziel. »Das weiß ich«, sagte sie zuversichtlich. »Aber ich muss nach Eola, Mr. Nyall.«

Die Stufen waren schmal und sie ging unmittelbar vor ihm. Sie drehte sich um und sah ihn ernst an. Sein Kopf reichte gerade bis zu ihrer Schulter. Er schaute hoch und sah ihr einen Moment lang direkt in die Augen. Dann musste sie sich wieder umdrehen, um aufzupassen, wohin sie trat. Jetzt, da der Moment der Verbindung vorüber war, hatte sie den seltsamen Eindruck, in ein Nichts geschaut zu haben, als hätten ihre Augen nicht in ein Männergesicht geblickt, auf Augen und Lippen, sondern in eine Art Leere.

»Eola«, wiederholte er hinter ihr. »Jetzt müssen Sie aber hineingehen und meine Frau kennen lernen.«

Seine Hand zwischen ihren Schulterblättern drängte sie vorwärts, und sie betrat wieder den hellen, goldfarbenen Raum mit seinen wehenden Vorhängen, den Bambusmöbeln, der kein Zimmer, sondern eine bezaubernde Verlängerung des Gartens zu sein schien. Die gleiche sanfte Brise ließ die Vorhänge in den Türöffnungen flattern und raschelte zwischen den grünen, glänzenden Blättern, die die Sträucher von draußen hereinstreckten.

Dann vergaß sie den Raum und sah nur noch die Frau, die auf sie zukam. Sie zögerte, weil sie befürchtete, einen Fauxpas zu begehen. Was machte die hier? Das konnte doch nicht Trevor Nyalls Frau sein! Aber die Frau kam mit ausgestreckter Hand auf sie zu und Trevor sagte: »Janet, das ist Stella.«

Sie sah mindestens zehn Jahre älter aus als Trevor, trotz des Haars, das zu einem kurzen goldenen Wuschellockenkopf geschnitten war. Unter dieser bizarren Aureole wirkte ihr kleines hageres Gesicht abgezehrt und runzlig. Sie war klein und schmerzlich dünn, mit zarten weißen Ärmchen, die wie die Arme eines hungernden Kindes aus den Ärmeln ragten. Ihr Kleid war aus einem feinen beigefarbenen transparenten Stoff mit grünem Muster und erinnerte in seinem Schnitt an die schmalen Kleider der Zwanziger Jahre. Es umflatterte ihre knochigen Glieder wie ein Fetzen. Stella hatte das Gefühl, dass Janet nicht vorwärts ging, sondern wie ein welkes Blatt von der Brise erfasst und durchs Zimmer geweht wurde.

Ihre Augen waren groß und standen weit auseinander. Früher mussten sie einmal schön gewesen sein, aber die Schönheit war jetzt ganz und gar von nervöser Unsicherheit übertönt. Ihre Augen verstörten Stella zutiefst, ohne dass sie gewusst hätte warum. Die Frau sprach nicht, sondern drückte Stellas Finger, zog ihre Hand aber rasch wieder weg und machte einen Schritt rückwärts, als wäre sie nicht sicher, ob sie überhaupt hätte vortreten dürfen. Dann warf sie ihrem Mann einen Blick zu und wartete wie eine Dienstbotin auf eine Anweisung.

Stella war genauso unsicher, wie sie sich verhalten sollte. Janet sah nicht wirklich geistesgestört aus, aber Stella spürte, dass ihr Halt im Leben so schwach war, dass sie ihn jederzeit ganz verlieren konnte. Die Frau ging durch das Zimmer zurück, bei jedem Sessel unschlüssig zögernd. Sie schien allem um sich herum zutiefst zu misstrauen. Aus keinem ersichtlichen Grund berührte sie den Tisch wie eine Blinde, die sich vergewisserte, ob sie sich auf dem richtigen Weg befand. Dann tauchte aus dem Hintergrund ein Mann auf, ergriff ihre Hand und führte sie zu einem Sessel. Ihren Blick ganz auf Janet Nyall gerichtet, hatte Stella ihn bis jetzt nicht bemerkt.

»Und das hier«, sagte Trevor, »ist mein Bruder Tony.«

Er verbeugte sich leicht.

»Sie!«, sagte Stella. »Sie sind Mr. Nyalls Bruder?«

Jetzt sah sie, wie sehr er Trevor Nyall ähnelte und warum ihr Trevor bei ihrer ersten Begegnung so vertraut vorgekommen war, wie jemand, den man vor Jahren gekannt hatte und nun gealtert und verändert wieder trifft. Obwohl Anthony der Jüngere sein musste, sah er in vielerlei Hinsicht nicht jünger aus. Erfahrung, Leid, Ernüchterung oder Enttäuschung hatten sein Gesicht gefurcht und das seines Bruders glatt und frisch gelassen. Möglicherweise hatte ihn auch Krankheit gezeichnet und seinen Bruder verschont. Aber da war noch mehr, weshalb er wie ein Schatten des Älteren wirkte. Alles, was die Eltern, die diese Männer hervorgebracht hatten, an Stärkstem, Kostbarstem und Glücklichstem in sich trugen, steckte in Trevor Nyall. Der Jüngere sah aus, als kämpfe er mit der Bürde, der Letzte zu sein, erst geboren, als das Beste an Gaben, Talenten und Fähigkeiten bereits einem anderen zugeflossen war. Diese Bürde trug er als verbitterte Resignation ins Gesicht gekerbt.

Stella reagierte nicht auf sein Nicken, sondern musterte ihn kühl, ihr Körper steif vor Ablehnung. Sie hörte wieder die Worte, die sie in den vergangenen achtundvierzig Stunden aus ihrer Erinnerung zu löschen versucht hatte: ›Sie haben ihn nicht geliebt … Sie haben ihn nicht gekannt …‹

»Sie sind sich schon begegnet?« Trevor sah sie überrascht an.

»Ja. Ich traf Ihren Bruder gestern Nachmittag im Amt für Kulturentwicklung. Ich wusste, dass er mit David zusammenarbeitete, aber ich wusste nicht, dass er Ihr Bruder ist.«

Diese Tatsache kam ihr unglaublich bedeutsam vor. Sie war hergekommen, um Trost und Frieden zu finden, damit die Freunde ihres Mannes ihr halfen, sich um sie kümmerten, sie an der Hand nahmen und ihr den Weg zeigten, wie sie es gewohnt war. Doch das Haus wand sich unter seinen eigenen Unterströmungen, und die Quelle dieser Fremdartigkeit war Anthony Nyall. Sie war beklommen und verwirrt, als stünde sie unmittelbar vor einer unheilvollen Entdeckung. Etwas, das Sylvia gesagt hatte, kam ihr in den Sinn und sie schaute sich um, sah die Wände, die Ecken, die Zimmerdecke, und ihr wurde bewusst, dass diesem wunderschönen Zimmer, das sie so bezaubert hatte, etwas sehr Wichtiges fehlte.

Trevor lachte und schlug seinem Bruder zweimal kräftig auf die Schulter. »Das war der einzige Grund, warum er sich überhaupt mit Ihnen abgegeben hat, was? Lümmelt den ganzen Tag herum und ist den anderen im Weg. Wir sind eine einige Familie, nicht wahr, Tony? Wir halten zusammen, koste es, was es wolle.«

Anthony Nyalls Antwort war ein dünnes Lächeln. Stella hatte ihn noch nie lächeln sehen. Ernsthaft gefiel er ihr besser.

»Sie werden in ganz Australien keine loyalere Familie finden als uns.« Trevor sah von seinem Bruder zu seiner Frau. Sein Lächeln erstarb und er wandte sich ab und ging zu dem Tisch, auf dem Gläser und Getränke bereit standen. Janet, die sein Gesicht angestarrt hatte, folgte ihm mit den Augen. Sie erhob sich halb und machte eine vage, unbewusste Geste mit ihrer schmächtigen Hand.

»Ich mixe Ihnen einen Pink Gin, Stella, in Ordnung?«, sagte Trevor. Er goss den Alkohol in ein Glas. »Sie müssen Janet entschuldigen, sie war krank. Sie verträgt das Klima nicht. Man braucht hier eine gute Konstitution. Es sieht alles ganz harmlos aus, aber es kann tödlich sein.«

Er stand etwas breitbeinig da, seine mächtigen Schultern gestrafft; seine tiefe Stimme dröhnte laut. Seine weißen Zähne und die glänzenden Augen blitzten in dem dämmerigen Licht. Er dominierte das Zimmer, und sein verbitterter Bruder und seine verwelkte Ehefrau sahen neben ihm bedeutungslos aus. »Sie würden nicht glauben, was die Tropen bei Menschen anrichten können. Nehmen Sie Janet«, er deutete auf seine Frau, die mit starrem Lächeln dasaß, »Sie würden es nicht glauben, aber vor sechs Jahren war sie eine Schönheit, die hübscheste Frau von ganz Marapai. Sie ist erst zweiundvierzig, zehn Jahre jünger als ich. Das hätten Sie nicht gedacht, was?«

»Das hätten Sie nicht gedacht, was?«, echote Janet und sah mit dem gleichen starren Lächeln zu Stella hoch. »Es ist genau wie Trevor sagt, mir bekommen die Tropen nicht.«

»Sie sehen also, Sie müssen vorsichtig sein«, sagte Trevor. »Ihr blonden, weißhäutigen, zarten Mädchen vertragt die Tropen nicht gut.« Er reckte die Schultern in dem Wissen, dass er zu denen gehörte, die sie gut vertrugen.

»Ich finde im Großen und Ganzen, die Frauen sehen hier äußerst jugendlich aus«, sagte Anthony Nyall leise.

»Nein, Tony«, widersprach Janet. »Man kann sein gutes Aussehen binnen einem Tag einbüßen. Du hast gehört, was Trevor gesagt hat.«

Tony sah auf Janet hinunter und lächelte. Diesmal war es ein völlig anderes Lächeln.

Stella hatte auf den richtigen, dramatischen Moment gewartet, um ihre Anklage vorzubringen. Ihr Bruder wollte mich daran hindern, Sie zu treffen, er hat mich belogen, er hat mich weggebracht. Sie hatte sich auf diesen köstlichen Augenblick der Rache gefreut. Aber jetzt hatte Tony gelächelt und sie wusste, sie brachte es nicht mehr fertig. Sie wusste nicht, was sie von ihm halten sollte. Gerade als sie ihn zu packen bekam, war er ihr entglitten. Dieser Blick, auf eine kranke Frau gerichtet, hatte ihr Sand in die Augen gestreut. Sie sah, dass ein Feind auch zärtlich sein konnte, und gegen Zärtlichkeit konnte sie nicht kämpfen.

»Wo steckt denn der Boy?«, fragte Trevor plötzlich. Seine Stimme klang missvergnügt. »*Wo* ist der Boy? Wir brauchen Eis.« Er ging zur Tür und brüllte: »Wo zum Teufel steckst du! *Bring uns Eis!*«

Janets Hände begannen sofort zu zittern. Ihr Augen waren auf den Rücken ihres Mannes gerichtet. Sie erhob sich halb und setzte sich wieder. »Ich weiß es nicht. Wahrscheinlich ist er im Boyhaus.«

»Er sollte aber *hier* sein!«, sagte Trevor scharf. »Kora! Kora!« Dann, an seine Frau gewandt: »Ab *sechs Uhr* sollte er in der Küche sein.«

Ihre Augen sahen ihn angstvoll an. Stella fand Janets Verhalten beunruhigend. Sie wusste nicht warum, aber plötzlich wollte sie gehen, aus dem Haus verschwinden und Janet nie wieder sehen. Janet hatte eine Saite zum Klingen gebracht, die ein längst vergessenes Entsetzen ihrer Kindheit wieder zum Leben erweckte.

Janet stand auf und machte ein paar unsichere Schritte. »Er ist ein guter Boy«, sagte sie ausdruckslos. »Ein netter, höflicher Boy.«

»Wo *gehst* du hin?«, fragte Trevor in einem Ton unverhohlenen Ärgers. Dann ging er hinaus und rief: »*Kora! Kora*!«

Sie warteten. Janet war jetzt still und saß auf der Kante ihres Sessels, die Hände im Schoß. Stella fühlte sich unbehaglich und versuchte Konversation zu machen, erhielt aber nur ein zerstreutes ›Ja‹ oder ›Nein‹ zur Antwort. Anthony stand immer noch hinter dem Sessel. Auch er sagte nichts, aber Stella fühlte seinen Blick auf ihrem Gesicht. Sie sah durch die offenen Jalousien nach draußen in den Himmel, wo die Sterne aufgingen, doch einmal schaute sie in Anthonys Richtung und ihre Blicke trafen sich. Rasch schaute sie wieder weg. Sie fürchtete sich, nicht nur vor Anthony, sondern auch vor Janet. Sie erschienen ihr in diesem Moment welk, verschroben und bedauernswert. Sie spürte, dass eine heimliche Partnerschaft die beiden vereinte, dass sie ein Geheimnis teilten, das sie von der normalen Welt trennte. Wenn sie die beiden lang genug betrachtete, würde sie das Geheimnis vielleicht herausfinden. Sie fühlte, dass Anthony Nyall es ihr mit seinem starrenden Blick zu vermitteln versuchte, dass er sich bemühte, sie in diese geheimnisvolle Intimität einzubeziehen. Sie wandte die Augen ab. Sie wollte nicht wissen, welche Botschaft er ihr sendete. Sie hatte vergessen, dass er so liebevoll gelächelt hatte.

Als Trevor mit einem Behälter voll Eis zurückkam, wandte sie ihm ein vor Erleichterung strahlendes Gesicht zu. Nach Krankheit und Verzweiflung übernahmen wieder Normalität, Freundlichkeit und geistige Gesundheit das Regiment.

»Du musst den Boys gegenüber strenger sein«, sagte er. »Der Himmel weiß, dass du mit Boys eigentlich umgehen können müsstest, du bist lange genug hier.«

Janet lebte sichtlich auf. »Ich kann mit Boys nicht umgehen«, sagte sie zu Stella. »Ich müsste es eigentlich können. Ich bin schon zu lange hier.«

Trevor ließ einen Eiswürfel in ein Glas fallen und reichte es Stella. »Ihr seid ja so schweigsam. Stella möchte bestimmt unterhalten werden.«

»Tony lässt sich ein neues Haus bauen.« Janet richtete sich auf. »Nicht wahr, Tony? Er wohnt bei uns, bis es fertig ist. Es wird sehr hübsch.«

»Natürlich ist es nicht so groß wie das hier«, sagte Trevor. Er reichte seiner Frau ein Glas. Sie griff danach und umklammerte es mit ihrer kleinen weißen Hand. Sie schaute es an, hob es an die Lippen, warf ihrem Mann einen Blick zu und setzte es auf dem Tisch ab. Sie faltete die Hände im Schoß.

»Aber das war zu erwarten, oder?«, sagte Anthony.

Er ist neidisch auf seinen Bruder, dachte Stella. Sie klammerte sich an diesen neuen Grund, ihn nicht zu mögen. Kein Wunder, dass er David nicht leiden konnte, kein Wunder, dass er nicht wollte, dass David geliebt wurde. Kein Wunder, dass er es nicht aushalten konnte, dass jemand David lieb hatte.

Trevor lachte herzlich. Er drehte sich zu Stella um und wedelte mit einer Hand in Richtung seines Bruders. »Tony leidet an der Krankheit aller jüngeren Brüder. Er bildet sich ein, immer den Kürzeren zu ziehen. Er ist der Rächer der Witwen und Waisen. In jedem erfolgreichen Mann sieht er seinen großen Bruder, der immer die dicksten Kartoffeln hatte.« In Trevors Stimme war kein Spott – er sprach in liebenswürdigem Ton, mit der Gutmütigkeit und dem Selbstvertrauen der Unverwundbaren, und klopfte seinem Bruder auf die Schulter.

Anthony lächelte schwach. »Du rückst mich in ein falsches Licht. Ich habe nichts gegen erfolgreiche Männer, ich habe nur was dagegen, dass sie die Welt an sich reißen.«

Stella vergaß ihre Freude darüber, ihn ergründet zu haben, und ihre Wut wurde neu angefacht. Er redet von David, dachte sie, und von mir.

»Weißt du, Trevor«, fuhr er immer noch lächelnd fort, »ich weiß genau, woraus ein erfolgreicher Mann gemacht ist. Er besteht zum größten Teil aus kleinen Tropfen und Stücken der Hirne und Herzen anderer Menschen.«

Trevor lachte in sich hinein, seine Augen lächelten noch immer und seine Stimme klang freundlich. »Na ja, aber das betrifft doch nicht nur die Erfolgreichen, oder? Schließlich haben wir alle schon mal Gerichte aus Hirnen und Herzen gegessen – manche von uns unbescheidenerweise mehr als andere.«

Stella sah nicht Anthony Nyalls Gesichtsausdruck, weil sie Janet anschaute, die langsam, fast widerstrebend, die Hand ausgestreckt und ihr Glas ergriffen hatte. Sie hob es an die Lippen, kippte es nach hinten und stellte es wieder auf den Tisch. Es war fast leer.

Stella starrte sie an und ein Ausdruck allmählichen Entsetzens überzog ihr Gesicht. Ihr wurde klar, dass Janet betrunken war. Sie hatte schon früher betrunkene Frauen gesehen, wenn auch nicht oft, aber sie wusste instinktiv, dass es sich mit dieser Frau anders verhielt. Janet trank immerzu. Dafür musste es einen schrecklichen Grund geben.

Sie konnte es kaum ertragen, in ihrer Nähe zu sitzen. Seelisch und körperlich wich sie vor diesem irren Anblick zurück. Sie brach auf so früh sie konnte, ohne unhöflich zu erscheinen, und als sie neben Trevor Nyall den Hügel hinunterging, wusch die kühle Nachtluft den Schmutz von ihrem Körper, oder jedenfalls empfand sie es so. Sie haderte mit sich, weil sie spürte, dass ihre Reaktion unnatürlich heftig war. Aber es nützte nichts. Ihre Seele und ihr Körper schauderten bei dem Gedanken an Janet. Für Trevor empfand sie Mitleid und Bewunderung. Wie tapfer er das alles durchgestanden hatte! Man hätte denken können, es wäre ihm gleichgültig. Wie fröhlich er war, wo ihm doch tieftraurig zumute sein musste. Angesichts seiner Sorgen sprach sie nicht noch einmal über ihre eigenen.

Als sie zum Haus kam, war es erst halb elf und das Licht in Sylvias Zimmer war noch an. Sie klopfte und trat ein. Sylvia lag in ihrem schwarzen Morgenrock mit Lockenwicklern in den Haaren auf dem Bett und schrieb einen Brief.

Stella setzte sich und starrte auf den Boden. »Ich war bei den Nyalls zum Essen eingeladen.«

Sylvia warf einen Blick auf ihr blasses, angespanntes Gesicht und lächelte kurz. »Sie wussten nicht, was Sie erwartet?«

Stella schüttelte den Kopf.

»Machen Sie nicht so ein unglückliches Gesicht. So was ist hier nicht ungewöhnlich. Marapai ist voller Säufer, zeitweiligen und ständigen.«

»Aber warum sie?«

Sylvia zuckte mit den Schultern. »Philip schwört, dass Trevor sie schlägt, aber man kann ihm nicht glauben. Was Trevor betrifft, tickt er nicht ganz richtig, er glaubt, der hat ihm eine Beförderung vermasselt. Er begreift nicht, dass keiner, der seine fünf Sinne beisammen hat, ihm einen Job geben würde. Er ist sehr klug, richtig genial, aber nicht in diesen Dingen.«

Stella hörte nicht zu. »Wissen Sie etwas über den jüngeren Bruder?« Sie zögerte bei seinem Namen und brachte ihn nur widerstrebend über die Lippen. »Anthony?«

»Eigentlich nichts. Nur das, was alle wissen, den großen Skandal. Ich habe ihn immer für einen anständigen Kerl gehalten.«

»Welcher Skandal?«

»So vor einem Jahr gab es ein Riesentrara. Anthony hat einen entsetzlichen Fehler gemacht. Er war voller Enthusiasmus und hatte jede Menge tolle Ideen – er hielt alle anderen für viel zu konservativ – und rannte herum und machte tausend Sachen, ohne sich über die Folgen Gedanken zu machen. Er sagte immer, alles ginge zu langsam, und wenn wir nicht schneller handeln würden, dann wäre es zu spät. Er brachte ein paar Jungen aus den Bergen in eine Schule in einem der Küstendörfer. Es waren etwa ein Dutzend Kinder und sie starben alle während einer Grippeepidemie. Manche Papuas sind wie Orchideen, sie verkraften es nicht, verpflanzt zu werden, sie haben keine Widerstandskräfte. Anthony hatte mit so etwas nicht gerechnet und war am Boden zerstört. Es waren ein paar Reporter aus Sydney hier, die Wind von der Geschichte bekamen und Schlagzeilen daraus machten. Sie behaupteten, wir würden die Ureinwohner ermorden, um unsere eigenen üblen Ziele zu verfolgen. Die Verwaltung war im Zugzwang und hätte ihn bestimmt gefeuert, wenn Trevor nicht gewesen wäre. Ich glaube, er hat seinen Einfluss spielen lassen und es so hingedreht, dass Anthony nicht die ganze Schuld traf. Jedenfalls wohnt er immer noch hier.«

»Ich verstehe.«

Sie hatte etwas anderes erwartet, und wie das Lächeln für Janet verwirrte sie das hier nur noch mehr. Sie stand auf, um zu gehen, zögerte dann aber. »Sylvia, mir fiel ein, was Sie gesagt haben, und ich habe mich im Zimmer umgesehen. Es ist wunderschön, wie ein Gartenpavillon, aber es waren keine Geckos da.«

Sylvia sah sie schweigend an, dann sagte sie: »Das ist nur so eine Redensart, Stella. Ich glaube, Sie sind zu empfindsam und zu phantasievoll für dieses Land. Bald werden sie Gespenster sehen und an Vada glauben. Seien Sie vorsichtig, und wenn sie eine Vertraute brauchen, dann kommen Sie zu mir. Ich glaube nicht an Vada, und ich bin hart im Nehmen. Ich muss es sein.«

Eine Woche verging und Stella fand nichts über Jobe heraus, bis Trevor eines Morgens die Neuigkeit mitbrachte, dass Jobe Marapai verlassen und einen Job als Skipper auf einem kleinen Küstenschiff angenommen hätte, das zwischen New Ireland und der Hauptinsel verkehrte. Niemand wusste, wann oder ob er zurückkommen würde. Offensichtlich reiste er nicht nach Eola, und die Drohung einer möglichen Deportation oder eines erneuten Gefängnisaufenthalts hatten ihn von dem Eola-Gold abgeschreckt.

Zum ersten Mal begann Stella an ihrer Überzeugung zu zweifeln. Diese beiden Worte ihres Vaters – hatte sie sie wirklich gehört oder hatte sie sie sich nur eingebildet? War Sereva doch an einer Lebensmittelvergiftung gestorben? Und hatte David Selbstmord begangen? Diese Fragen hatte sie sich noch nie gestellt und jetzt quälten sie sie immer heftiger. Stella war seit fast zwei Wochen in Marapai und ihr wurde allmählich klar, dass Selbstmord letztlich nicht ausgeschlossen war. Nicht, dass das Leben hier unerträglich war, aber es war anders. Menschen veränderten sich, waren nicht länger als Australier zu erkennen. Entgleisungen schienen normal zu sein und beunruhigten niemanden. Enttäuschungen und Unglücksfälle wurden zu schwärenden Wunden, verwirrten den Verstand und vergifteten das Blut. Nein, Selbstmord war nicht ausgeschlossen.

Dann tauchte eine neue Frage auf, die ihre Überzeugung fast zum Einstürzen brachte. Wie konnte sie Recht haben und Trevor sich irren? Er hatte David und das Land hier gekannt, er war in die Angelegenheit mit Jobe verwickelt gewesen, er war dreißig Jahre älter und klüger. Er war eine Autorität, er konnte sich nicht irren.

Eines Morgens wachte sie auf und stellte fest, dass sie ihren Glauben verloren hatte. Diese Erfahrung war fast genauso schrecklich wie der Verlust ihres Mannes, nur war sie mittlerweile an Verluste gewöhnt und nahm sie ruhig hin. Es gab für sie keinen Grund mehr, in Marapai zu bleiben. Es gab für sie keinen Grund, überhaupt irgendwo zu sein, aber Marapai mit seinem glitzernden Meer und seinen leuchtend bunten Blüten war der letzte Ort auf der Welt, wo sie sein wollte. Sie dachte nicht darüber nach, wo sie hin oder was sie tun wollte; hier wegzukommen war für den Moment genug. Als sie den Entschluss gefasst hatte, wurde ihr leichter zumute. Alles drängte sie jetzt zur Abreise. Es war furchtbar wichtig, so schnell wie möglich hier wegzukommen. Marapai war unerträglich geworden und sie widersetzte sich seiner Schönheit mit einem Gefühl des Grauens.

Sie buchte für die nächste Woche einen Platz in einem Flugzeug. Dann begegnete sie Philip Washington.

Kapitel 10

Es war an einem Donnerstagabend. Washington verließ sein Haus gegen halb sechs und ging den Hügel hinunter zu den Schuppen, wo er seinen Jeep abstellte. Das Meer war rosa und grün und unbewegt wie Eis. Kanus auf dem Heimweg zum Dorf hingen in der Schwebe, ihre schlaffen Segel regten sich kaum in den vereinzelten Windstößen.

Washington wendete seinen Jeep in Richtung Straße und ließ ihn hügelabwärts bis zum Meeresufer rollen. Er wollte unten am Ende der Straße eben abbiegen, als eine Frau vom Gehweg heruntertrat und die Arme über dem Kopf schwenkte. Es war Sylvia. Sie trug ein ärmelloses schwarzes Seidenkleid, einen Strauß Frangipaniblüten auf dem Kopf und einen anderen über dem Ohr. Um diese Jahreszeit herrschte eine besonders hohe Luftfeuchtigkeit und ihr Gesicht glänzte unter dem Make-up.

Washington hielt den Jeep neben ihr an. Er war ungeheuer erfreut, sie zu sehen. Abgesehen von dem Besuch bei Anthony Nyall und einer Fahrt zum Dorf hatte er seit fast zwei Wochen seine Hütte nicht mehr verlassen. Die meiste Zeit hatte er mit Fieber im Bett gelegen, das zum Teil echt, zum Teil künstlich herbeigeführt war, und wenn er krank war, zog er es vor, allein gelassen zu werden. Er hatte Sylvia ausrichten lassen, dass sie ihn nicht besuchen sollte. Er wusste, dass er dann unattraktiv war, und es verletzte seine Eitelkeit, wenn man ihn in einer solchen Verfassung sah. Er winkte ihr fröhlich zu.

»Es geht dir besser.« Dann sah sie ihn genauer an. »Oh, aber Philip, du siehst schrecklich aus. Du solltest im Bett liegen.«

»Ich bin auf dem Wege der Besserung. Ich kann nur nicht schlafen, das ist alles. Und wo bist du gewesen, meine Süße, so herausgeputzt, als ob du dir wen angeln wolltest?«

In letzter Zeit waren solche zärtlichen Anwandlungen bei ihm selten gewesen, und sie lächelte dankbar. »Ich habe mit den oberen zehntausend Tee getrunken. Ob du es glaubst oder nicht, ich war bei Mrs. Lane.«

Mrs. Lane war die Frau des Leiters vom Zivilen Bauamt.

»Meine Güte! Warum in aller Welt hat sie dich eingeladen?« Er war noch nie im Haus der Lanes gewesen. Sie waren erst vor ein paar Monaten nach Marapai gekommen und hatten ein neues Wohnhaus an der Hafenstraße bezogen.

»Ich habe sie am Strand kennen gelernt und sie schien mich zu mögen.«

Dass Sylvia in Häusern verkehrte, in die er selbst nicht eingeladen wurde, war lachhaft. Sylvia war ein Schatz, aber als Dame der Gesellschaft völlig untauglich. Sie hatte keine Ahnung, wie man sich kleidete, und sah trotz ihrer Schönheit immer irgendwie verwahrlost aus.

»Na ja, sie ist eben noch neu hier«, sagte er verdrossen. »Wahrscheinlich kennt sie sich noch nicht aus.«

»Sie ist netter als die meisten anderen«, sagte Sylvia gleichmütig. »Sie ist kein Biest – noch nicht.«

»Noch nicht, aha«, sagte Washington. Er hatte seine Freude über das Zusammentreffen mit Sylvia vergessen und schaute sie feindselig an. »Also *wirklich*, eine Einladung zum Tee – ich dachte, es wären mindestens Cocktails gewesen, in diesem Fetzen und mit dem blauen Zeug um die Augen. Weißt du denn nicht, was sich gehört? Sie wird dich nie wieder einladen. Und selbst wenn es keine Teeeinladung gewesen wäre, scheinst du nicht zu wissen, dass man in diesem Klima niemals Schwarz tragen sollte ... Du weißt doch, was über die Tropen gesagt wird? Traue keinem Mann in Hosenträgern und keiner Frau in Schwarz.«

Sylvia lächelte nur und sagte friedfertig: »Ich mag keine Pastelltöne. Ich weiß, dass ich keinen Geschmack habe, aber ich ziehe mich an, um mir zu gefallen.«

»Das sieht man«, erwiderte Washington bissig. »Jemand anderem würdest du auch nicht gefallen. Warum guckst du dir nicht mal was von der Frau deines Chefs ab? Sie ist eine der wenigen

Frauen in dieser Stadt, die nicht wie eine Schlampe aussieht. Der Himmel weiß, wo die Männer hier ihre Frauen aufgabeln.«

Sylvia schlug selten zurück, aber diesmal hatte er sie gekränkt. »Warum sollte ich mir was von ihr abgucken? Sie ist ein böses Weib, niemand ist vor ihr sicher. Nicht mal du.«

»Was meinst du damit?«, fragte er sofort. »Was hat sie über mich gesagt?«

»Sie hat heute Nachmittag über dich gesprochen«, sagte Sylvia schon voll Reue. »Eigentlich war es bedeutungslos.«

»Worum ging es? Sag es mir, ich will es wissen. Mach nicht erst solche Andeutungen und verkriech dich dann wie eine Kakerlake.«

Wieder war sie gekränkt. »Sie sagte, du wärst ungeeignet, dir Boys zu halten, du wärst zu vertraut mit ihnen. Sie sagte, es sei widerlich, wie du dich aufführst, und wie du dir überhaupt einbilden könntest, die Boys würden bei dir bleiben, wenn du ihnen erlaubst, Blumen ins Haar zu stecken und Mundorgel zu spielen und mit dir zu reden wie mit einem Freund. Sie sagte, sie seien Dienstboten und sollten auch so behandelt werden, und Leute wie du würden das Land für andere ruinieren; Leute wie du wären dafür verantwortlich, dass die Löhne gestiegen und die Eingeborenen frech und anmaßend geworden sind, und man sollte dich des Landes verweisen.« Sie hielt inne und schämte sich ihres Ausbruchs. »Der übliche Unsinn. Sie ist einfach dumm, niemand hört auf sie. Alle wissen, dass sie auch über sie herzieht, sobald sie das Zimmer verlassen.«

»Oh, Gott!«, rief er leidenschaftlich. »Diese Frauen! Diese fetten Säue, die denken, sie wissen alles über die Papuas!«

»Es war Rei. Er war bei ihrer Schwester und wollte einen Job als Küchenboy.« Sie sah ihm ins Gesicht und sagte liebevoll: »Warum hast du Rei rausgeschmissen? Der Himmel weiß, dass ich die Eingeborenen nicht besonders mag. Ich verstehe sie nicht und ich bin mir sicher, dass der Wäscheboy meinen Gin klaut, aber Rei war so ein netter Boy. Du hättest ihn behalten sollen.«

Washington starrte düster vor sich hin. »Er war ungehorsam.

Letzte Woche war ich für eine halbe Stunde weg und er sollte daheim aufpassen. Als ich zurückkam, unterhielt er sich mit jemandem im Boyhaus und drei Hunde wühlten in den Abfalleimern. Ich dulde bei mir keine Hunde! Wenn er die Hunde nicht fern halten kann, dann soll er verschwinden. Außerdem treibt er sich nachts herum. Ich hatte ihm das verboten.«

»Du bildest dir mal wieder was ein«, sagte sie behutsam. »Rei mochte dich. Ich bin sicher, er hat dich nicht bestohlen. Du bist mit den Nerven fertig.«

War es Rei?, dachte er. Es musste Rei gewesen sein. Und wenn nicht Rei, wer war es dann? Was machte er hier? Es musste Rei gewesen sein – der Mann ohne Rami, der stank und der viel zu klein war, um Rei zu sein.

»Ich habe jetzt einen besseren Boy als Rei.« Er kam sich etwas gemein vor, weil er so grob über ihren Aufzug geredet hatte, und lächelte charmant. »Spring rein. Ich fahre runter zum Dorf ihn abholen, und dann fahre ich dich nach Hause, wenn du möchtest.«

Das Dorf lag etwa zwei Meilen von der Stadt entfernt. Vor dem Krieg war es ein typisches Küstendorf gewesen, eine Ansammlung von Gras- und Holzhütten auf Stelzen im Wasser, jedes Haus durch einen schmalen, wackligen Steg vom Land aus erreichbar. Bei Ebbe waren die Häuser trocken und standen wie seltsame graue Vögel auf Kranichbeinen im Schlamm. Bei Flut reichte das Wasser bis knapp unter den Fußboden. Doch dieses Dorf war im Krieg zerstört worden, und beim Wiederaufbau beschloss die Regierung, dass die Leute ihre Häuser besser an Land errichten sollten. Das alte Küstendorf gab es also nicht mehr, und nun duckten sich die Häuser zu beiden Seiten der Straße. Die Dorfleute hatten nicht ihre traditionellen Häuser mit Wänden aus gewebten Sagopalmwedeln und Grasdächern gebaut, denn die Regierung hatte angedeutet, sie wolle ein Modelldorf mit Holzhäusern und Blechdächern wie die der Weißen errichten. Leider gab es nie genügend Baumaterial für die paar Häuser, die die Weißen brauchten, und so waren nur zwei Häuser des Modelldorfs gebaut worden. Die übrigen Dorfbewohner hatten sich aus Armeeschrott, Blechplatten und kaputten Motorhauben provisorische Behausungen gebaut und die Löcher mit alten Sackfetzen verhängt. Das war in den Jahren direkt nach dem Krieg geschehen und das Wort ›provisorisch‹ war mittlerweile in Vergessenheit geraten. Dem rostigen Städtchen haftete etwas unleugbar Dauerhaftes an.

Aber das Dorf war immer noch reizvoll. Die Bewohner waren Fischer und ihre schlanken Kanus mit den Auslegern und Segeln lagen direkt vor der Küste. Die gewebten, mit Kaurimuscheln benähten Netze hingen von den Veranden. Manche der Frauen trugen schmutzige Kattunkleider und banden sich die Haare mit Weihnachtspapier, billigen Plastikspangen und Schleifen zusammen; andere hockten in den Eingängen, ihre Grasröcke über den Knien gebauscht, das Haar mit Blüten und Blättern geschmückt. Zu zweit oder zu dritt wanderten sie die Dorfstraße entlang, trugen Holz oder Yamswurzeln in langen Körben, die sie mit Riemen um die Stirn befestigt hatten und die ihnen über die Rücken hinabbaumelten. Abends am Strand tanzten die jungen Mädchen und Burschen wie ehedem mit schlurfenden Schritten um ein offenes Feuer und wiegten sich hin und her, während sie ihre eigenen Lieder und die der Missionare sangen. Und überall gab es kleine nackte dickbäuchige Kinder, die hinter Schweinen oder mageren Hunden herflitzten oder im Feuerschein kauerten, ihre Körper glänzend und ihre riesigen schwarzen Trollaugen porzellanweiß gerändert.

In dem Dorf herrschten eine Wärme und Vitalität, die in der von Weißen bewohnten Stadt eine Meile weiter fehlten, wo die Menschen zwar lärmten, aber nicht fröhlich waren und immer an dem Gefühl litten, nicht dorthin zu gehören.

Sechs Monate zuvor hatte Washington erwogen, hierher zu ziehen, es dann aber nicht gewagt. So ein Schritt wäre ein unverzeihliches Übertreten der für die Weißen geltenden Benimmregeln gewesen. Aber immer, sogar jetzt, erfüllte ihn im Dorf ein Gefühl von Leichtigkeit und Frieden. Ihm schien, dass in der Stadt der Weißen alle unsicher, verwirrt und immer zur Abreise gerüstet waren, sich nach einem anderen Land sehnten und dieses hier ablehnten. Die Dorfleute entstammten der primitiven Erde und waren nicht gänzlich davon losgelöst. Sie kannten kein anderes Leben und waren daher mit dem ihren einverstanden. Die Konflikte kamen gerade erst auf. Die Zufriedenheit begann gerade erst zu schwinden, aber dem oberflächlichen Betrachter erschienen die Eingeborenen noch glücklich. Washington störten das Blechgeklapper und die flatternden Lumpen nicht, er nahm sie schon lange nicht mehr wahr.

Sylvia jedoch sah nur das. Sie durchlief gerade die unvermeidliche Phase der Trauer über die verschwundenen Grashütten. »Ich hasse diesen Ort«, sagte sie, als sie die Mitte des Dorfes erreichten. »Es ist so abstoßend, schmutzig und traurig.«

»Unsinn. Du erkennst Schönheit nicht, wenn du sie siehst. Du hast eine törichte, von Illustrierten geprägte Vorstellung. Du gehörst nicht hierher, du solltest mit einem Blumenkranz um den Hals nach Honolulu fahren. Du schaust nur zum Himmel, wenn es einen roten Sonnenuntergang gibt. An einem grauen Tag würdest du nie nach oben schauen. Papuas müssen für dich unter einundzwanzig sein, mit Hundezähnen und Garnas geschmückt und mit Hibiskusblüten im Haar. Eine Frau im Kattunkleid ist dir keinen Blick wert. Ich werde dir jemand Schönen zeigen. Warte nur, bis du Koibari siehst.«

Er wartete auf sie. Mitten im Dorf stand ein großer Nussbaum. Seine Blätter trugen jetzt Herbstfarben und flatterten in roten und orangefarbenen Rosetten um die frischen grünen Federn des neu sprießenden Laubs. Rund um den Stamm hatte sich eine Gruppe Papuas mit Bündeln und Gepäckstücken versammelt und schienen auf ein Gefährt zu warten. Dorfjungen in Baumwollramis und Fremde aus entlegenen Dörfern trugen Halsketten, Federn und Armbänder aus weniger zivilisierten Ortschaften. Als Washington den Jeep anhielt, löste sich ein Mann von der Gruppe und kam auf sie zu. Sein steifbeiniger Schlurfschritt hatte einen leichten Drall zur Seite wie bei einem Krebs. Sein gelbes Gesicht war zerfurcht und rissig; seine Lippen waren verschwunden, aber ein paar betelgefärbte Zähne ragten aus seinem zum Grinsen aufgerissenen

Mund. Er trug einen zerrissenen Khakirami, der mit einer Schnur um die Hüften gebunden war, und als er vorwärts watschelte, klatschte eine schwarze, um die Taille befestigte Tasche gegen seinen Schenkel. Seine Beine trugen die lila Narben von Geschwüren. Über der Stirn erhob sich ein riesiger wirrer Haarschopf und krönte diese monströse Hässlichkeit mit einem Kranz korallenroter Blüten. Als er sich langsam auf sie zubewegte, wichen die anderen aus der Gruppe zurück, schlüpften davon und rollten die Augen, so dass das Weiße darin aufleuchtete.

»Oh, nein!«, schrie Sylvia, hob in einer kindlichen Geste ihre Hände und presste die Finger an die Wangen.

Washingtons Gesicht war aufmerksam und erwartungsvoll. »Ist er nicht wunderbar? Ist er nicht hinreißend und teuflisch böse? Sieh dir nur seine kleinen gemeinen roten Augen an – wie ein arglistiges Schwein.«

»Oh, was willst du von ihm?« Sylvia schauderte. Sie wusste nicht genau, woher ihr Entsetzen rührte. Es war nicht allein der Anblick des alten Mannes, der ein paar Schritte von ihnen entfernt stehen geblieben war, kaute und ausspuckte. Noch größere Angst hatte sie vor dem Ausdruck auf Philips Gesicht.

»Alle Menschen hier fürchten sich vor ihm. Er ist ein sehr mächtiger Zauberer. Die Leute bezahlen ihn, damit er ihre Feinde mit einem Zauber belegt. Siehst du die kleine schwarze Tasche? Darin hat er all sein Zeug. Splitter von alten Knochen, Muscheln und Steinen und weiß der Himmel was noch alles. Das ist eigentlich verboten. Er hat schon zweimal wegen Zauberei im Gefängnis gesessen. Letztes Mal hat der Distriktleiter seine Tasche genommen und verbrannt, aber er hat sich schon bald eine neue gemacht.«

»Was *willst* du von ihm?«, rief Sylvia.

Die Erregung in seinen Augen erstarb. Ein Ausdruck des Erkennens und dann der Zurückhaltung huschte über sein Gesicht. Als hätte man ihn auf die Erde zurückgeholt und er wollte verbergen, dass er jemals weg gewesen war. Er lächelte. »Es dient nur meiner Unterhaltung. Ich mag diese alten Typen, ich finde sie interessant. Es gibt nicht mehr viele von ihnen und sie sind die Einzigen, die einem noch erzählen können, wie es früher war. Diese Kerle«, er machte eine verächtliche Geste nach allen Seiten, »kennen nicht mal mehr die Lieder ihrer Väter, sie haben die alten Sagen vergessen. Ich weiß besser über ihre Kultur Bescheid als sie. Es ist nur gut, dass es ein paar Leute wie mich gibt, die mit den alten Männern reden und etwas über ihre Geschichte lernen wollen, bevor es zu spät ist.« Er winkte dem Alten zu, der mit seinem krebsähnlichen Gang vorwärts schlurfte. Die schwarze Tasche klatschte gegen seinen Schenkel und sein strenger, muffiger Gestank wehte wie ein Atem vor ihm her.

Sylvia sah Philip nicht wieder an, sondern kauerte sich in den Sitz neben ihm. Mit einem seltsamen, tierähnlichen Grunzen hievte Koibari seine massige Gestalt auf den Rücksitz.

»Gut so? Alles in Ordnung?«, sagte Philip fröhlich und ließ den Motor an. Der Jeep fuhr los, zurück über die Hafenstraße. Sie schwiegen, Washington sang, Koibari lutschte und grunzte. Als sie die Hauptstraße der Stadt entlangfuhren, richtete sich Sylvia, die mit dem Kopf aus dem Fenster im Fahrtwind gelehnt hatte, auf und drehte sich zu Washington um. »Philip! Bring ihn zurück! Ich habe Angst!«

»Sei nicht albern«, sagte Philip ärgerlich.

Aber sie beugte sich zu ihm, umklammerte sein Knie und sprach mit einer für sie völlig untypischen Eindringlichkeit. »Philip, warum hörst du nicht auf mit dem Unsinn und ziehst um? Raus aus diesem Haus. So einsam auf dem Hügel zu wohnen kann nicht gesund sein. Ich kriege Gänsehaut von all den Glühwürmchen und Feuerfliegen und Fliegenden Hunden und den verdammten Keremas, die die ganze Nacht über trommeln. *Ich habe Angst!*«

Für einen Moment löste er den Blick von der Straße und starrte sie verächtlich an. »Und wo soll ich hin, wenn ich fragen darf?«

»Verlass dieses Haus und zieh ins Wohnheim, wo du andere Weiße um dich hast.«

Ein Mann, der in einem Wohnheim wohnte, war für Papuas die

niedrigste aller Kreaturen. In einem Wohnheim verlor man seine Würde, jedes Anrecht auf Respekt. Dass Sylvia sich ihn in einem Wohnheim auch nur vorstellte, erfüllte ihn mit Wut. Er steuerte das Auto an den Straßenrand, langte an ihr vorbei und öffnete die Tür. Zuerst sagte er kein Wort, aber eine Ader in seiner Wange pulsierte. Als er dann etwas sagte, sprach er mit aller eisigen Verachtung, derer er fähig war: »In einem Wohnheim wohnen! Mir zehn mal zehn Meter mit einem Haufen besoffener Idioten teilen! Ich wäre dir dankbar, wenn du dir solche Ratschläge zu meinem Wohlbefinden sparen würdest. Kümmere dich um deine eigenen verdammten Angelegenheiten oder du kannst aussteigen und nach Hause laufen.«

Sylvia stieg aus. Tränen brannten in ihren Augen, aber sie sprach beherrscht. »Das hättest du nicht sagen sollen, Philip. Ich habe mir viel von dir gefallen lassen, aber jetzt reicht es. Ich will dich nie wieder sehen.«

Wütend über sich selbst, weil er seine einzige Freundin verloren hatte, aber unfähig, sie um Verzeihung zu bitten, erwiderte er heftig: »Denkst du vielleicht, das bricht mir das Herz?«

Der Jeep wendete und raste die Straße hinunter davon. Mit Tränen auf den Wangen sah Sylvia ihm nach.

Fünf Minuten später, als Stella auf dem Heimweg vom Strand die Straße hochlief, stand Sylvia immer noch da. Stella erkannte sie schon von weitem und winkte, aber Sylvia sah sie nicht. Ihre Haltung war seltsam plump, als hätte sie ihren Körper vergessen. Ihre Hände hingen schlaff herab und ihr Haar, vor einer halben Stunde noch so makellos glatt und hochgesteckt, hing ihr in Strähnen auf die Schultern. Stella kam näher und sah Sylvias Gesicht. »Sylvia, was ist los?«

Der Anblick der weinenden Sylvia erschreckte sie zutiefst. Sylvia war immer so beherrscht und frohgemut und bewegte sich mit solcher Selbstsicherheit, und Stella hätte nicht für möglich gehalten, dass solch eine Frau weinen konnte. Stella unterteilte die Menschen in verwundbare und unverwundbare, und Sylvia hatte ganz offensichtlich zu denen gehört, die stark und ungefährdet waren.

Sylvia drehte sich langsam um und sah ihr ins Gesicht, blinzelte mit den langen Wimpern, die von Tränen und Mascara verklebt waren. »Ich weiß es selbst nicht. Ich weiß nicht, warum ich heule, er ist es gar nicht wert, der verdammte Kerl.« Sie sprach mit einem Anflug von Tapferkeit, aber Stella ließ sich dadurch nicht täuschen.

»Philip?«

Sylvia konnte nur nicken.

»Kommen Sie, wir gehen nach Hause und nehmen einen Drink. Danach geht es Ihnen besser.« Sie machten sich auf den Weg langsam den Hügel hinauf.

»Wenn er so widerlich zu Ihnen ist, warum geben Sie sich dann mit ihm ab?« Sylvias Gefühlsleben war Stella ein Rätsel. Ihr eigene Einstellung dazu war wunderbar schlicht. Menschen, die gut zu einem waren wie David, ihr Vater und Trevor Nyall, liebte man. Menschen, die grausam waren und sich alle Mühe gaben, andere zu verletzen, wie Anthony Nyall und anscheinend auch Philip Washington, mochte man nicht oder ging ihnen aus dem Weg. Sie konnte sich nicht vorstellen, dass man jemanden lieben konnte, der grausam oder auch nur unfreundlich war.

Sylvia, die noch nie jemanden geliebt hatte, der gut zu ihr war, und Menschen wie Stella bisher mit der gleichen Verachtung behandelt hatte, die sie jetzt von Washington erfuhr, starrte Stella erstaunt an. »Meine Güte! Man liebt Menschen doch nicht wegen ihres guten Charakters!«

»Ich könnte niemanden lieben, den ich nicht achte.«

Die Anspielung darauf, dass Philip vielleicht keine Liebe verdient hatte, ließ Sylvia ihre Tränen vergessen. Sie beeilte sich, ihn zu verteidigen. »Aber ich achte ihn doch. Er ist genial. Das ist das Problem mit ihm, er ist zu genial für dieses Land. Dieses Land«, sie zitierte Philip, »ist kein Land für Menschen mit Phantasie. Er weiß mehr über das Territorium als irgendwer sonst in Marapai, und nur weil er unkonventionell lebt, wollen die Leute nichts mit ihm zu tun haben. Das Einzige, was sie ihm vorzuwerfen haben, ist, dass er die Papuas wie menschliche Wesen behandelt.«

»Aber warum ist er so gemein zu Ihnen?«

»Er macht das nicht absichtlich. Er weiß nicht, dass er gemein ist. Er ist so viel intelligenter als ich. Und er ist leicht reizbar. Er braucht Urlaub. Er sitzt hier wie auf glühenden Kohlen. Seit seiner Rückkehr aus dem Bavatal ist er nicht mehr er selbst.«

»Bavatal ...« Stella wandte langsam den Kopf und starrte Sylvia aus großen leeren Augen an.

Sylvia wusste nicht, weshalb sie es Stella gegenüber erwähnte. Sie hatte Washington versprochen, niemals darüber zu sprechen, mit niemandem und ganz besonders nicht mit David Warwicks Frau. »Ich will nicht, dass heulende Witwen über mich herfallen«, hatte er gesagt. Mit Sicherheit war nicht Gedankenlosigkeit der Grund, denn sie hatte ihr Versprechen nicht vergessen. Aber Washington hatte sie verletzt, und dies war einer jener kleinen Vergeltungsakte, mit denen Menschen sich an denen rächen, die sie lieben. Sie wollte ihm nicht schaden, nur ihre eigene Kränkung zeigen. Aber als sie jetzt Stellas Gesicht sah, fragte sie sich, ob sie nicht weiter gegangen war als beabsichtigt. »Was ist los?«, fragte sie scharf.

Eine starke Gefühlsregung braute sich in Stellas Gesicht zusammen. »Ich wusste nicht, dass er im Bavatal war«, sagte sie mit steifen Lippen.

»Er hat Ihren Mann begleitet.« Zum ersten Mal bestätigten sie einander, dass David Warwick Stellas Mann war. »Ich wünschte, Philip wäre nicht mitgegangen. Ich glaube nicht, dass er stark genug für diese Dschungelexpeditionen ist. Sie müssen derart an die Substanz gehen. Und dann auch noch der Tod Ihres Mannes ... das hat ihm furchtbar zugesetzt. Philip ist viel zu sensibel, er ist nicht wie andere Männer.«

Kapitel 11

Stella lief mit großen Schritten die Straße zur Kuppe des Hügels hoch. Sie hatte Sylvia vergessen, die niedergeschlagen in ihrem Zimmer saß. Sie brannte vor Entrüstung.

Sie hatten sie belogen: nicht nur Anthony Nyall, der neidisch auf ihren Mann war und von dem Lügen zu erwarten waren, sondern auch Trevor, ihr Freund und Beschützer. Sie erkannte, dass er ihr nie geholfen hatte, dass auch er die Hilfe verweigert und bewusst versucht hatte, ihre Suche nach Gerechtigkeit und Wahrheit zu behindern. Stella war nicht nur wütend, sondern auch verwirrt und enttäuscht, denn nie zuvor hatte sie einem Freund misstraut. Dass er ihr Freund war, daran bestand kein Zweifel, denn David hatte ihn geschätzt und bewundert. Sie empfand die Verzweiflung eines Kindes, dem man zum ersten Mal sagt, dass es keinen Gott gibt.

Auf halbem Weg hörte sie einen Jeep hinter sich und ging an den Straßenrand, um ihn vorbeizulassen. Als er auf ihrer Höhe war, wurde er langsamer. Der Fahrer war Hitolo. Er lehnte sich aus dem Fenster und lächelte. »Soll ich Sie mitnehmen, Mrs. Warwick?«

»Fährst du zu Mr. Nyalls Haus?«

Er nickte und sie stieg ein. »Ich hole Mr. Nyalls Gepäck ab und fahre ihn dann zum Flughafen. Er soll morgen in Rabaul sein. Meistens begleite ich ihn, aber diesmal nicht. Aber ich habe alle Buchungen für ihn erledigt. Ich helfe ihm bei der Abreise.«

Stella hörte gar nicht zu. »Hitolo, hat euch Mr. Washington auf der Expedition ins Bavatal begleitet?«

»Ja, Mrs. Warwick. Er ist ein guter Mann, Mr. Washington. Er ist mein Freund. Er war auf meiner Hochzeit und hielt eine Rede.«

»Warum hast du mir das nicht erzählt?«, rief Stella und rang die

Hände. Sie hatte das Gefühl, gegen die Zeit zu kämpfen. Fast zwei Wochen lang hatte sie nichts von Washington gewusst.

»Sie haben mich nicht gefragt.« Er löste den Blick von der Straße und sah sie an. »Ich denke, Sie wissen Bescheid.«

»Ist er mit Mr. Warwick und Sereva nach Eola hineingegangen?«

»Ja, Mrs. Warwick.«

Dann versank er in Schweigen und sie spürte, dass er nichts mehr sagen würde. Wieder empfand sie sehr deutlich seine Trauer, obwohl er ihr wie zuvor nur eine ausdruckslose kupferfarbene Wange zukehrte. Dann machten seine schlanken dunklen Hände mit dem Steuerrad eine halbe Umdrehung. Sie fuhren durch das Tor und hielten unter dem Mangobaum hinter dem Haus der Nyalls.

Stella zögerte nicht. Sie fragte sich nicht, was David getan hätte, durch welche Tür er hineingegangen wäre oder ob sie klopfen oder klingeln sollte. Sie ging direkt auf die Veranda und durch die offene Tür. Trevor, Janet und Anthony saßen zusammen, zwischen ihnen auf einem Tisch stand ein Tablett mit Gläsern. Janet erhob sich halb und rutschte dann wieder in ihren Sessel zurück. Anthony und Trevor standen beide auf, und Trevor trat vor und streckte ihr seine Hände entgegen.

»Oh«, ertönte seine warme, herzliche Stimme, »wie nett aber auch!«

Die Überraschung und Aufregung über die neue Entdeckung war in diesem Moment von geringer Bedeutung. Stella brannte vor Zorn und wandte sich heftig gegen Trevor.

»Sie haben mich angelogen!« Sie sprach leise, aber ihre Worte, wutschnaubend ausgestoßen, gemahnten an Funken und Rauch. »Sie haben gelogen! Das sehe ich jetzt ganz deutlich. Sie wollen die Wahrheit nicht erfahren. Sie wollen keine Gerechtigkeit für David. Sie wissen, dass in Eola etwas passiert ist, aber sie wollen lieber nicht wissen, was es war, und Sie tun alles in Ihrer Macht, um mich daran zu hindern, es herauszufinden!«

»He! Ruhig, ganz ruhig!« Trevor Nyall lächelte sie an. Er sprach mit der beschwichtigenden Nachsicht, mit der man einem feurigen Pferd gut zureden würde.

»Das nutzt nichts. Sie haben niemals versucht mir zu helfen. Das sehe ich jetzt. Sie wollten mich nur aus dem Weg haben. Und ich wäre auch fast abgereist. Jemand hat Ihren besten Freund ermordet, aber Ihnen ist das egal. Die Wahrheit ist Ihnen zu unbequem. Sie könnte die Verwaltung aufbringen. Sie könnte die Papuas aufbringen. Sie lehnen sich einfach zurück und lassen diesen Makel über Davids Kopf hängen.« Sie weinte jetzt, aber sie wandte sich nicht ab und blinzelte auch nicht. Ihre Augen funkelten hinter dem Tränenschleier mit unverminderter Wut.

Jemand wiederholte das Wort ›Makel‹. Es war Anthony. Seine Augen hinter den vergrößernden runden Brillengläsern waren ungewöhnlich glänzend und starrten sie unverwandt an. Sie sah, wie er seine Lippen bewegte.

Janet ließ ihre Hände auf- und niederflattern. Sie wedelten durch die Luft, sinnlos und unsicher. »Trevor würde nie lügen. Trevor ist so freundlich. Hör ihr zu, Trevor. Ich würde nie sagen, du hättest gelogen. Ich würde das nicht sagen.«

»Ich kann nichts mehr von dem glauben, was Sie mir erzählt haben«, schrie Stella. »Ich gehe selbst zu diesem Washington. Ich werde herausfinden, was geschehen ist. Und ich gehe nach Eola. Ich werde schon einen Weg finden. Ich werde zur Polizei gehen. Ich werde zur Verwaltung gehen, und es ist mir völlig egal, ob ich damit Ärger mache. Sie haben auf mich keine Rücksicht genommen – warum sollte ich auf Sie Rücksicht nehmen?«

»Stella!« Trevor legte seine Hände auf ihre Schultern. Sie versuchte ihn abzuschütteln, aber es gelang ihr nicht. Er drehte sie zu sich herum. Es war schwierig, einen Mann zu verdächtigen, der einem direkt in die Augen sah. Sie wurde an ihren Vater erinnert, an die Nonnen, an ihren Mann, an die lange Reihe von Erwachsenen, die sie alle gelenkt und geführt hatten, die ihr die Hände auf die Schultern gelegt und gesagt hatten: ›Jetzt hör mir mal zu, Stella, jetzt sag mir mal, Stella, na, na, Stella, so ist das doch gar nicht ...‹, und dann gestorben waren und sie verlassen hatten. Ihr Wille beugte sich langsam dem seinen.

»Ich sehe schon, Sie haben das mit Philip Washington herausgefunden. Sie können mir nicht vorwerfen, dass ich Ihnen das ersparen wollte. Es war ein Gefühl der Verantwortung für Sie, das mich dazu gebracht hat. Natürlich will ich Sie an dieser hirnverbrannten Unternehmung hindern. Weil ich *weiß*, dass Sie sich dadurch nur unglücklich machen. Und selbst wenn Sie *Recht haben* – und das haben Sie nicht –, würde ich immer noch versuchen, Sie daran zu hindern, und die Untersuchung selber durchführen. Ich würde nie zulassen, dass Sie sich in Gefahr bringen.«

»Sehen Sie nicht, dass mir das gleichgültig ist?« Stella hatte sich in eine neuerliche Vertrauensseligkeit hineingesteigert. Das Feuer des Fanatismus leuchtete in ihren Augen stärker denn je.

Anthony wandte sich jäh von ihnen ab, schritt zur Tür und kehrte dann wieder um.

»Und *Sie*«, wandte sie sich an ihn, »warum haben *Sie* mir nichts gesagt?«

Trevor sah seinen Bruder an. »Ja, Tony, warum hast du ihr nichts gesagt?«

Auf Anthonys Gesicht erschien ein schwaches verächtliches Lächeln. Er antwortete seinem Bruder, nicht Stella. »Seltsamerweise aus genau dem Grund, den du eben genannt hast. Seltsam, nicht wahr, dass wir dasselbe Motiv haben sollten? Vielleicht tun wir am Ende die gleichen Dinge, aber niemand würde auf die Idee kommen, dass wir die gleichen Motive haben.«

Trevor lachte. »Na, na, keine Spötteleien, Brüderchen.«

»Sei nicht unhöflich zu Trevor, Tony«, sagte Janet. »Er ist so gut zu dir, er lässt dich in seinem Haus wohnen.«

»Sie haben keinen Grund, mich zu beschützen«, sagte Stella steif. Sie hatte Trevor verziehen, aber sie glaubte nicht, dass Anthony je versuchen würde, ihr Schmerz zu ersparen. Sie haben ihn nicht gekannt ... Sie haben ihn nicht geliebt ... hatte er gesagt. »Warum sollten Sie auch? Sie konnten David nicht leiden. Sie können nichts leiden, was mit ihm zusammenhängt.«

»Offensichtlich gefällt Ihnen dieser Gedanke«, sagte er ruhig. »Aber Sie irren sich. Wir haben über Politik gestritten, das ist alles.

Wir vertraten zwei entgegengesetzte anthropologische Meinungen. Auf meiner Seite gab es da keine Bitterkeit.«

Trevor drehte sich unwillig zu dem Boy um, der schon längere Zeit in der Tür wartete und versucht hatte, den Blick auf sich zu lenken. »Was gibt es denn?«

»Bitte, Taubada, Boy kommen her, wollen Sachen von Taubada.«

»Sag ihm, er soll warten.«

Das Blut wich aus Stellas Gesicht. Ihr Moment war vorüber. Sie fühlte sich müde und betäubt. »Ich werde Washington aufsuchen«, sagte sie mechanisch. »Ich gehe nach Eola.«

»Ja, sicher«, sagte Trevor. »Sie müssen Washington unbedingt aufsuchen. Sie müssen von ihm erfahren, was passiert ist. *Ich* kann Ihnen nur eine äußerst knappe Zusammenfassung geben. Aber wenn Sie wirklich mit ihm reden wollen, dann sollen Sie das auch, obwohl ich Ihnen rate, ein paar Tage zu warten. Er war krank.«

Die Andeutung einer Verzögerung entzündete Stellas Eifer neu. »Ich kann nicht warten«, sagte sie heftig. »Ich warte seit Tagen – seit Wochen! Ich kann nicht länger warten! Vielleicht ist Jobe schon in Eola! Er kann wieder verschwunden sein, bevor wir ihn finden.«

Trevor antwortete mit einem Hauch von Strenge: »Der Mann hatte Fieber, es geht ihm nicht gut. Er fehlt seit zwei Wochen. Und Jobe ist in Rabaul.«

Aber der Zweifel, hat er sich einmal eingenistet, hinterfragt jedes Wort. »Woher soll ich wissen, dass er wirklich krank war? Woher soll ich wissen, dass Sie ihn nicht weggeschickt haben, bis ich abgereist wäre oder Sie mich überzeugt hätten, wie es Ihnen fast gelungen wäre?«

Trevor zog die Brauen zusammen und Anthony lächelte.

»Ich gehe noch heute Abend zu ihm – jetzt sofort.«

»Ich bringe Sie hin«, sagte Anthony.

Sie sah ihn überrascht an.

»Ich glaube, Sie sollten sich lieber von mir hinbringen lassen.« Trevor lächelte gewinnend. »Lassen Sie mich meinen Fehler wieder gutmachen. Ich muss doch etwas tun, um wieder Gnade vor Ihren Augen zu finden.«

»Ich bringe sie hin.« Anthonys Stimme war leise, aber bestimmt. Er nahm Stellas Hand und zog sie durch seine Armbeuge.

Plötzlich befand sie sich mit ihm auf dem Weg zur Tür. Sie wusste nicht, was passiert war, dass sie jetzt mit diesem verbitterten, kränkenden Mann wegging und seinen netten Bruder, den Freund ihres Mannes, zurückließ, der auf eine verquere Art versucht hatte, für sie zu sorgen, und niemals gesagt hätte, ›Sie haben ihn nicht geliebt‹. Sie sah über ihre Schulter zurück und sagte: »Ich möchte mich für meine Unhöflichkeit entschuldigen. Ich weiß, Sie haben versucht mir zu helfen, aber diese Art von Hilfe will ich nicht.«

Trevor antwortete nicht. Er hatte seinen großen Körper im Sessel umgedreht, um ihnen nachzuschauen. Neben ihm saß seine Frau, ihr gelbes Haar leuchtete wie eine Kerze, ihre weißen Hände schlugen nach einem Moskito, das sich längst gegen ihre abgemagerten Arme entschieden und sich auf Trevors gebräunter Stirn niedergelassen hatte. Er saß im Gegenlicht und seine Gesichtszüge waren nur ein verschwommener Fleck, aber es gab keinen Zweifel an seiner freundschaftlichen Gesinnung, denn er hob seine Hand und winkte.

Sie war froh. Einen Streit mit Davids Freund hätte sie nicht ertragen.

Anthony hatte sie immer noch untergehakt und führte sie zur Rückseite des Hauses. Der Kochboy der Nyalls saß auf der Hintertreppe und unterhielt sich mit Hitolo. Anthony blieb stehen. »Mein Gepäck ist noch nicht bereit, Hitolo, aber du kannst uns zu Mr. Washingtons Haus fahren.« Er half Stella auf den Beifahrersitz und stieg hinten ein. Niemand sprach. Stella versuchte an Washington und an die bevorstehende Begegnung zu denken. Sie versuchte die Fragen zu sammeln, die sie ihm stellen wollte, aber ihre Gedanken schweiften immer wieder ab zu dem Mann hinter ihr. Sie wandte sich um, um mit ihm zu sprechen. Er saß nach vorn gebeugt auf seinem Sitz, und ihr Kopf stieß fast mit seinem zusammen. Sie spürte seinen Atem auf ihrer Wange und erhaschte den schwachen Geruch seines Körpers. Eine Sekunde lang brannte sich sein Blick in ihre Augen.

Selten schaut man einem Menschen länger ins Innerste seiner Seele. Und Stella fühlte, dass sie mehr als nur hineingeschaut hatte; sie war darin eingetaucht, fast ertrunken. Sie wusste nicht, was genau sie gesehen hatte, aber ihre Nerven zuckten vor der Berührung mit dem Unbekannten zurück und sie wandte sich ab. »Warum bringen Sie mich hin?«

Er zog sich zurück. »Sie würden auf jeden Fall hingehen.«

»Das kann es nicht sein. Ich hätte Ihren Bruder auf jeden Fall kennen gelernt, aber damals haben Sie mir nicht weitergeholfen.« Sie hatte mit ihm streiten wollen und ertappte sich jetzt dabei, wie sie ruhig sprach.

»Ich habe meine Meinung geändert«, sagte er, »über Sie, seit ...«

»Seit ich neulich Abend zum Essen da war«, ergänzte sie, obwohl sie nicht wusste, was sie an jenem Abend getan hatte oder weshalb er seine Meinung ändern sollte. Ihre Worte rührten von der Überzeugung her, dass sich seit jenem Abend vieles geändert hatte.

Er bestätigte ihre Feststellung nicht, sondern sagte nur: »Sie werden weitermachen.« Er sprach emotionslos, als hielte er ihr Vorgehen für unerbittlich.

Die Straße machte eine Kurve und lief auf die Hügel zu, vorbei an niedrigen Gebäuden, die von billiger Musik summten, und vorbei an einem wirren Haufen von Armeemüll, der unter den Ranken wuchernder Schlingpflanzen verrostete. Es war dunkler hier und ziemlich trostlos. Sogar die Papuas sahen anders aus. An der Küste schlenderten sie mit großen wiegenden Schritten dahin, schwatzend, lachend, manchmal singend. Die gelben Röcke der Mädchen schwangen fröhlich um ihre nackten Schenkel. Aber in diesem von der Sonne verlassenen Tal hatten einige schon Feuer angezündet und kauerten um sie herum. Sie lachten nicht, aber sie trommelten, und hier und da brach ein zitternder monotoner Gesang aus: »Ba, ba, aa, a, aa, ba, aa.«

Die Straße endete bei ein paar leeren Blechhütten und einer Gruppe von Kokospalmen. Hitolo drehte das Steuer, und der Jeep kam mit der Schnauze in die Richtung zum Stehen, aus der sie gekommen waren. Nirgends waren Häuser. Die Palmblätter raschelten über ihren Köpfen, und ab und zu drangen quietschende, kratzende Geräusche aus den baufälligen Hütten. Anthony zeigte wortlos den Hügel hinauf und begann mit dem Aufstieg. Stella und Hitolo folgten.

Dann erblickte sie die kleine strohgedeckte Hütte, die über ihnen in einem bunten Garten von Frangipanibäumen und mannigfaltigen Sträuchern saß. Im Fenster leuchtete ein Licht. Eine Holztreppe führte zwischen den Bäumen hoch zu der vorspringenden Veranda. Die Treppe war von großen roten Büschen fast zugewuchert, und Anthony blieb nach der Hälfte der Stufen stehen und hielt die Zweige zurück, damit Stella folgen konnte. Die Veranda war von einer Kletterpflanze mit glänzenden Blättern überzogen, und es gab gefleckte Orchideen in Hängetöpfen, deren kleine, gewundene Blüten in der leichten Brise schaukelten.

»Sind Sie da, Washington? Dürfen wir reinkommen?«, rief Anthony.

Drinnen hörte man Stimmengemurmel, ein Grunzen und leises Schlurfen. Dann kam eine Männerstimme, die leise, aber deutlich Wörter sagte, die Stella nicht verstand.

Sie warteten. Durch den offenen Eingang konnten sie einen schwachen gelben Schatten und die Umrisse eines Tischs und mehrerer Sessel sehen. Stella wollte nicht neugierig erscheinen, drehte sich um und sah zurück auf den Weg, den sie gekommen waren. Gegen das Sonnenlicht waren die Blätter der roten Sträucher nun von einem blassen, durchsichtigen Rosa. Ein Moskito jaulte auf sie zu.

»Einen Augenblick«, rief die Stimme. »Wer ist da?«

»Nyall«, sagte Anthony.

»Ach, du, Trevor …«

»Anthony.«

»Oh!« Die Stimme klang enttäuscht.

Stella schaute wieder zum Eingang. Rund um den offenen Rahmen hingen glänzende grüne Lorbeerblätter herab. Ihr Blick wurde von einem kleinen Gegenstand gefesselt, der außen an der Tür mit einem Stück Schnur an einen Nagel gebunden war. Er hatte eine ovale Form, lief aber an beiden Enden spitz zu. Er war schwarz, poliert und mit einem Schnitzmuster aus hauchdünnen Linien verziert, die von den Seiten zur Mitte schwangen und sich dort rund um zwei Augen und einen Mund trafen. Er zeigte gleichermaßen ein menschliches Gesicht und einen Fischkopf. Sie hatte ihn, oder etwas Ähnliches, schon einmal gesehen, auf dem Tisch in Anthonys Büro. Anthony betrachtete ihn ebenfalls.

Washington sagte: »Kommen Sie rein, tut mir Leid, dass ich Sie habe warten lassen.«

Das Zimmer wurde von einer einzigen Lampe in einer großen Glasflasche schwach erhellt, die fast zu einem Viertel mit den Chitinhüllen und Flügeln von fliegenden Ameisen gefüllt war. Die Lampe warf einen sanften goldenen Schein an das Dach darüber. Kleine rosa Geckos lagen auf den Dachsparren auf der Lauer, um sich auf die Insekten zu stürzen, die dort krabbelten und krochen. Die Wände waren mit den unterschiedlichsten Waffen – Äxten, Speeren und Pfeilen – geschmückt, außerdem mit Masken und Schmuckstücken, Trommeln, Bambuspfeifen und langen Streifen eines groben Stoffes mit kühnem braunrotem Muster. Vor diesem Zierrat wirkte Philip Washington unpassend elegant gekleidet.

Er saß in einem großen Rohrsessel, die Füße auf einem Holzschemel. Er trug einen gelbseidenen Morgenrock mit tief schwarzem Kragen und Ärmelaufschlägen und fächelte sein schweißnasses Gesicht mit einem chinesischen Fächer aus Sandelholz. Auf dem Tisch neben ihm stand ein hölzerner balinesischer Kopf, ein Glas mit Rum und ein unberührter Teller mit Cornedbeef und gekochten Kartoffeln. Die Konservendose, in der das Fleisch gewesen war, stand zu seinen Füßen.

Stella hatte Trevor Nyall vorgeworfen, er hätte ihn absichtlich vor ihr versteckt, aber nun stellte sie fest, dass der Vorwurf unberechtigt gewesen war. Washington sah krank aus. Es war nicht besonders warm, obwohl ihre Haut nach dem Aufstieg durch den Garten feucht war und juckte, aber Washingtons Gesicht war schweißüberströmt. Schlafmangel hatte unter seinen Augen dicke Tränensäcke entstehen lassen, und neben seinen Lippen verliefen scharfe, verhärmte Falten, die nicht in das sonst so junge Gesicht zu gehören schienen.

Sobald sie eingetreten waren, spürte sie, dass er etwas verbarg. Er lag hingestreckt wie ein romantischer Dichter und machte keine Anstalten sich zu bewegen, aber sie merkte, dass sein Körper unter dem Seidenmantel angespannt und abweisend war. Anscheinend wusste er, wer sie war und was sie herführte, und war auf sie vorbereitet.

»Sie entschuldigen, dass ich nicht aufstehe.« Er sprach mit einer ziemlich hohen, quäkigen Stimme und wies mit einer langen eleganten Hand auf zwei Sessel. »Von dem verdammten Fieber bin ich schwach wie ein Huhn. Oh, hallo, Hitolo. Schön, dich wieder zu sehen. Setz dich da drüben hin.« Er zeigte in die Ecke und Hitolo trat leise ein und setzte sich im Schneidersitz nieder.

Stella wusste nicht, dass es in Marapai gegen die Etikette verstieß, wenn man einen Papua einlud, in einem Zimmer Platz zu nehmen, in dem eine weiße Frau saß, und reagierte nicht darauf. Sie setzte sich ebenfalls, aber Anthony blieb stehen.

»Ich habe Mrs. Warwick zu Ihnen gebracht, Washington. Sie hat erst kürzlich erfahren, dass Sie mit ihrem Mann im Bavatal waren.« Er sprach schnell, fast gleichgültig, als wollte er diesen Besuch so schnell wie möglich hinter sich bringen. Seine Worte nahmen dem Treffen geschickt jede besondere Bedeutung. Stella wusste nicht, ob sie darüber verärgert oder dankbar sein sollte.

Washington hatte seine außergewöhnlich hellen Augen auf sie gerichtet, und seine Redeweise war ebenso elegant wie sein Morgenrock. »Glauben Sie mir, Mrs. Warwick, Sie haben mein tiefstes Mitgefühl. Ich wusste natürlich von Ihrem Hiersein und wollte mich mit Ihnen in Verbindung setzen. Wahrscheinlich finden Sie es unverzeihlich, dass ich das nicht getan habe. Ich hätte Ihnen schreiben müssen, aber ich gehöre zu den Unglücklichen, die bei einer Fieberattacke buchstäblich den Boden unter den Füßen verlieren. Es wirft mich einfach um. Ich bin dann zu nichts nütze. Sie entschuldigen doch, dass ich nicht aufstehe? Vielleicht möchten Sie etwas trinken. Hitolo, sieh doch mal hinter dem Vorhang nach, da findest du eine Flasche Gin.« Sein Blick wandte sich wieder Stella zu. »Leider habe ich kein Eis. Die Boys haben es mir früher immer aus dem Kühlhaus hochgebracht, aber bedauerlicherweise habe ich keine Boys mehr. Entschuldigen Sie also bitte die Unordnung.«

Stella schwieg. Sie war entgeistert, wie charmant er war. Seine Art zu sprechen hatte etwas Leichtes, Sprödes, das sie – entgegen ihrer Absicht – amüsierte, ein Tonfall, der alles, was er sagte, witzig klingen ließ. Ihr gefiel nicht, wie er sie bezauberte, und sie misstraute ihm von ganzem Herzen.

»Was ist mit Rei?«, fragte Anthony.

Washington zuckte die Achseln. »Rei ... Gut, Hitolo, da sind auch Gläser und in dem Krug ist Wasser. Leg den Deckel wieder drauf, sonst fallen die Ameisen rein.« Seine Stimme erstarb. Seine Augen waren umhergewandert und jetzt auf den dunklen Eingang gerichtet. Plötzlich lehnte er sich vor und starrte nach draußen. Stella und Anthony wandten sich beide um und folgten der Richtung seines Blicks. Die Blätter der Kletterpflanze bildeten eine scharfe gezackte Kante um den Eingang. Es war überraschend Nacht geworden und hinter den Frangipanibäumen war der Himmel mit Sternen übersät.

Washingtons durchbohrte mit starr geöffneten Augen die dunklen Umrisse der Büsche. Sein Gesicht war angespannt und eine kleine Ader pulsierte in seiner Wange. »Hitolo, sein ein guter Boy und schau mal draußen nach, ja? Ich glaube, da wartet jemand.«

Hitolo ließ die Drinks stehen und ging gehorsam nach draußen. Er blieb für einen Augenblick auf der Veranda stehen und kam dann wieder herein. »Keiner da.«

Washington lehnte sich in seinem Sessel zurück. Sein Gesicht entspannte sich.

»Wir halten Sie von Ihrem Essen ab«, sagte Stella und schlug nach einem Moskito auf ihrem Bein.

»Oh, das macht nichts. Es ist sowieso ungenießbar. Machen Ihnen die Moskitos zu schaffen? Hitolo, reich doch Mrs. Warwick mal den Wedel dort.«

Hitolo nahm den langen Rosshaarwedel vom Haken, und Washington nahm seinen Teller und stocherte mit der Gabel in einer Kartoffel. Stella schlug sich ungeduldig auf die Beine. Sie machte den Mund auf, um etwas zu sagen, aber Hitolo kam ihr zuvor. »Taubada!« Er war in die Mitte des Zimmers getreten. Wie gebannt starrte er auf die leere Konservendose zu Washingtons Füßen. »Mr. Washington, essen Sie das nicht! Sie sterben!«

Washington hob den Kopf und starrte Hitolo an, die Lippen für einen Bissen halb geöffnet. Dann sah er hinunter zu seinen Füßen. »Red nicht solchen Unsinn!«, sagte er. »Geh und setz dich hin!« Er spießte die Gabel in das Corned Beef, hob ein großes Stück hoch und steckte es in den Mund.

»Nicht essen, Taubada.« Hitolo sang mehr als dass er sprach. Er schien Washingtons Zurückweisung nicht gehört zu haben. Seine Arme hingen seitlich herab, seine Augen waren geweitet und glasig. Ein merkwürdiger weißer Ring hatte sich um seine Lippen gebildet.

Stella sah auf die Dose hinunter. Ihr Deckel war um den Dosenöffner zurückgerollt. Sie hatte ein rotes Etikett mit gelber Aufschrift. Washington sagte wieder etwas. Seine Stimme war lauter und hatte jetzt einen hysterischen Unterton. »Tu, was ich sage! Setz dich hin und sei still oder du gehst raus!« Er aß noch etwas, schob dann den Teller weg und zog eine Grimasse. »Ha!«, sagte er trotzig an Hitolo gewandt, der wieder in der Ecke kauerte. »Sehe ich aus, als würde ich gleich sterben? Mein Gott, ihr seid vielleicht ein verwöhnter Haufen! Es gab mal eine Zeit, da war euch ein Stück geräucherte Magami gut genug. Jetzt schreit ihr nach Fleisch und Fisch in Konserven. Und wenn ihr mal eine Dose erwischt, die euch Bauchschmerzen macht, dann jammert ihr und wollt Frischfleisch aus dem Kühlfach zu fünf Schilling das Pfund. Das haben wir bei diesen Leuten falsch gemacht«, sagte er zu Anthony.

»Wir haben in ihnen lauter überflüssige Bedürfnisse geweckt, ohne ihre Urteilsfähigkeit zu entwickeln.«

»Mr. Washington!«, sagte Stella verzweifelt.

»Ja, Mrs. Warwick, Sie wollten mir ein paar Fragen stellen. Ich bedauere, dass ich nicht besser darauf vorbereitet bin. Ach je, das scheint mir nicht zu bekommen.« Er fuhr sich mit der Hand über den Bauch. »Ich sollte nichts essen, wenn ich Fieber habe. Ich finde dann alles eklig.«

Während er sprach, wurde Stella bewusst, dass sich das Zimmer immer mehr mit kleinen fliegenden Insekten gefüllt hatte. Der surrende Kreis um die Lampe herum wurde immer dichter. Die Tiere schienen aufgeregt und wirbelten wie Schneeflocken durch die Luft. Rund um die Flasche war der Tisch mit zarten, glänzenden Flügeln übersät. Sie hatten sich auch an der Decke festgesetzt und raschelten und knisterten im Stroh. Ein paar große Kakerlaken gesellten sich dazu und zockelten quer durch den Raum. In dem kleinen Zimmer wirkten sie so groß wie Vögel. Die Geckos oben auf den Sparren schossen hin und her, und eine magere schwarze Katze, die Stella bisher nicht bemerkt hatte, saß direkt über ihr unter dem Dach und zerknackte etwas zwischen ihren Kiefern.

Verzweiflung überwältigte sie. Irgendwo hier, versteckt in diesem Haus, in dem Körper und in dem Verstand dieses Mannes, war die Wahrheit, die Gerechtigkeit, die sie suchte, aber das Innere der Hütte lenkte sie ab und verwirrte sie. Die Masken, die Ketten aus Hundezähnen und die mondsichelförmigen Bögen der Wildschweinhauer lenkten sie ab und hypnotisierten sie. Washingtons amüsante, elegante Art fesselte sie. Hitolo hatte mit seinem Reden von dem tödlichen Fleisch David kurzzeitig aus ihren Gedanken verbannt, und jetzt hatte sich die Natur selbst, der Himmel mit seinen Schwärmen geflügelter Insekten gegen sie verschworen und griff an. Sie spürte, dass ihr Blick, ihre Sinne, ihre leidenschaftliche Entschlossenheit durch das Geflatter von Myriaden von Flügeln betäubt wurden.

»Mr. Washington«, wiederholte sie und beugte sich angespannt vor. »Als Sie nach Eola gingen …«

»Einen Moment noch, Mrs. Warwick. Ich fürchte, wir müssen das Licht ausmachen, sonst ziehen wir noch mehr Schwärme an. Es dauert nicht lange, dann sind sie verschwunden.«

In einem plötzlichen Aufwallen von Ekel schlug sie mit der Rosshaarklatsche nach den winzigen, juckenden, kitzelnden Tierchen. Auf ihrer Armlehne hatten sie sich als dicker, wimmelnder, fettiger Fleck niedergelassen. Sie sah auf und begegnete Anthonys Blick. Er starrte sie mit einem Ausdruck tiefer Traurigkeit an. Washington hob die Hand und knipste das Licht aus.

Dann herrschte einen Augenblick Stille, wenigstens was menschliche Stimmen anbetraf. Ansonsten war die kleine Hütte von Geräuschen erfüllt. Die Flügel der fliegenden Ameisen schlugen wild gegen die Lampe, durch die offenen Jalousien zeichneten sie sich in wirbelnden kreisenden Massen vor dem Nachthimmel ab. Das Strohdach war von kratzendem, knackendem, kriechendem Insektenleben erfüllt, und von der Decke über Stellas Kopf hing ein Bündel seltsamer Gegenstände aus Bambus – irgendwelche Musikinstrumente, die in der Nachtbrise wie eine Windharfe klirrten.

»Wer ist da?«, fragte Washington scharf und sie hörten, wie er sich in seinem Sessel bewegte.

»Da ist niemand«, sagte Anthony mit tonloser, müder Stimme. »Das sind nur die Fliegenden Hunde. Nichts, wovor man sich fürchten müsste. Es kann nichts hereinkommen. Sie sind gut beschützt. Sie haben einen Zauber an Ihrer Tür hängen.«

Washington lachte. Es war ein seltsam hoher trockener Ton. »Oh, Sie haben es also bemerkt. Jetzt glauben Sie nur nicht, dass ich mich schäme. Ich kann nicht anders, wissen Sie. Alle schönen Dinge, die ich habe, sind geklaut. Meine Finger jucken und ich kann absolut nichts dagegen machen. Sie werden es doch nicht abmachen, oder?«

»Nicht, wenn es Ihnen hilft.« Anthonys Stimme war so leise, dass schwer zu sagen war, ob sie bedrohlich oder freundlich klang.

Stella schlug verzweifelt nach den Moskitos, die sich auf ihre Beine stürzten. Sie merkte, wie sie hysterisch wurde. Dieser ganze

Abend – der seltsame, elegante, kranke Mann, sein phantastisches Haus, Hitolo, die fliegenden Ameisen – erschien unwirklich, wie ein Traum.

»Da ist doch jemand«, sagte Washington nervös.

Jetzt hatte Stella das Geräusch gehört. Es war ein leises Kratzen, das unter dem Haus herzukommen schien. Dann ertönte ein ersticktes Kläffen.

Washington sprang auf. Sie sah seine lange Gestalt durchs Zimmer huschen, dann stand er im Eingang und schaute hinüber zum Boyhaus. »Koibari! Koibari! Wo bist du? He, du! Unter dem Haus ist ein Hund! Schaff ihn fort, ich befehle es dir! *Schaff ihn hier weg!* Ich dulde nicht, dass irgendwelche Hunde hier herumscharren.«

Ihr erster Gedanke war: Da draußen ist jemand. Und er hat gesagt, da wäre niemand. Er ist auch ein Lügner.

Washingtons Stimme schwoll zu einem Schrei. »Schaff ihn hier weg! Tritt nach ihm! Schmeiß Steine! Ich dulde diese verdammten Keremahunde nicht auf meinem Grundstück!« Das Kläffen und Scharren wurde lauter und Washingtons Stimme schrie weiter: »Schaff ihn hier weg! Ich dulde diese verdammten Hunde hier nicht!«

Er ist verrückt!, dachte sie. Die Szene hatte sich plötzlich von einem Traum in einen Alptraum verwandelt. Die Mauern der Erfahrung wichen zurück und sie sah plötzlich in Abgründe eines Menschenherzens, von deren Existenz sie nie etwas geahnt hatte. Die fliegenden Ameisen bildeten immer noch eine Wolke und berührten im Vorbeifliegen ihr Gesicht. Sie waren wie ein reißender Strom den Hügel heruntergekommen und benutzten das Haus als einen Tunnel, wurden durch die Jalousien auf der einen Seite angesaugt und durch die an der Wand gegenüber abgesaugt. Stella saß reglos in ihrem Sessel; sie hatte die Hände an ihren Seiten geballt und ihr Herz klopfte heftig.

Jemand sprach leise in ihr Ohr. »Sehen Sie die Glühwürmchen?«, fragte Anthony. »Sind sie nicht wunderschön?«

Sie sah hoch. In dem Stroh über ihr flackerten blasse, helle Lichter an und aus. Sie funkelten nicht metallisch hart wie die Feuerfliegen, sondern leuchteten sanft und zart. Sofort fühlte sie sich ungeheuer erleichtert. Sie lächelte und streckte in einem Reflex die Hand aus, beherrschte sich dann und zog sie wieder zurück.

»Sie müssen mich entschuldigen, Mrs. Warwick«, sagte Washington und seine Stimme klang jetzt wieder normaler. Er tastete sich zurück zu seinem Sessel, ließ sich hineinfallen und fächelte sich Luft zu. Sie roch den schwachen Duft von Sandelholz. Er atmete tief ein, und obwohl sie nur den Umriss seines Kopfes und seiner schnell fächelnden Hand erkennen konnte, vermittelte er den Eindruck geradezu verzweifelter Erschöpfung. »Es geht mir gar nicht gut. Das Fieber macht mich schrecklich nervös und diese verdammten Keremahunde kommen immer her und graben mein ganzes Gemüse aus.«

»Mr. Washington, als Sie nach Eola gingen …«

»Ja, Mrs. Warwick. Was wollten Sie mich fragen? Ich muss mich für die Unterbrechungen entschuldigen.«

»Können Sie mir bitte erzählen, was dort passiert ist?«

Jetzt ergriff Anthony das Wort. »Mrs. Warwick glaubt, die Reise nach Eola könnte etwas mit dem Selbstmord ihres Mannes zu tun haben.«

Stella presste bei dem Wort ›Selbstmord‹ die Lippen aufeinander, aber sie schwieg.

»Nichts«, sagte Washington schnell. »Überhaupt nichts.«

»Was ist denn passiert?«, fragte Stella geduldig. Von diesem Mann würde sie nichts erfahren, das wusste sie. Er achtete gar nicht auf das, was er sagte. Sie konnte sich des überwältigenden Eindrucks nicht erwehren, dass seine Gedanken wie fliegende Ameisen durch den Raum schwirrten und nur ab und zu zurückkehrten, um das, was er sagte, kurz zu überprüfen. Was er sagte, klang gequält und mechanisch, vielleicht sogar einstudiert. Aber sie war nicht entmutigt. Sie spürte, dass sie das, was sie wissen wollte, nicht aus dem erfahren würde, was er sagte, sondern aus dem, was er nicht sagte.

»Wir fuhren mit dem Schnellboot zu unserer Niederlassung

nach Kairipi. Das liegt an der Küste, an der Mündung des Bavaflusses. Der Distriktleiter nahm uns in seinem Boot mit nach Maiola, das an der Grenze seines Distrikts liegt. Dort engagierten wir einige Führer und wir hatten aus der Niederlassung acht Träger mitbekommen und Hitolo und …«

»Sereva«, ergänzte Stella.

»Ja, und Sereva. Es war eine ziemlich große Gruppe, aber wir hatten Handelswaren für die Bevölkerung von Eola dabei, und die ist nicht gerade als freundlich bekannt. Niemand wusste viel über sie, aber man hielt uns für ziemlich risikofreudig, weil wir dorthin wollten, die Eingeborenen jedenfalls. Also nahmen wir Kauri- und Perlenmuscheln von der Küste mit. Es war schwierig, die Eingeborenen dazu zu bewegen mitzukommen. Zwei rannten davon, als wir in die Nähe des Dorfes kamen, und die anderen wollten keinen Schritt weitergehen.«

»Warum hatten sie solche Angst?«

»Vada, Mrs. Warwick, Vada. Eola ist berüchtigt für seine Vadamänner.« Er hatte die Stimme gesenkt und sprach mit einem Anflug von Ehrfurcht, fast von Verehrung. »Das ist eine Art von Zauberei. Eine sehr mächtige Art von Zauberei. Wahrscheinlich wissen Sie nicht viel über Zauberei, aber …« Seine Stimme klang langsam und bemüht und Stella unterbrach ihn, weil sie einen erneuten Themenwechsel befürchtete.

»Was geschah dann?«

»Also, wir waren in Maiola, an der Grenze des von uns kontrollierten Gebiets. Der Fluss wird dort zu schmal für Kanus, deshalb gingen wir zu Fuß am Ufer entlang weiter.«

Stella lauschte seinen Worten und starrte durch die Türöffnung, der Himmel war jetzt frei von fliegenden Ameisen und zeigte zwischen den Frangipanibäumen ein dunkles verwaschenes Blau.

Anthony hatte sich hingesetzt und seine Pfeife angesteckt und der weiße Rauch bewegte sich langsam zur Tür hinaus.

»Ich glaube, die fliegenden Ameisen sind weg«, sagte Stella.

»Stimmt.« Washington knipste das Licht wieder an. Sie blinzelten einander an, ihre Gesichter im ersten Moment weiß und angespannt, ihre Augen zusammengekniffen und verschlafen. Die Katze über Stella war verschwunden, die Geckos hatten sich in die Ecken der Dachsparren verkrochen. Die fliegenden Ameisen hatten ihre Flügel auf den Tisch abgeworfen und nur eine einzige Kakerlake stieß noch gegen die Lampe.

Washington hatte zunächst Stella angesehen, aber jetzt schaute er sich im Raum um. Dann wurde sein Körper starr, seine Hände umklammerten den Fächer und er sog scharf die Luft ein. Stella schaute rasch in die Ecke, aber sie sah nur Hitolo, der auf dem Boden hockte; seine langen, bildschönen Hände hingen schlaff zwischen den Knien herab. Auf seinen braunen Wangen leuchteten zwei weiße Lichtpunkte und seine Augen glänzten wie Edelsteine.

Washington fächelte sich Luft zu. »Du hast mich erschreckt, Hitolo.« Er stieß ein kurzes nervöses Lachen aus, das in Gekicher endete. »Ich dachte, du hättest weiße Farbe in deinem Gesicht. Ich wusste wirklich nicht, was du mit einem weiß bemalten Gesicht wolltest. Tja, wo war ich stehen geblieben? Wir gingen am Fluss entlang, bis wir noch einen halben Tagesmarsch von Eola entfernt waren, dann beschlossen auch unsere beiden Führer, nach Hause zu laufen. Wir waren noch nicht direkt auf Eola-Land, aber ziemlich nah dran, und sie wollten kein Risiko eingehen. Aber die Träger, die von der Mission kamen und nur ein Grad weniger verblödet waren als die zwei Führer, wollten bei uns bleiben. Doch schon bald wurde es ihnen ebenfalls zu heiß, und wir zogen allein weiter. Sie schlugen ein Lager auf und warteten vor dem Dorf auf uns. Jetzt waren wir mitten auf Eola-Land, und als wir zurückkamen, kauerten sie über einem Feuer und waren fast krank vor Angst, obwohl sie keine Menschenseele gesehen hatten. Alle waren bei einem Tanzfest im Dorf.« Er hielt inne und wischte sich mit einem Taschentuch übers Gesicht. »Mein Gott, es ist heiß, nicht wahr? Hitolo, reich doch Mrs. Warwick den Fächer.«

»Ich finde das Klima unterscheidet sich nicht sehr vom australischen«, sagte Stella.

Washington lachte. »Zuerst vielleicht. Dieses Land, Mrs. Warwick, offenbart sich einem nicht gleich in den ersten fünf Minuten.

Sonst wäre es unbewohnt, wenigstens von Weißen. Sie bleiben hier hängen, bis es seine Krallen in Sie schlägt und Ihnen ins Gesicht spuckt. Aber dann ist es zu spät, und man taugt für keinen anderen Ort mehr.«

Sein angespannt eifriger Ton ließ Stella befürchten, dass er bei einem anderen seiner Lieblingsthemen angekommen war, und sie sagte: »Sie gingen also weiter. Wer begleitete Sie?«

»Ihr Mann, Sereva, ich.«

»Und gab es dort irgendwelches Gold?«

Er schien nicht überrascht, dass sie über das Gold Bescheid wusste. »Wir sahen nur sehr wenig. Nur ein paar Halsgeschmeide, die wahrscheinlich durch Handel aus einem anderen Landesteil dorthin gekommen waren.«

Er verbirgt etwas, dachte Stella. Sie war sich sicher, dass Washington log, nur wann er angefangen hatte zu lügen, das wusste sie nicht. Sie spürte, dass die Fragen, die sie jetzt stellte, entscheidend waren. Ihr war, als würde sie lauern – wie auf einen Vogel oder ein anderes Tier –, als würde sie sich leise anschleichen, als würden ihre Fragen lautlos durch Gras und Sträucher gleiten, um die flüchtige Wahrheit darin nicht aufzustören. Ein falscher Tritt, ein knackender Zweig oder ein raschelndes Blatt und sie wäre auf und davon. Washington war sich bewusst, merkte Stella, dass sie ihm auflauerte. Sie spürte, wie seine Nerven die Luft um ihn herum abtasteten.

»Wie die, die Jobe mitbrachte«, sagte sie. Sie faltete ihre Hände, damit sie aufhörten zu zittern. Sie hatte ihre Umgebung vergessen, die seltsame Hütte, in der sie saßen, und die dunklen melancholischen Augen von Anthony Nyall. Sie wurde von einem Gefühl der Macht überrollt, das sie noch nie in ihrem Leben erlebt hatte. Sie erkannte die Situation als bedeutsam und gefährlich, und sie war ganz auf sich gestellt. Niemand sagte ihr, was zu tun war. Sie maß ihre Geisteskräfte mit denen eines älteren, erfahreneren Mannes. Sie verlagerte ihre Position im Sessel, ihre Augen leuchteten.

Ein scharfer Blick aus Washingtons blassen Augen zuckte wie die Spitze einer Schlangenzunge zu ihr herüber. »Ja, so ähnliche.«

»Und gab es im Langhaus noch mehr Gold?«

»Nur ein bisschen, glaube ich. Wir konnten nicht viel sehen, nur einen kurzen Blick darauf werfen. Diese Eingeborenen lassen andere nicht gern in ihre Langhäuser, besonders keine Fremden. Sie benutzen sie für ihre Initiationszeremonien. Dann läuft eine Menge harmloser Blödsinn darin ab, aber ihnen ist das unglaublich wichtig, und bei diesen Primitiven ist es manchmal gefährlich, wenn man zu offensichtlich herumschnüffelt. Warwick versuchte ein bisschen mehr herauszufinden, und dann gingen wir zurück zu Hitolo und den Trägern, die um das Feuer kauerten und auf die Vadamänner warteten.«

»Aha. Und das war alles?«

Er bewegte den Fächer hin und her. »Das war alles.«

»Außer dass Sereva starb.«

Der Fächer sank nieder. Washington lachte. »Ach ja, ich vergaß. Wie leicht schließt man sich der verbreiteten Ansicht an, dass solche Dinge nicht wichtig sind. Er war ein guter Boy, ein wunderbarer Boy. Ihr Mann war richtig erschüttert darüber. Ich hatte ihn noch nie so niedergeschlagen erlebt.«

»Haben Sie irgendeine Idee, was die Ursache war?«

Er machte eine unbestimmte Handbewegung. »Es hätte alles Mögliche sein können. Fieber, verdorbenes Essen ...«

»Aber er starb so schnell.«

»Nicht so schnell für dieses Land. Oder für einen Papua. Die brauchen nicht lang, um zu sterben. Es hätten auch die Vadam–« Seine Stimme brach ab.

Stella blickte hinüber zu Hitolo. Er saß unverändert da, die Hände hingen über die Knie herab, das Licht blitzte auf seinen blauen Fingernägeln.

»Aber Sie glauben doch nicht an Vada.«

»Es ist egal, ob ich daran glaube oder nicht«, sagte Washington schnell. »Wichtig ist, dass Sereva daran glaubte, und dann wirkt es auch.« Seine Stimme bekam etwas Abgehacktes. »Es ist so offensichtlich, dass Sie in diesem Land gerade erst angekommen sind, Mrs. Warwick. Sie dürfen nicht vergessen, dass diese Menschen schon Tausende von Jahren hier leben – wenigstens nehmen wir das an. Ist es nicht arrogant von uns, über ihren Glauben zu lachen, den sie im Laufe vieler Jahrhunderte entwickelt haben? Wir versuchen in den Tropen immer Lebensweisen zu finden, die uns einen klaren Kopf behalten lassen, aber wir kommen nie auf die Idee, dass *sie* die Antwort wissen könnten. Tatsache ist doch, dass wir all unsere Sinne bis auf einen kleinen Rest eingebüßt haben, und so bleibt uns nichts anderes übrig als zu spotten.«

Schweigen senkte sich über sie. »Gibt es noch etwas, das Sie fragen möchten?«, fragte Anthony.

»Ja«, antwortet Stella. »Wie lange hat diese Reise gedauert? Von Maiola aus, nachdem Sie den Beamten und das Boot hinter sich ließen?«

»Alles in allem vier Tage – man könnte es auch in drei Tagen schaffen. Eine Richtung, versteht sich. Es ist nicht weit von dem militärisch kontrollierten Gebiet entfernt.«

»Ist der Weg beschwerlich?«

»Alle Wege durch den Dschungel sind beschwerlich. Aber dieser ist leichter als die meisten anderen. Man braucht sich nicht um die Richtung zu kümmern. Man orientiert sich am Fluss und die Wege sind frei. Aber ich persönlich hasse diese Expeditionen. Hitze, verdreckte Kleider, grässliches Büchsenessen. Dabei mag ich das landesübliche Essen dort. Yams sind ausgezeichnet, wenn man sie richtig zubereitet. Aber die Moskitos, die Blutegel ... Nein, ich finde es schrecklich.«

Dann ging beiden Männern auf, worauf ihre Fragen abzielten. »Warum?«, fragte Anthony Nyall. Das Wort durchbrach die Stille mit einem scharfen explodierenden Geräusch.

»Weil ich dorthin fahren werde«, sagte Stella. Sie wartete. Anthony rührte sich nicht. Er sah Washington an. Hinter ihm bewegte sich Hitolo in seiner Ecke.

Washington fuhr mit dem Fächer durch die Luft. »Wozu?« Seine Stimme klang hoch und aggressiv.

Sie erwiderte nur: »Aus vielen persönlichen Gründen.«

Er schien sie nicht zu hören. »Sind Sie noch nicht zufrieden? Glauben Sie nicht, was ich Ihnen erzählt habe?« Sein Fächer schlug wie ein wütender Flügel. »Fragen Sie mich, was Sie wollen. Ich sage Ihnen alles, was Sie wissen möchten.«

»Mrs. Warwick hat nicht gesagt, dass sie Ihnen nicht glaubt«, sagte Anthony Nyall. »Sie will diese Reise aus gefühlsmäßigen Gründen machen.«

Stella warf ihm einen ärgerlichen Blick zu. »Werden Sie mich hinbringen?«, fragte sie Washington.

»Ich?« Der Fächer ruhte. Er sah sie unverwandt an. Seine Augen wirkten leer und farblos. Sie hätte genauso gut durch Glas schauen können. »Nein! Nein! Nein! Nein! Nein!«

Auf jedes Wort folgte eine Pause und in jede Pause ergoss sich eine Flut von ... was? Wut? Angst? Jedes Wort war mit einer neuen Last von Entsetzen beladen. Das letzte »Nein!« war fast schon ein Schrei. Er sprang auf.

Kapitel 12

Washington wich zurück, als wollte er sich gegen etwas schützen, das er in ihrem Gesicht las. Sie hatte noch nie einen so verängstigten Menschen gesehen. Worte strömten wirr von seinen Lippen. Stella, die fast ebenso viel Angst hatte wie er, merkte, dass er nicht wusste, was er sagte oder dass er überhaupt gesprochen hatte. Der Verstand schien aus ihm geflohen zu sein und einen Körper im Delirium zurückgelassen zu haben.

»Zurück in diesen dreckigen Dschungel ... niemals ... Moskitos und Schlamm und die verdammten Mangroven und diese widerlichen kleinen Monster mit ihren weißen Gesichtern und dem verfaulten Dosenfraß und Yams, Yams, Yams ... schleimige Egel hängen dir aus den Schuhen, Blutsauger, glitschige Viecher gleiten dahin wie Eidechsen und *Augen*, Augen im Laub und kein Geräusch, nur Augen in den Blättern und Fliegende Hunde in den Bäumen. Fliegende Hunde hängen da wie dreckige Lumpen, während wir auf dem Bauch durch den Matsch kriechen, schlafen und stellen sich taub –« Seine Stimme wurde leiser und dabei langsamer und klarer. »Zurückgehen in dieses widerliche kleine Höllenloch – nie im Leben!«

Sein Gesicht war blass und troff vor Schweiß. Er wischte sich mit dem Handrücken über die Lippen. Seine Augen fixierten Stella, ohne sie zu sehen, und langsam floss das Bewusstsein in sie zurück wie Wasser in einen ausgetrockneten Teich. Für einen Moment verriet sein Gesicht heftige Gefühlsregungen, dann verschloss es sich und zeigte nur noch Wachsamkeit. Er wedelte lässig mit dem Fächer und setzte sich wieder, seinen gelben Morgenmantel über den Knien zurechtzupfend.

»Entschuldigen Sie.« Er hatte seine Stimme wieder in der Gewalt. »Ich könnte wahrscheinlich nicht wieder dorthin. Ich arbeite, wissen Sie. Ich würde keinen Urlaub bekommen.«

»Und wenn doch …«, sagte Stella.

»Ich bin nicht begeistert von diesen Dschungelexpeditionen. Sie sind so verdammt anstrengend. Und wenn man so lange in den Tropen lebt wie ich, dann hat man keinen Pfadfinderehrgeiz mehr. Außerdem bin ich angeschlagen«, fügte er hinzu und hob erschöpft eine Hand an die Stirn, als fiele ihm seine Krankheit wieder ein wie ein in Vergessenheit geratener Trumpf.

»Wir sollten jetzt besser gehen.« Anthony stand auf. »Sie sehen erschöpft aus.«

Stella erhob sich zögernd. Der Mann war nutzlos, sie würde nichts mehr von ihm erfahren, aber sie fühlte sich ihm seltsam verbunden. Sie spürte zwischen ihnen eine Art enge, leidenschaftliche Beziehung. Es war nicht Liebe, Hass oder Freundschaft, es war etwas anderes, etwas, das sie überstieg. Sie wusste, dass auch Washington das spürte. Das Erkennen, was sie füreinander bedeuteten, hatte gerade eben in seinen Augen aufgeleuchtet.

Auch er wollte nicht, dass sie gingen. »Gehen?« Er fuhr hoch. »Oh, gehen Sie nicht. Nehmen Sie noch einen Drink.« Der Trumpf erwies sich nun als Lusche und er warf ihn ab. »Es geht mir besser. Es war wirklich nett von Ihnen zu kommen. Fieber ist so deprimierend, besonders, wenn es wieder zurückgeht. Man sehnt sich dann nach Gesellschaft. Ich freue mich, wenn Sie noch bleiben, wirklich. Sie müssen mein Zittern einfach ignorieren, das hat nichts zu sagen.«

»Ich fürchte, wir müssen gehen«, entgegnete Anthony, aber als er sich verabschiedete, setzte er hinzu: »Hitolo wird eine Weile bei Ihnen bleiben. Er besorgt Ihnen alles, was Sie wollen. Sie sollten nicht allein hier oben sein, wenn Sie krank sind.« Sofort zeigte sich Erleichterung auf Washingtons Gesicht. »Mach dir keine Sorgen wegen meines Gepäcks, Hitolo. Bleib eine Weile bei Mr. Washington.« Anthony nickte kurz.

Draußen war es inzwischen dunkel. Anthony stieg als Erster die kleine Holztreppe hinab und wandte sich dann um, um Stella zu helfen. Sie rutschten den holprigen Weg hinunter bis zum Ende des Gartens. Das Licht aus der Hütte drang nicht bis hierher, und sie mussten sich ihren Weg zwischen den Frangipanibäumen ertasten. Alles war still bis auf das Flügelschlagen der Fliegenden Hunde in den Pawpawbäumen, und irgendwo in der Nähe tropfte ein Wasserhahn. Anthony blieb stehen. »Wer ist da?« Ein tiefes Grunzen folgte, dann erschien zwischen den Blättern eine Gestalt und duckte sich auf den Weg vor ihnen. Es war ein vierschrötiger, unförmiger Körper mit einem riesigen buschigen Haarschopf. Er wartete und watschelte dann ins Gebüsch auf der anderen Straßenseite davon.

Stella fühlte, wie sie Gänsehaut bekam. Sie schauderte und das Zittern lief durch ihre Finger und teilte sich auch denen mit, die sie festhielten. Anthony warf einen kurzen Blick über seine Schulter. »Nur ein Eingeborener. Regen Sie sich nicht auf.«

»Ist er krank?«, fragte sie mit einem Blick zurück zum Haus. »Ist er verrückt?« Sie waren jetzt auf ebenerem Untergrund angelangt. Er hielt immer noch ihre Hand, um sie zu führen, aber sein Griff war locker und reagierte nicht.

»Auch er ist besessen.«

»Auch er! Wie ich? Ist das der Eindruck, den Sie von mir haben?«

Sie konnte sein Gesicht nicht erkennen, spürte aber, dass er lächelte. »Nun, es ist der Eindruck, den Sie von mir haben, nicht wahr?«

Sie überlegte kurz. »Sie meinen, dass Sie David und Ihren Bruder nicht leiden können.« Sie stellte fest, dass sie das ohne Feindseligkeit sagen konnte.

Er wandte sich heftig um, als hätte sie ihn erschreckt. »Mein Bruder? Ich kann ihn nicht leiden?«

»Nein. Vielleicht ist es Besessenheit. Warum hasst man Leute, die größere Häuser haben als man selbst?«

Er berichtigte ihre grausame Vereinfachung nicht. »Weil ich zu viel über das Material weiß, aus denen sie gemacht sind. Der Durchschnittsmensch eignet sich nicht gut zum Opfer.«

»Was meinen Sie damit?«

»Sie haben heute Abend eins dieser Opfer gesehen. Sie sind

nicht demütig oder unterwürfig, sondern wild und gefährlich, rachsüchtig und intrigant. Aber sie sind für sich verantwortlich. Sie sind von Menschen geschaffene Ungeheuer.«

»Wie wurde er zum Opfer?«, fragte Stella neugierig. Vielleicht erklärte das, warum es ihr trotz allem nicht möglich gewesen war, Washington zu verachten.

Entweder hörte Anthony sie nicht oder er wollte nicht antworten. »Sie können einem Menschen nicht Mittelmäßigkeit aufzwingen, der nicht mittelmäßig ist. Er wird immer wieder einen Weg finden, Besonderes zu leisten. Das kalkulieren die Gleichmacher nicht ein, dass, wenn sie die Haustür verschließen, sich der Erfindungsgeist irgendwelche Hintertüren sucht.«

»Was meinen Sie damit? Hintertüren! Glauben Sie, dieser Mann hat David ermordet?«

»Ich habe Ihnen schon einmal gesagt ...«, hob er an.

»Sie haben mir schon viel gesagt!«, brach es aus ihr heraus. Sie versuchte wütend zu werden. Wut war ihre übliche Kommunikationsform, und sie war daran gewöhnt, aber jetzt konnte sie keine Wut empfinden. Ihre Gefühle waren nicht mehr geradlinig, sondern nahmen Umwege, zerstreuten sich. »Sie haben mich angelogen. Alle lügen mich an.« Sie stolperte auf die Straße, als ihr Fuß sich in einer tiefen Furche verfing. Er packte ihre Hand fester und ließ sie dann los.

»Ich werde Sie nicht mehr anlügen«, sagte er zu ihrer Überraschung. »Sie haben Recht. Alle haben Sie angelogen. Sehen Sie nur, wie sie Sie jetzt auf eine andere Lüge angesetzt haben, und Gott weiß, wohin Sie das führen wird.« In seinen Worten schwang Entrüstung mit.

Stella erkannte, in welche Richtung seine Anklage zielte, und entgegnete heftig: »Sie wissen, was geschehen ist. Sie wissen alles.«

»Ich weiß genug.«

»Und Sie wollen es mir nicht sagen?«

»Nein.«

»Aber sie hindern mich nicht mehr daran, es selbst herauszufinden«, sagte sie leise.

»Nein. Ich habe erkannt, dass Sie es auf jeden Fall herausfinden werden. Ich könnte Sie sowieso nicht daran hindern. Ich glaube, ich will jetzt eher, dass Sie die Sache hinter sich bringen. Wie Sie sagen, genug Menschen haben Sie angelogen.«

»*Warum* wollen Sie es mir nicht sagen?« Er war ihr ein absolutes Rätsel. Sie war jetzt neugieriger auf seine Motive als auf die Geheimnisse, die er vor ihr verbarg.

Sie hatten den Jeep erreicht. Die Hand auf der Tür, hielt er inne und drehte sich zu ihr um. »Erstens habe ich keine Beweise, und Sie würden Beweise verlangen, sonst würden Sie niemals glauben, was ich Ihnen sage. Sie würden mich dafür nur hassen und mir alle möglichen Gründe unterstellen, warum ich es Ihnen gesagt hätte.« Er wandte sich ab und redete schneller. »Sie können es selbst herausfinden. Ich werde Ihnen nicht helfen. Sie können sich Ihre eigenen Opfer suchen, ich habe selber schon genug. Wahrscheinlich haben sie von ihnen gehört.«

Die zwölf Jungen, die gestorben waren. Sie merkte, dass er nicht mehr gegen sie war, sonst hätte er das niemals gesagt.

»Ich verstehe Sie nicht.«

»Sie werden es verstehen, wenn es vorbei ist, falls Sie es überleben.« Er drehte sich wieder zu ihr um und sprach schnell und eindringlich. »Sehen Sie denn nicht. *Ich* kann niemanden opfern. Ich bin dazu nicht stark genug oder nicht zielstrebig genug. Ich glaube nicht, dass Sie das je begreifen können. Seit ich in diesem Land lebe, ist meine Kraft für durchgreifendes Handeln mehr und mehr geschwunden. Ich glaube, jeder Schritt in Richtung auf den sogenannten Fortschritt ist für die Menschen hier ein Schritt hin zu ihrer Vernichtung. Es bleibt nur eins, eine einzige vernünftige Handlungsweise, und das ist, nichts zu tun. Lassen Sie sie in Ruhe und sie werden unsere Kultur langsam aufsaugen. Wenn Sie sie zwingen, werden sie nur unsere Gier und Verderbtheit übernehmen.«

»Aber wir können sie doch nicht lassen wie sie sind. Das geht nicht.« Stella suchte nach Worten. »Das *kann* man einfach nicht tun. Sie müssen ihren Platz in der Welt bekommen.«

»Nein«, sagte er tonlos, »das können wir nicht. Wir können nichts anderes tun als das, was wir tun. Aber ich fühle immer deutlicher, dass *ich* das nicht kann. *Ich* kann dazu nichts beitragen. Ich kann mich nicht mal dazu bringen, gegen das vorzugehen, was ganz offensichtlich von Übel ist – gegen Hexerei und Kopfjagd. Ich kann die Angst nicht aus dem Leben der Eingeborenen verbannen, weil ich weiß, was sie dann noch alles verlieren. Gut und Böse, Schönheit und Hässlichkeit, wenn es sie gibt, sind sie im Leben dieser Menschen nicht getrennt und voneinander unterschieden. Wenn man nur einen Faden herauszieht, bricht das ganze Haus zusammen. Was für ein unglaublicher Hochmut! Jeder Trottel kann sehen, dass in einem Papua mehr Würde und Integrität stecken als in dem durchschnittlichen Weißen, der aus dem Süden hierher kommt, weil hier jeder genug zum Leben verdienen kann, ohne zu arbeiten.« Er machte eine kurze Pause, und die folgenden Worte hatten einen flehentlichen Unterton. »Deshalb bin ich so hilflos und unfähig, irgendwas dagegen zu tun. Zehn Jahre in diesem Land haben meine Willenskraft gelähmt. Ich bin überzeugt, dass es in jedem Fall besser ist, nichts zu tun.«

Sie schaute zu ihm auf und versuchte, in dem schwachen Licht in seinem Gesicht zu lesen. Sie war verstört und erregt. Noch nie hatte jemand so zu ihr gesprochen. Noch nie hatte jemand ihr seine Schwächen offenbart. »Aber bei mir ist es etwas anderes. Ich will nur die Wahrheit wissen.«

Er zuckte mit den Schultern. »Genau. Sie suchen nach Opfern, und Sie werden sie finden. Darunter ein paar Unschuldige.«

»Wie kann das sein? Wer?«

»Nun, eins steht schon fest – Sie selbst!« Erschrocken wich sie zurück. Er fuhr fort: »Aber Sie wollen es nicht anders. Sie sind wild entschlossen, sich selbst zu vernichten. Deshalb werde ich Ihnen nicht helfen. Ich habe schon genug Blut an den Händen. Wir werden das wieder zu einem Selbstmord erklären.« Er schüttelte den Kopf. »Es nützt nichts, Sie verstehen mich nicht. Und außerdem haben Sie Recht. Es ist besser, wenn man die Wahrheit kennt. Aber ich werde hier sein, damit Sie jemanden haben, an den Sie sich hinterher wenden können.« Sie schwieg und er sprach weiter: »Wenn es vorbei ist, falls Sie es überleben, was dann? Ich glaube nicht, dass Sie darüber nachgedacht haben. Ich schon.«

Was dann? Die Worte klangen irgendwie hohl. Er hatte Recht, obwohl ihr das erst jetzt allmählich klar wurde. Sie hatte damit gerechnet, nicht zu überleben. Es gab nichts mehr, wofür sich ein Überleben gelohnt hätte. »Ich denke nicht an das Nachher.«

»Sie haben sich darauf verlassen, dass es nicht nötig ist, daran zu denken – dass Sie es nicht durchstehen werden«, fügte er sanft hinzu. »Aber Sie werden es durchstehen wollen, wenn es zu spät ist. Dann werden Sie erkennen, dass Sie von etwas besessen waren, für das sich der Ärger nicht gelohnt hat.«

Da erst begriff sie die Bedeutung seiner Worte. »Sie ...« Sie brach ab.

»Ich glaube, ich könnte Sie lieben«, sagte er ruhig. »Vielleicht liebe ich Sie schon. Ich weiß, dass ich das liebe, was Sie tun, und ich glaube, das ist es nicht allein. Sie strahlen eine seltsame Besessenheit aus, die mir nicht mehr aus dem Kopf geht. Das Bild Ihres Gesichts, wenn Sie diese schrecklichen, unklugen Dinge sagen, hängt vor meinen Augen und ich werde es nicht mehr los. Ich weiß, dass Sie jetzt nicht darüber sprechen können, weil es allem widerspräche, was Sie vorhaben – an mich zu denken als an jemanden, der nicht Ihr Feind ist.«

Stella sagte nichts. Sie war überrascht und verlegen.

»Ich habe noch nie jemanden geliebt«, sagte er und klang erstaunt. »Das erkenne ich jetzt deutlich. Früher einmal dachte ich, ich würde Janet lieben, aber das war nur Mitleid und hatte mit Trevor zu tun. Ich glaube, ich brauche Sie«, sagte er fast widerstrebend. »Was ich an Ihnen am meisten bewundert habe, waren Ihr Mut und Ihre Halsstarrigkeit. Deshalb haben Sie mich so wütend gemacht – weil Sie das taten, was ich nicht konnte, aber was ich meiner Überzeugung nach hätte tun sollen. Ich wollte Sie davon abbringen, das will ich noch immer, weil es so unsinnig und zerstörerisch ist, aber ich bewundere es, weil es so voller Tatkraft ist. Vielleicht können Sie mir beibringen, wieder zu handeln. Handeln ist Ihre Stärke.«

»Sie brauchen mich?«, murmelte Stella.

»Ja. Mir war nicht klar, wie sehr ich Hilfe brauchte. Ich wollte keine Hilfe. Ich war stolz darauf, der Einzige zu sein, der wusste, dass es besser war, nichts zu tun. Jetzt schäme ich mich. Sie könnten mir beibringen, wieder entschlossen zu handeln. Sie könnten die Lähmung durchbrechen, die mich fesselt. Ich habe seit Monaten nicht gearbeitet und wäre längst rausgeworfen worden, wenn es Trevor nicht gäbe. Mir ist das gleichgültig – oder vielmehr, mir war es gleichgültig. Ich hätte mich mit Freuden rauswerfen lassen, aber er hätte das nicht geduldet. Ich habe buchstäblich nichts mehr getan. Ich fürchte mich davor. Ich fürchte mich vor den Konsequenzen meiner Arbeit. Ich fürchte mich davor, meinen Boy zu bezahlen, weil ich Angst vor dem habe, was er mit dem Geld tun wird. Ich fürchte mich davor, ein Buch aufzuschlagen, weil ich etwas lesen könnte, das mich zum Handeln verleitet. Wahrscheinlich ist es wie der Müßiggang des Greisenalters, wenn alles, was man tut, vergeblich ist. Ich fühle mich älter als irgendwer in der Welt.«

»Wie furchtbar!«

Er stand schweigend vor ihr. Sie sagte nichts. Worte des Widerspruchs, sogar der Empörung kamen ihr in den Sinn, aber sie wusste, dass sie ihre wahren Gefühle in keiner Weise ausdrücken konnten, und schob sie beiseite. Diese Gefühle waren zu stark, um gänzlich verdrängt zu werden. Sie war bis auf den Grund ihrer Seele erschüttert und sehr stolz.

Er öffnete die Vordertür des Jeeps und sie stieg ein. Eine Zeit lang schwiegen sie. Sie fuhren am Männerheim vorbei und das Stimmengewirr und Radiogeplärr hinter ihnen wurde immer schwächer. Die Straße bog zum Strand hin ab. Stella lehnte sich aus dem Fenster, um die Brise in ihren Haaren einzufangen. Plötzlich war sie müde. Anthonys Liebeserklärung lastete wie ein Gewicht auf ihrer Seele. Sie hatte noch nie Verantwortung gehabt. Immer hatte jemand für *sie* die Verantwortung getragen.

Ihr wurde vage bewusst, dass sie sich um diesen Menschen kümmern musste, ganz gleich, was sie für ihn empfand oder zu ihm sagte. Sie konnte ihn nicht einfach abschütteln, das war sie ihm schuldig. Noch nie hatte sie so empfunden, auch nicht bei David. Ihre Beziehung zu ihm war so unkompliziert gewesen. Sie liebte ihn, sie bewunderte ihn, sie gehorchte ihm. Das war alles. Es war leicht für sie gewesen, die Gefühle und Haltung, die sie ihrem Vater entgegenbrachte, auf David zu übertragen. Es hatte nie Schwierigkeiten gegeben, zumindest keine, die ihr bewusst gewesen wären.

Aber Anthonys Frau würde nicht auf den Händen getragen und umsorgt werden. Sie würde keinem vorgeschriebenen Verhaltenskodex folgen, denn niemand würde einen solchen für sie aufstellen. Alles bliebe ihr überlassen, und es würde immer Schwierigkeiten geben. Die aufkommenden Fragen würde beide gleichermaßen betreffen. Von einer seltsamen Unruhe erfasst, rutschte sie unbehaglich auf ihrem Sitz herum. Ihr schien, dass Anthonys Frau ein rastloses, emotional turbulentes und unsicheres Leben erwartete.

Sie hatten die Stadt erreicht. Vor dem Hotel parkten Autos und in der Hotelhalle waren Frauen in Abendkleidern zu sehen.

»Was werden sie jetzt tun?«, fragte Anthony, als sie den Hügel hinauffuhren. »Nach Eola fahren?«

»Ich werde es versuchen.«

»Ich muss nach Rabaul. Werden Sie bis zu meiner Rückkehr warten?«

»Ich weiß nicht«, antwortete sie steif und sah ihn nicht an. Sie war nicht erstaunt über seine Frage, hatte sie sogar erwartet und erkannte sie als die erste von vielen Fragen, die er ihr stellen würde. Es störte sie, doch es erschien ihr in keiner Weise unberechtigt.

Aber sie hatte Angst. Er wird mich bitten, nicht abzureisen, weil er mich liebt. Er wird mich bestechen. Ich werde dann sein wie er – unfähig zu handeln. »Ich werde das tun, was mir richtig erscheint«, sagte sie rasch.

»Ich werde nicht lange weg sein. Nächste Woche Freitag komme ich zurück.« Er hatte vor ihrem Haus angehalten. Sie wich vor ihm zurück.

»Ich weiß nicht, vielleicht kann ich ja gar nicht weg.«

Er lehnte sich nach hinten, als wollte er ihr ersparen, vor ihm zurückweichen zu müssen. Diese Bewegung rührte sie so sehr und dieses Gefühl war so neu für sie, dass sie ohne nachzudenken sagte: »Ich versuche es.«

Am nächsten Morgen fragte sie Trevor, ob er ihr helfen würde, nach Eola zu kommen. Er weigerte sich sofort. »Zum einen will ich nicht die Verantwortung dafür übernehmen. Zum anderen steht es nicht in meiner Macht.« Er sah sie nicht an, sondern machte auf der Suche nach Papieren und Akten die Schubladen in seinem Schreibtisch auf und zu. Er wollte wieder weggehen und hatte nicht einmal den Hut abgenommen.

»Es steht in Ihrer Macht«, sagte Stella ruhig. Ihr war klar geworden, dass die Leute sie öfter anlogen als dass sie die Wahrheit sagten, und in diesem Licht betrachtete sie nun jede von Trevors Äußerungen. »Sie sind der Leiter dieser Behörde. Dauernd unternehmen irgendwelche Leute Expeditionen. Wenn Sie wollten, könnten Sie einen Landvermesser wenigstens bis nach Kairipi schicken, und niemand bräuchte zu erfahren, wohin er von da aus ging oder warum ich ihn begleitete.«

Er widersprach nicht, sondern blickte finster in eine Schublade und knallte sie dann heftig zu. »Sie wissen nicht, was Sie da sagen.«

Das stimmte. Sie sprach mit ihrer alten wilden Entschlossenheit; den Blick noch starrer in eine Richtung als früher, schaute sie weder links noch rechts, doch Eola hätte auch ein Dorf in einem Märchen sein können. Sie fasste ihre Pläne wie andere Leute Geld für ein Lotterielos ausgeben. »Wenn Sie mir nicht helfen, gehe ich zum obersten Regierungsbeamten und bitte ihn um Hilfe. Oder zur Polizei. Oder zum Distriktleiter in Kairipi. Vielleicht wird er mich begleiten.«

Diese Bemerkung war nicht – wie sie es zwei Tage zuvor vielleicht noch gewesen wäre – naiv und ohne Berechnung. Sie wusste genau, was sie tat, und sah ihm beim Reden fest in die Augen.

Er lächelte ein dünnes, verkniffenes Lächeln. »Erpressung, ja? Sie nutzen aus, dass ich das Ganze nicht an die große Glocke hängen will. Entweder ich helfe Ihnen oder Sie brüllen ›Bavatal-Gold‹ durch das gesamte Territorium. Das ist keine sehr faire Taktik, wo Sie doch allein durch Davids Indiskretion davon erfahren haben. Die Verantwortung dafür tragen ich und mein Amt, und er ist nicht hier, um uns zu beschützen.«

»Nein, er ist nicht hier. Er wurde ermordet.«

Er fegte das beiseite und fuhr fort: »Und die Eingeborenen ...«, setzte er an.

»Mir wird allmählich klar, dass die Leute hier sich nur um die Papuas scheren, wenn es ihnen in den Kram passt.«

Er steckte gerade Unterlagen in seine Aktentasche und hielt inne, um ihr einen empörten Blick zuzuwerfen. Sie fühlte seine Abneigung wie einen körperlichen Schlag. Sie senkte den Blick und dachte an seine Frau. Man wäre immer gezwungen, ihm zu gefallen, dachte sie. Als sie erneut aufschaute, war sein Gesicht wieder glatt und er lächelte. »Sie müssen nicht denken, dass das auf alle von uns zutrifft.« Auf mich nicht, sollte das bedeuten, aber Stella erkannte sofort, dass er wieder log und dass das genau auf ihn und Leute seines Schlages zutraf. Andernfalls hätten sie sich nie und nimmer solche glatten Stirnen und glänzenden Augen bewahren können. Hier, in diesem Land, waren Zuversicht und Gelassenheit Sünden.

Er trat zu ihr und berührte ihre Schulter. »Warten Sie noch einen oder zwei Tage. Ich muss darüber nachdenken.« Die ausgestreckte Hand hätte die ihres Vaters oder ihres Mannes sein können. Ihre Entschlossenheit geriet ins Wanken, und das erschreckende Bild eines neuen und anderen Trevor Nyall verschwand wieder. Sie dachte nur noch, er ist mein Freund und ich darf ihn nicht beleidigen.

»Es tut mir Leid. Aber ich muss dorthin. Das verstehen Sie nicht. Ich *muss*. Aber ich werde warten.«

»Was wollen Sie dort? Was in aller Welt erwarten Sie herauszufinden?«

Sie schwieg, denn sie konnte nicht das zur Antwort geben, was sie sich selbst noch nicht einzugestehen wagte. Seine Hand tätschelte noch einmal zerstreut ihre Schulter und einen Augenblick später war er gegangen.

Aber Stella war nicht entmutigt. Sie war überzeugt, dass sie in der nächsten Zeit nach Eola reisen würde. Mittlerweile erschien das nicht nur unvermeidlich, sondern unausweichlich. Und als am selben Tag Hitolo zu ihr kam und fragte, ob er sie begleiten dürfe, hörte sie ihm ohne Überraschung zu. Er saß im Schneidersitz im dünnen Schatten einiger Kasuarinenbäume vor dem Büro und wartete auf sie. Sie sah ihn erst, als er aufstand und zögernd auf sie zukam.

»Mrs. Warwick. Entschuldigen Sie bitte.«

»Hitolo.« Sie war stehen geblieben und wartete.

»Sie fahren nach Eola, Mrs. Warwick?«

»Woher weißt du das?«

Er sah sie verständnislos an. Er konnte nicht wissen, dass sein Wissen eine Vorhersage war; er blinzelte und sein Gesicht zeigte den für die Menschen seines Volkes typischen verschlossenen Ausdruck, wenn sie für ein Wissen Rechenschaft ablegen sollten, das sie instinktiv besaßen.

Stella begriff. »Vielleicht, irgendwann demnächst.«

Er lächelte. Seine Augen strahlten, seine Stimme war sanft. »Mrs. Warwick, wenn Sie fahren, nehmen Sie mich mit.«

»Fürchtest du dich nicht vor den Vadamännern?«

Er lächelte wieder und schüttelte den Kopf. »Ich habe keine Angst. Purripurri gibt es nicht, Sinabada.« Er wartete und beobachtete sie. Dann machte er eine unbestimmte Handbewegung. »Sie nehmen mich mit, Mrs. Warwick, ich zeige Ihnen den Weg.«

Das war der Handel, den er anzubieten hatte. Sie nickte. »Ich werde es versuchen, Hitolo.«

Kapitel 13

Am nächsten Morgen rollte sich Washington schon um sechs Uhr aus dem Bett. Er hatte die ganze Nacht kaum ein Auge zugetan und tastete kraftlos und betäubt vor Müdigkeit nach seinem Morgenrock und den Slippern. Das Zimmer schwankte und drehte sich, und er umklammerte den Türpfosten, um sicher auf den Beinen zu stehen. Noch war der Himmel nicht golden, und die Masken, der Tapastoff, die Hundezähne und Kalebassen erglühten in einem unheimlichen grünlichen Licht. Die erfrischende Morgenbrise raschelte im Strohdach vor dem Fenster. Endlich fürchtete er sich nicht mehr. Sein Herz war so von Hass erfüllt, dass für Angst kein Raum mehr blieb. »Na, es könnte nicht schlimmer kommen«, knurrte er. »Koibari! Koibari!« Keine Antwort. Er verließ das Haus durch die Hintertür und rief wieder, aber vom Boyhaus kam kein Geräusch. Washington zündete selbst den Primuskocher an und füllte den Kessel mit Wasser. Seine Hände zitterten.

»Dreckiger, stinkender Wilder«, sagte er laut. Dann machte er sich Vorwürfe. Es war seine eigene Schuld. Was für ein verrückter Einfall, Rei hinauszuwerfen und den alten Zauberer mit seiner Tasche voller Tricks einzustellen. Spukte es jetzt weniger im Haus? Er hatte einen Kokosnusszauber an die Tür gehängt, Koprabüschel klopften im Wind gegen die Bäume im Garten und Koibari saß auf den Stufen und murmelte Sprüche. Aber es nutzte nichts, man konnte nichts tun.

Er goss den Tee auf und trug die Kanne ins Haus. Er wusste kaum, wo er war, sein Verstand war vor Wut und Verzweiflung wie betäubt. Aber der Tee belebte ihn. Nach der zweiten Tasse konnte er wieder klarer denken. Er zündete sich eine Zigarette an. Es wäre gut, von hier wegzukommen, überlegte er, während er sich umsah. Die Hütte hatte sich gegen ihn gewandt. Sie war nicht mehr freundlich. Sie war zum Feind übergelaufen, und nun konnte man sie mit noch so viel gutem Zureden nicht wieder zurückgewinnen. Er würde nicht länger hier wohnen bleiben können. Seine Gesundheit verschlechterte sich zunehmend, seine Nerven waren zerrüttet. Aber wenn er überlebte, was ihm bevorstand, würde der Ort hier kapitulieren und er hätte gewonnen. Danach konnte er all das erreichen, was die Zukunft einmal für ihn bereit gehalten hatte – ein Heim für seine Schwester, ein Haus auf dem Hügel, eine hohe Stellung, Reichtum, Macht, ein Garten voll blühender Bäume, ein Ausblick aufs Meer und eine kalte Schulter für Trevor Nyall.

Er trank eine dritte Tasse Tee und begann sich anzuziehen. Seine Hände zitterten nicht mehr. Die ersehnte Zukunft schien näher gerückt, leichter erreichbar. Nur noch wenige Tage, redete er sich gut zu. Du musst jetzt nur einen kühlen Kopf behalten, für eine Stunde vielleicht oder länger. Der Marsch dauerte drei Tage, aber er versuchte, nicht daran zu denken, und konzentrierte seine Gedanken auf die wiedergewonnene Zukunft. Die bevorstehende Reise war eine Hürde, aber das Risiko lohnte sich.

Um acht Uhr ging er den Hügel hinunter zum Amt für Landvermessung. Er war jetzt seit zwei Wochen in seiner Hütte eingesperrt gewesen, und ihr den Rücken zuzuwenden erfüllte ihn mit ungeheurer Erleichterung.

Als er das Gebäude betrat, saß der größte Teil des Personals bereits an den Schreibtischen.

»Na, hallo!«, sagte eine rothaarige Stenotypistin, die trotz seiner fortwährenden Unhöflichkeit ihr Herz an ihn verloren hatte. »Dich kennt man hier ja kaum noch!«

»Oh Gott. Der kleine Sonnenschein.« Danach fühlte er sich besser denn je. Unhöflichkeit war belebend. Ein Beweis dafür, wie wenig ihm andere Menschen bedeuteten.

Das Mädchen lachte herzlich, als hätte er etwas außergewöhnlich Witziges gesagt. »Du siehst krank aus, Philip. Du hättest noch nicht wiederkommen sollen.«

Er überging ihre Bemerkung und sagte zu dem Mann hinter ihr: »Ist Nyall da?«

»Noch nicht.«

Dann ging er den Flur entlang und stieß die Tür zu Trevors Büro auf. Stella saß, die Hände im Schoß, an ihrem Schreibtisch und starrte auf die Landkarte an der Wand. Einen Moment lang vergaß er, dass es besser war, Marapai zu verlassen als dazubleiben. Für ihn war sie eine Agentin seiner Feinde und er sah sie hasserfüllt an. Er nahm die reine Frische ihres Gesichts ungerührt zur Kenntnis. Sie sah aus wie ein frisch geschlüpfter Schmetterling, mit leuchtenden Farben und makellos schön. Oh, schöne neue Welt, sagte er sich und seine Gedanken waren erfüllt von Visionen berechnender Grausamkeit. Du wirst lernen, Miranda, du wirst erwachsen werden.

Als er lächelte, waren seine Lippen verkniffen und seine glänzenden Augen funkelten. Doch Stella, die den Kopf wandte, sah nur die dunklen Schatten der Schlaflosigkeit auf seinen hohlen Wangen und bemerkte nichts von seinem Hass.

»Guten Morgen«, sagte er fröhlich. Jeder, der ihn kannte, wie etwa Sylvia, hätte die Ironie darin entdeckt, aber Stella nahm seine Worte für bare Münze.

»Guten Morgen. Ich hoffe, es geht Ihnen besser.«

»Oh, viel besser, danke, viel besser. Die Welt sieht schon wieder ganz anders aus.«

»Es tut mir Leid, aber Mr. Nyall ist noch nicht da.«

»Oh, ich bin gar nicht wegen Mr. Nyall hier.« Er setzte sich auf die Schreibtischkante und ließ lässig ein Bein baumeln. »Ich wollte zu Ihnen.«

Sie sagte nichts, sondern wartete, ihre großen, erwartungsvollen Augen auf sein Gesicht gerichtet.

Er sah zur Seite, und sein Hass ließ etwas nach, verlor angesichts dieser Augen etwas von seiner Schärfe. Er konnte nicht anders als Mitleid für sie zu empfinden. »Ich habe noch mal über das nachgedacht, was wir gestern Nacht besprochen haben.«

»Ja.«

»Ich bin jetzt bereit, Sie nach Eola mitzunehmen, wenn die Reise genehmigt wird.«

»Sie nehmen mich mit *zurück* nach Eola«, sagte sie. Anders als gestern Nacht leuchtete keine fiebrige Begeisterung auf ihrem Gesicht. Sie nahm zur Kenntnis, dass er seine Haltung geändert hatte. Sie betrachtete die Karte, als hätte sie in ihrer Phantasie die Hälfte des Weges bereits zurückgelegt.

Ihm fiel auf, dass sie nicht überrascht war. »Danke«, sagte sie. Mehr nicht. Sie hinterfragte nicht, was doch wie ein äußerst widersprüchliches Verhalten wirken musste. Vielleicht begriff sie noch besser als er selbst die Unausweichlichkeit dessen, was geschah. Er wollte sein Verhalten sachlich rechtfertigen.

»Als Sie am Dienstag kamen, war ich völlig verwirrt. Wenn ich Fieber habe, bin ich immer leicht unzurechnungsfähig, bestimmt bin ich Ihnen schrecklich unhöflich und kurz angebunden vorgekommen. Ich kann nur hoffen, dass Sie mir das nachsehen.«

»Natürlich«, sagte Stella freundlich. »Ich befürchte nur, dass wir nicht fahren dürfen. Mr. Nyall ist dagegen.«

Plötzlich fühlte er sich wie befreit. Die Reise nach Eola war erstrebenswert geworden. »Es wird nicht einfach«, erklärte er. »Es ist kein Picknick und Sie sehen nicht gerade aus, als hätten Sie Bärenkräfte.«

»Ich werde das schon durchstehen.« Sie hatte das ›ich‹ leicht betont und sah ihn an, als wäre ihr völlig klar, dass das auf ihn vielleicht nicht zutraf. Er wich ihrem Blick aus und plapperte von Egeln, Moskitos und Büchsenessen.

»Ich glaube nicht, dass Mr. Nyall uns reisen lässt«, unterbrach sie ihn wieder.

»Sie werden schon sehen«, sagte Washington zuversichtlich. Aber sie schüttelte den Kopf. Sie war überzeugt, dass Trevor alles in seiner Macht Stehende tun würde, um sie aufzuhalten. Sie fragte sich nicht, woher ihre Überzeugung rührte. Die Frage widerstrebte ihr seltsam. Aber sie irrte sich. Am nächsten Tag gab er seine Erlaubnis ohne weitere Einwände.

Die drei sprachen in seinem Büro über die bevorstehende Reise. Jetzt, wo sie genehmigt war, wollte Washington unbedingt sofort aufbrechen. Stella hingegen zögerte. Der starke, langsame Strom, der sie bislang gleichmäßig und sicher getragen hatte, hatte an Geschwindigkeit zugenommen und trug sie mit neuer Heftigkeit und Entschlossenheit weiter. Ihr war, als ob die Ereignisse an ihr vorbeirasten, bevor sie ihre Bedeutung entschlüsselt hatte.

»Ich kann erst nächste Woche abreisen. Erst am Freitag.« Das Versprechen, das sie Anthony widerstrebend gegeben hatte, war eine Rettungsleine, an der sie sich festklammerte.

Beide Männer drehten sich zu ihr um und starrten sie an. Sie hatten herausgefunden, dass das Küstenboot nach Kairipi in zwei Tagen ablegte, und wollten für die Reisegruppe Plätze buchen. »Warum nicht?«

Sie antwortete nicht.

»Freitag?«, wiederholte Trevor. »Ich fürchte, so lange können wir nicht warten. Es wird diesen Donnerstag losgehen müssen oder gar nicht. Washington hat schließlich noch anderes zu tun, Stella.« Er sprach in scharfem Ton. Er tat nicht so, als hätte er gern nachgegeben, und es war offensichtlich, dass sie keine Freunde mehr waren.

»Ich möchte Hitolo mitnehmen.«

»Er gehört zu einer anderen Behörde«, sagte Washington schnell. Er hatte vergessen, dass sie ihm einmal fast Leid getan hatte. »Weshalb wollen Sie ihn mitnehmen?«

»Er war schon mal dort.«

»Ich auch«, erwiderte Washington fröhlich. »Ich werde für Sie sorgen, und ich glaube nicht, dass Hitolo uns eine Hilfe wäre, wenn es zu einer Notsituation kommt. Die Papuas sind sich alle gleich – sie geraten in Panik und rennen wie die Hasen. Denken Sie nur daran, was letztes Mal geschah. Sobald die Träger anfingen von Purripurri zu reden, wollte er keinen Schritt weiter.«

»Diesmal wird es anders sein.«

»Ich werde sehen, was sich machen lässt«, sagte Trevor. Aber was immer er unternommen haben mochte, es zeigte keine Wirkung. Hitolo erhielt keinen Urlaub.

Sie trafen Vorbereitungen für ihre Abreise. Während der zwei verbleibenden Tage arbeitete Washington bis spät abends mit drei Dorfjungen an der Einzäunung seiner Hütte.

Dann kam der Donnerstagmorgen, der Tag ihrer Abreise. Stella hatte ihr Gepäck auf die Veranda gestellt, damit es hinunter zum Kai gebracht werden konnte.

Sie stand allein in ihrem Zimmer und sah sich um, als hätte sie etwas vergessen. Sie begriff immer noch nicht ganz, was geschehen war. Pläne waren gemacht, Kleidung war besorgt worden – das meiste unter Washingtons Anleitung, ohne dass sie sich etwas dazu überlegt hatte. Sie hatte die Anweisungen mechanisch befolgt, die einzelnen Posten auf ihrer fein säuberlich erstellten Liste abgehakt, ohne darüber nachzudenken, wozu sie sie brauchen würde. Genauso gut hätte sie Lebensmittel einkaufen können.

Ihr Blick wanderte über die Wände und blieb schließlich an den Flammenbäumen vor dem Fenster hängen. Die Morgensonne schien auf den Fußboden und auf den verblichenen Überwurf auf dem Bett. Jeden Tag erblühten mehr und mehr scharlachrote Blüten auf den Bäumen. Sie fand sie jetzt nicht mehr überladen, sondern unglaublich schön. Sie ertappte sich bei dem gleichen Gedanken wie am Abend ihrer Ankunft: Ich mag diesen Ort, ich würde hier gern leben.

Aber während der vergangenen paar Tage war ihr Verstand einer inneren Zensur unterworfen gewesen, als bestünde er nur aus einer Reihe geschlossener Türen. Ihre Gedanken flatterten davor herum, aber konnten nicht eindringen. Hunderte von Fragen – Warum reise ich dorthin? Warum nimmt Washington mich mit? Warum durfte Hitolo uns nicht begleiten? Was wird mir widerfahren? Werden wir jemals zurückkehren? Wie konnte ich mein Versprechen Anthony gegenüber brechen? – rührten sich leise in der Tiefe ihres Bewusstseins. Aber sie zu stellen wäre gefährlich gewesen. Auch Gedanken wie: Ich mag diesen Ort, ich würde hier gern leben, waren gefährlich. Der Geist, der ihren Plan zur Selbstzerstörung überwachte, blies diesen Wunsch aus wie eine Kerzenflamme. Es gab noch etwas zu tun, das sie bis zum letzten Augenblick vor sich hergeschoben hatte. Sie nahm einen Block und einen Bleistift vom Toilettentisch. »Lieber Anthony …«

Sie sah hilflos auf die leere Seite darunter. Was soll ich schreiben? Sie hatte ihr Versprechen gebrochen, und nun musste Anthony denken, dass er ihr gleichgültig war. Aber er war ihr nicht gleichgültig, ganz ihm Gegenteil. Da sie die der Zensur unterworfenen Regionen ihres Herzens nicht befragen konnte, erklärte sie es sich damit, dass sie für ihn verantwortlich war und sich ihm gegenüber anständig verhalten musste. Sie würde nicht lügen oder falsche Versprechungen machen, wie es andere bei ihr getan hatten. »Es tut mir Leid, dass ich mein Versprechen gebrochen habe. Ich musste gehen. Ich werde nach meiner Rückkehr alles erklären.« Sie unterschrieb mit ihrem Namen, steckte den Brief in einen Umschlag und adressierte ihn an ›Mr. Anthony Nyall, Amt für Kulturentwicklung, Marapai‹. Sie las noch einmal, was sie geschrieben hatte. Einer Eingebung folgend unterstrich sie das Wort Anthony.

Sie verließ ihr Zimmer und klopfte an Sylvias Tür. Sylvia war mit frühstücken fertig, stand vor ihrem Spiegel und puderte sich das Gesicht. Ihr schwarzes Haar war noch zu einem Knoten im Nacken zusammengefasst. Bei Stellas Eintreten blickte sie sich rasch um, sagte aber nichts und lächelte nicht.

»Ich wollte Sie fragen, ob Sie während meiner Abwesenheit etwas für mich tun können«, sagte Stella.

Sylvia spannte ihre Unterlippe über der unteren Zahnreihe und fuhr mit dem Lippenstift von einem Mundwinkel zum anderen.

»Ich wollte fragen«, Stella zögerte, denn in Sylvias Handbewegung lag etwas Strenges, »ob Sie Anthony diesen Brief geben können. Er kommt erst nächsten Freitag zurück. Vielleicht wäre es Ihnen dann möglich, zum Amt für Kulturentwicklung zu gehen und ihn ihm zu geben.«

»Warum schicken Sie ihn nicht mit der Post?« Sylvia presste die Lippen auf ein rotes Taschentuch.

»Mir wäre lieber, er bekäme ihn persönlich ausgehändigt.«

Sylvia fuhr sich mit der Zunge über die Lippen und betrachtete sie eingehend. Dann drehte sie sich um und sah Stella an. Ihre Augen waren verengt und funkelten ablehnend. »Warum sollte ich? Warum sollte ich Ihnen helfen?« Ihre sonst so weiche und träge Stimme klang hoch und schrill. Stella erschrak und hatte die Vision von einem Kind im Slum, von Frauen, die ihre betrunkenen Ehemänner ankeiften, und hungrigen Hunden, die in der Gosse nach Essbarem suchten. Sie schwieg, aber ihre Augen weiteten sich und verrieten Angst.

»Warum sollte ich Ihnen helfen? Helfen Sie mir denn? Ist Ihnen überhaupt jemand wichtig außer Ihrer eigenen Person und Ihren verrückten Plänen?«

»Verrückte Pläne!«

»Sie denken vielleicht, ich wüsste nicht, wohin Sie wollen und warum«, fuhr Sylvia heftig fort. »Glauben Sie, dass Sie jemals zurückkommen werden? Ihnen ist das vielleicht egal, aber *mir* nicht. Ich will, dass Philip am Leben bleibt, und jetzt wird er nie mehr zurückkommen.« Das Edelsteingefunkel ihrer Augen glänzte unter einem Tränenschleier. »Sie sterben alle«, schluchzte sie. »Warwick starb, Sereva starb und jetzt Philip. Jetzt auch noch Philip! Alles nur wegen Ihrer verdammten Gerechtigkeit!«

»Ich muss es wissen.« Stella erkannte ihre eigene Stimme nicht wieder. »Ich muss die Wahrheit wissen.«

Sie hing ohnmächtig in der Umklammerung eines alten Traums, der jetzt fast bedeutungslos war. Ihr Verstand, ihre Kraft und ihr Wille stapften unbeirrt in der alten Richtung weiter, aber es war, als hätte sie ihr Herz schon lange hinter sich zurückgelassen, vielleicht damals, als Anthony gesagt hatte: ›Sie haben ihn nicht geliebt‹.

»Philip ist wichtiger als die Wahrheit«, sagte Sylvia verächtlich. »Warum wollen Sie die Wahrheit wissen?« Ihr Körper sackte zusammen, ihre Lippen öffneten sich und sie streckte ihr beide Hände flehentlich entgegen. Ihre Bitte hätte kaum eindringlicher sein können, wenn sie auf die Knie gefallen wäre. »Gehen Sie nicht. *Bitte*, Stella!«

Zum zweiten Mal in ihrem Leben erkannte Stella in einem anderen Menschen die Liebe. Wie damals, als Hitolo ihr die Wange zugewandt hatte, wusste sie auch jetzt, dass sie in diese Welt noch nie eingedrungen war. »Oh, Sylvia, er ist bei weitem nicht gut genug für Sie!«, war alles, was sie vorbringen konnte.

»Himmel noch mal!«, schrie Sylvia. »Glauben Sie denn, die Menschen lieben das Gute?«

Stella schwieg, denn genau das glaubte sie.

Sylvia ließ die Arme sinken und wandte sich ab. »Er war nicht immer so.« Sie nahm den Brief vom Tisch, warf einen Blick auf die Adresse und legte ihn in die Schublade. »Ich werde ihn ihm geben.«

»Ihm wird nichts passieren«, sagte Stella. »Wir kommen zurück. Sie werden sehen.«

Ein leises Lächeln umspielte Sylvias Mundwinkel. Es erlosch, aber die Mundwinkel waren immer noch hochgezogen. Ihr Gesicht mit den tränenverschmierten Wangen sah fürchterlich aus. Stella tastete sich mit ausgestreckter Hand zur Tür. In diesem Augenblick war sie überzeugt, dass sie nie wiederkommen würden. Sie schloss die Tür hinter sich und blickte die Treppe zur Straße hinunter. Einen Moment lang zögerte sie, weil sie begriff, was Anthony gemeint hatte, als er sagte, es wäre besser, nicht zu handeln. Dann hielt ein Lastwagen vor dem Tor. Der Fahrer machte die Tür auf. Sie kamen, um ihr Gepäck abzuholen – es war zu spät.

Kapitel 14

Um halb elf warf der Kapitän den Motor an. Die Mannschaft holte die Trossen ein, mit denen das Schiff an den Pollern befestigt war. Washington war in seine Kajüte gegangen und hatte die Tür hinter sich zugemacht.

Stella stand allein da und sah auf das Wasser, das gegen die Stützpfeiler des Landungsstegs schwappte. Kein Licht drang dorthin und sie konnte rote und weiße Schwämme erkennen, die zwischen den hölzernen Pfählen sprossen. Blattdünne Fische in erstaunlich leuchtenden Farben schossen wie Kolibris hin und her. Stellas Kopf war benommen und leer. Sie hatte Sylvia hinter die geschlossenen Türen verbannt, gebrochene Versprechen lagerten wie Bodensatz auf dem Grund ihres Herzens. Es gab jetzt nur noch das Wasser, das gegen die Seiten des Schiffs klatschte. Schillernde Ölflecken breiteten sich in ständig wechselnden Formen aus, ein gequollener, aufgeplatzter Zigarettenstummel schwamm vorüber. Jemand hatte Betelsaft ausgespuckt, der sich nun ausbreitete wie eine sich öffnende Blüte. Direkt unter dem auf der Oberfläche schwimmenden Abfall war das Wasser durchsichtig. Klar und blau in der Tiefe, wo es eigentlich hätte schwarz sein müssen, zeigte es den Augen einen Meeresgrund, der in nördlicheren Ländern schicklich verborgen geblieben wäre. Riesige hyanzinthblaue Seesterne klammerten sich an Felsen, Dosenstücke zwinkerten und blitzten, und Seetang winkte wie blutige Finger über den hässlich gefleckten Körpern von träge dahinkriechenden Krebsen.

Fasziniert und schreckerfüllt beugte sich Stella über die Reling. Von ihr unbeachtet begann die Schraube sich zu drehen. Erst als die Meereswelt erzitterte und durch die Bewegung des Schiffes zerstört wurde, merkte sie, dass sie abgelegt hatten. Der Steg zog langsam vorüber und das Wasser breitete sich zu beiden Seiten des

Schiffs in langen wellenförmigen Bändern aus. Sie sah zurück auf die Stadt; die sonnengebleichten Wellblechdächer sahen zwischen den Flammenbäumen wie verstreute Steine aus.

Sie verließen diesen geordneten Stützpunkt. Bald würde Marapai nur noch ein Fleck auf der Landkarte sein, ein winziger Tintenklecks auf einer Seite von jungfräulicher Unberührtheit. Sie drangen jetzt in die Wildnis ein, wo sie gegen Schlamm, Egel, Wasserschlangen, Schnecken und Krokodile um ihr Leben kämpfen mussten. Hier würden alle Schutzhüllen, die sie sich in Marapai zugelegt hatten, nutzlos sein. In dieser Umgebung mussten sie alles über Bord werfen, was sie wussten, und eine andere Haltung annehmen. Im Dschungel galten die Regeln der Golfclubs und der Privatschulen nicht mehr. Dort würden sie auf weniger kultivierte Hilfsmittel zurückgreifen und ihr Verhalten instinktiv dem des hungrigen Vogels oder der Nacktschnecke anpassen müssen. Nichts von dem, was ihr Vater oder David sie gelehrt hatten, würde ihr hier nützen. Sie war ganz auf sich gestellt.

Mit unheimlicher Geschwindigkeit wurde der Kai hinter ihnen kleiner. Mit jedem Augenblick wurde Marapai unbedeutender. Vor einer Stunde hatte es noch für die ganze Insel gestanden, jetzt hatte die es fast verschlungen. Als sie die lang gezogene Küste entlangfuhren, streckte das Land, das sie suchten, hungrig die Arme nach ihnen aus und lauerte auf Opfer.

Stella kehrte dem Meer den Rücken und betrachtete die menschliche Geschäftigkeit auf dem kleinen Schiff. Sie fühlte sich unglücklich und einsam. Es war nicht die Einsamkeit eines Lebens ohne Ehemann, ohne Vater, ohne eine beratende Stimme, eine helfende Hand, sondern die Einsamkeit eines Insekts im Wald oder eines Vogels am Wüstenhimmel. Sie tauchte ein in das Gewimmel auf dem Schiff, klammerte sich an menschliche Wesen.

Auf dem Oberdeck reisten etwa zwanzig bis dreißig Passagiere: Frauen in Grasröcken, die sich um ihre Knie bauschten, mit Babys an der Brust, eulenäugige Kinder, die dasaßen und mit zufriedener Gelassenheit in die Gegend starrten, alte Männer, deren Haut in lila Falten von den verschrumpelten Schultern hing. Stella betrachtete sie. Eine der Frauen lächelte schüchtern, aber niemand sonst schien sich für sie zu interessieren. Dann bemerkte sie jemanden, der an der Schiffsreling lehnte und ihr hin und wieder einen ernsten, erwartungsvollen Blick zuwarf. Er trug Khakishorts, eine Armbanduhr und ein dünnes Halsband aus bunten Perlen. Es dauerte einige Sekunden, bevor sie ihn erkannte.

»Hitolo!«

Sofort lächelte er und kam auf sie zu.

Sie spürte eine tiefe Erleichterung. »Was machst du hier?«

Er stellte sich triumphierend lächelnd vor sie. »Ich bin gekommen.«

Hatte Trevor die Genehmigung seines Urlaubs erreicht oder hatte Washington sie arrangiert?, fragte sie sich optimistisch. Diese mit Wohlgefühl und Gutwilligkeit verbundenen Fragen gestattete die Zensur.

»Ich habe versucht, eine Genehmigung für dich zu bekommen, Hitolo, aber sie wollten sie nicht geben. Sie sagten, du unterstündest einer anderen Behörde und könntest deine Arbeit nicht liegen lassen.«

»Das haben sie mir auch gesagt.« Sein Grinsen wurde breiter. »Ich kam um fünf Uhr heute Morgen hierher und saß bei den Frauen. Sie sind Eingeborene, deshalb hat mich niemand bemerkt.«

Ihre Hoffnungen fielen in sich zusammen. Aber er war gekommen, das war doch etwas. »Ich bin froh, dass du da bist. Du bleibst in meiner Nähe, ja, Hitolo?« Sie warf einen Blick auf die dicht bewaldete Küste, die rechts von ihr auf- und niederwippte. »Ich habe Angst« – seine Augen schienen größer und dunkler zu werden, obwohl er immer noch lächelte – »vor dem Dschungel. Ich war noch nie im Dschungel. Ich werde Hilfe brauchen. Lass mich nicht allein, Hitolo.«

Er lächelte und nickte. Aber ihr war, als hätte er sie kaum verstanden. Vielleicht hatte er ihr nicht einmal zugehört. Seine Gedanken waren nach innen gekehrt, auf ein Vorhaben gerichtet, das nicht weniger dringlich war als ihres. Sie wusste, was es war, und begriff, dass, falls er ihr half, das eher zufällig geschehen würde.

Um vier Uhr nachmittags des folgenden Tages legten sie am Kai von Kairipi an. Stella stand auf Deck und schaute über den immer schmaler werdenden Wasserstreifen zu einem kleinen drahtigen Mann mit magerem Gesicht, Adlernase und rotblondem Schnurrbart, der dort auf sie wartete. Drei Papua-Polizisten standen steif hinter ihm. Er rührte sich nicht und lächelte auch kein Willkommenslächeln. Als er die Hand hob und an den Rand seines Tropenhelms legte, galt das so offensichtlich nicht ihr, dass sie den Kopf drehte, um zu sehen, wen er begrüßte. Washington stand direkt hinter ihr.

Seit ihrer Abreise aus Marapai hatte sie kaum mit ihm gesprochen. Er hatte sich in seine Kajüte zurückgezogen und sich das Essen dort servieren lassen. Beim Abendbrot hatte der Kapitän bemerkt, Washington sei nicht sehr seetüchtig, aber Stella bezweifelte das und glaubte eher, dass er ihr aus dem Weg ging. Später am Abend sah sie ihn über den Bug des Schiffes gebeugt eine Mango essen und die Schalen ins Wasser werfen. Sie tauschten nur wenige Höflichkeitsfloskeln aus.

Der Distriktleiter kam an Bord. Thomas Seaton war ein barscher, überlegter Mann, der seit fünfundzwanzig Jahren im Territorium lebte. Er war zäh und wortkarg und schätzte diese Eigenschaften an anderen Menschen mehr als alles andere. Er misstraute der Bequemlichkeit und verachtete die akademisch gebildeten Patrouillenoffiziere, die vom Süden hierher kamen. Man hatte sie wissenschaftlich auf den Dschungel vorbereitet, statt sie unwissend hineinzuwerfen, damit sie es auf die harte Tour lernten. Er trank ein Glas Bier mit dem Kapitän und verließ dann mit seinen zwei Gästen das Schiff, um ihnen seinen Stützpunkt zu zeigen.

Kairipi war auf einer Insel erbaut worden. Seaton erklärte Stella, das sei früher sicherer gewesen. Jetzt war es eher lästig, weil sie nur zwei Schiffe hatten, mit denen ständig etwas nicht in Ordnung war. Die Idioten in Marapai verstanden nichts von Motoren. Er konnte besser damit umgehen, und er war kein Mechaniker. Zwei Hände und gesunder Menschenverstand waren alles, was er besaß.

Mit ihrem Umfang von einer Meile war die Insel ziemlich klein und völlig eben. Die steilen Hänge waren von Kokospalmen bedeckt, die sich über das Meer neigten. Die Landfläche der Insel war wie ein großer Garten. Von einem Ende der Insel zum anderen war eine Palmenallee angepflanzt worden, die alle paar hundert Meter von kleinen Fußpfaden gekreuzt wurde, die zur Polizeikaserne, zum Gericht, zu Seatons Haus und zum Haus des Wachoffiziers führten. Blühende Sträucher und Bäume waren entlang der Wege und unter den Palmen gepflanzt: Frangipani, Krotone, Calipher und Hibiskus. Alles, was hier wuchs, wirkte größer und üppiger als in Marapai, und Stella, die schon gemeint hatte, die Natur in ihrer größten Farbenpracht und Üppigkeit gesehen zu haben, schaute sich mit neuem Erstaunen um. Jetzt erkannte sie, dass Marapai gezähmt war. Vielleicht hatte die Kultur der Weißen nicht nur das Blut der Eingeborenen gekühlt, sondern gleichzeitig die Blumen kleiner gemacht. Hier waren der Extravaganz keine Grenzen gesetzt. Hier konnte alles geschehen.

Sie gingen langsam. Stella redet kaum, gelegentlich stellte Washington eine Frage. Seaton sprach in kurzen, abgehackten Sätzen und zeigte mit seinem Stöckchen auf besondere Sehenswürdigkeiten. Um halb sechs hatten sie alles gesehen, was er für sehenswert erachtete. Sie hatten das Gericht besichtigt, ein neues aus Sagopalmen errichtetes Gebäude, dessen Dach von Strafgefangenen mit Stroh gedeckt wurde. Einer der Polizeiboys musste an einer Palme hochklettern und Stella einen Strauß Orchideen pflücken. Seaton und Washington hatten die Hüte abgenommen und standen mit gebeugten Häuptern vor einem mustergültig gepflegten Grab, in dem ein ehemaliger berühmter Distriktleiter beigesetzt war. Jetzt gingen sie die dem Festland zugewandte Seite der Insel entlang.

Der Distriktleiter winkte mit dem Stock durch Lücken zwischen den Palmen und deutete auf Flussmündungen. Unterhalb der Palmen fiel das Land zum Wasser hin ab. Die Bucht lag geschützt und das Wasser war ruhig und spiegelte auf seiner Oberfläche vollkommene, unbewegte Bilder des Landes dahinter wider. Rund um die Bucht erstreckten sich sanfte bewaldete Hügel. Dahinter erhoben sich Berge, aber die Wolken hingen tief über dem Wald und verkürzten den Horizont. Das Land hinter dem Dunstschleier, den der Wald auszuatmen schien, war grau und verschwommen. »Und das«, Seaton wedelte wieder mit dem Stock, »ist Ihr Fluss. Der Bavafluss.« Die Stockspitze zitterte, beide folgten mit den Blicken. Niemand sagte etwas. »Da«, die Stockspitze stieß in den Himmel, »an diesem Punkt macht der Fluss eine Biegung. Das ist der Bavafluss.«

Stella schaute mit dem starren Blick einer Schlafwandlerin zu dem Einschnitt in der grauen Küstenlinie. Sie hatte Angst.

Washington warf einen Blick auf Seatons Profil. Hatte er erraten, worum es hier ging? Unter dem rotblonden Schnurrbart waren Seatons Lippen zusammengepresst wie eine zugeschnappte Falle. Washington misstraute Schweigen zutiefst.

Seaton sah auf seine Uhr. »Sechs. Zeit für einen Drink.« Er drehte sich zackig um und marschierte den Weg hinunter. Washington holte ihn ein und Stella lief hinter ihnen her.

»Können Sie uns den Fluss hochfahren?«, fragte Washington.

Seaton löste den Blick nicht vom Weg. »Kann ich. Obwohl es an der Zeit wäre, dass die Regierung erkennt, dass Distriktleiter keine Touristenführer sind. Wir sitzen nicht wie die Bücherwürmer aus dem Süden den ganzen Tag auf unserem Hintern.«

»Tut mir Leid.« Washington versuchte, liebenswürdig zu sein. »Ich bin auch nicht begeistert davon. Es ist eine Anweisung, wissen Sie, und übrigens streng vertraulich. Der Direktor möchte nicht, dass das die Runde macht.«

»Ich tratsche nicht«, blaffte Seaton. So wie Washington dem Schweigen misstraute, misstraute Seaton der Geschwätzigkeit, und er unterdrückte rigoros jedes Anzeichen dieser Untugend in ihm selbst. Er lebte lang genug im Territorium, um etwas über die Folgen von Indiskretion zu wissen. Seiner Meinung nach gab es kein größeres Übel als ein Klatschmaul. Er redete nie über Personen und machte nur dann eine Bemerkung, wenn er sich seiner Fakten sicher war.

Sie liefen jetzt die Hauptstraße entlang. Die hohen Stämme der Kokospalmen bildeten einen tiefen Schacht, der das Sonnenlicht bis zu dem Weg unter ihren Füßen verschluckte. »Natürlich nicht«, sagte Washington. »Ich habe Weisung, Ihnen das zu sagen, mehr nicht.«

Seaton grunzte und seine Schritte wurden länger. »Sie werden es nicht leicht haben, jemanden zu finden, der Sie begleitet«, sagte er plötzlich.

»Warum nicht?«

»Die Boys scheinen noch weniger wild darauf, dorthin zu gehen, als früher.«

Washington schwieg. Er hätte Seaton gern weiter ausgefragt, wagte es aber nicht aus Furcht vor dem, was er erfahren würde. Dennoch war es besser, informiert zu sein, bewaffnet zu sein mit allen Informationen, die er bekommen konnte.

»Wissen Sie warum?«, fragte er schließlich.

Seaton zuckte mit den Schultern. »Immer das gleiche – Vada. Der Tod von diesem Boy hat sie verstört. Schwierig, darüber was aus ihnen rauszukriegen. Komische Geschichten.«

»Was für Geschichten?«

»Blödsinn, lauter Blödsinn.« Seaton ließ sein Stöckchen wirbeln und bog in den Weg zu seinem Haus ein. »Größeres und besseres Vada. Behaupten, sie hätten fliegen gelernt. Sie sagen, sie könnten gehen, ohne Fußspuren zu hinterlassen. Wissen Sie, ich halte nicht viel von Anthropologen, aber sie sind die Einzigen, die aus einem Papualeben die Angst vertreiben können.«

»Ohne Fußspuren!« Washington lachte albern.

»Alles wird diesen Vadamännern zugeschrieben. Wenn jemand stirbt. Wenn in Maiola Schweine gestohlen werden. Hochwasser. Die Leute sind völlig verängstigt. Vor drei Wochen war ich zur

Volkszählung in Maiola. Wären Sie früher gekommen, hätten Sie mich begleiten können. Verdammt ärgerlich, dass wir schon wieder den Fluss hochfahren sollen. Wage zu bezweifeln, dass Sie diese Boys aus Maiola dazu kriegen können, weiter als bis auf einen Tagesmarsch Entfernung heranzugehen.«

»Das macht nichts. Wenn sie uns nur auf den Weg bringen.« In gewisser Weise freuten Washington diese Neuigkeiten. Es war nur von Vorteil, wenn die Boys sich weigerten, näher heranzugehen. Er war auf eine gewisse Art genauso benommen wie Stella und hatte genauso wenig konkrete Vorstellungen wie sie, was vor ihnen lag. Er wagte nicht einmal an Eola zu denken. Seine Verstand zuckte davor zurück. Er hatte Pläne gemacht, aber ihm war bisher nicht klar gewesen, dass sie auch ausgeführt werden mussten.

Seaton blieb plötzlich stehen, knallte die Hacken wie zum Gruß aneinander und wartete auf Stella, damit sie sie einholen konnte. Sie standen vor dem Haus, einem großen, flachen Gebäude. Auf einem Rasenfleck vor der Veranda flatterte an einer weißen Stange eine Fahne. Seaton ging als Erster die Treppe hoch und rief nach seinem Boy.

Das Haus war so karg möbliert, dass es fast unbewohnt wirkte. Es gab keine Gardinen an den Fenstern, keine Kissen auf den Rohrsesseln, nicht mal Schilfmatten auf dem Fußboden. Voller Verachtung für die öde Seele, die mit solch einem Leben zufrieden war, schaute sich Washington um. Ein halbes Dutzend verstaubter, schimmelfleckiger Bücher, die Einbände von Kakerlaken angefressen, lehnten schief auf einem selbst gemachten Bord. An der Wand hing eine detaillierte Karte des Distrikts. Auf einem niedrigen Holztisch stand eine Marmeladendose mit drei Hibiskusblüten – eine Konzession an den Besuch.

»Setzen Sie sich.« Seaton deutete auf die Sessel.

Stella schien nichts gehört zu haben und ging hinüber zu den Jalousien. Die Orchideen noch in der Hand, stand sie da und sah hinaus aufs Meer. Jedes Mal, wenn Washington sie ansah, erschien sie ihm jünger und hilfloser, ihr Gesichtsausdruck verriet stumme Ergebenheit. Sie schien einfach nur zu warten.

Seaton goss Gin ein. Er füllte ein Glas zur Hälfte, fügte einen Schuss Wasser hinzu und reichte es Washington, der mit Widerwillen daran schlürfte. Der Drink war lauwarm. Es versetzte ihn in Wut, dass ein Mann, der auf dieser blühenden Insel wie ein König hätte leben können, sich mit warmem Gin begnügte. Für ihn war es keine Tugend, den Körper abzuhärten, damit er alles zu ertragen vermochte.

»Na, egal.« Seaton trank und wischte sich den Schnurrbart. »Sie werden wohl nicht so viele Boys wie letztes Mal brauchen. Ein richtiges Bataillon.«

»Nein, diesmal werden drei reichen. Ein Dolmetscher und zwei Träger.«

»Sie sollten einen Polizeiboy mitnehmen«, sagte Seaton.

»Das wird kaum nötig sein. Ich habe eine Pistole.«

»Sie dürften keine Waffe tragen«, sagte Seaton scharf. »Sie sollten einen Polizeiboy mitnehmen.«

»Aber das würde einen weiteren Träger erfordern.« Washington wollte keinen Polizeiboy. Ein guter wäre vielleicht zuverlässig, und er wollte keine zuverlässigen Boys. »Sie sagten doch eben, dass wir nur schwerlich Träger finden werden ...«

»Stimmt.« Seaton kaute an den Spitzen seines Schnurrbarts.

Stella drehte sich um und sah die beiden Männer an. Sie blinzelte, um sie scharf sehen zu können. »Hitolo ist hier.«

»Was!« Washington stellte sein Glas mit einem Knall auf den Tisch. Seine Stimme wurde lauter. »Er hat keine Genehmigung mitzukommen. Ich habe alle Vorbereitungen getroffen. Er erhielt keine Genehmigung.«

»Er ist hier. Es ist zu spät.«

»Wie?« Er hatte Mühe, seine Gesichtszüge zu beherrschen, und musterte sie mit schmalen Augen. »Warum will er unbedingt mitkommen?«

Sie antwortete ohne nachzudenken. »Ich bin daran Schuld. Ich wollte einen Boy, den ich kenne und mit dem ich reden kann. Ich kann kein Motu sprechen, ich kann mit den Trägern und Führern nicht reden. Ich wollte, dass er mitkommt, und ich glaube« – sie schaute zur Seite –, »er muss das missverstanden haben.« Die Lüge war nicht geplant gewesen, sie war ihr einfach herausgerutscht. Wie leicht es ist zu lügen, dachte sie, und wie notwendig manchmal.

»Missverstanden!«, wiederholte Washington böse. »Mal verstehen sie und dann verstehen sie wieder nicht – gerade wie es ihnen passt. Er sollte umgehend zurückgeschickt werden.«

»Schicken Sie ihn nicht zurück«, sagte Stella.

»Wo er schon hier ist, kann er Sie auch begleiten«, sagte Seaton bestimmt. »Damit sparen wir uns die Suche nach einem dritten Träger.«

»Er ist ein Sekretär«, sagte Stella. »Kein Träger.«

»Wenn er ohne Genehmigung hier ist«, sagte Seaton, »verliert er seinen Status. Er kann tragen. Zwei weitere sollten wir noch irgendwo für Sie auftreiben können.«

Washington hob das Glas und trank es aus. Ihm war klar, dass weiterer Protest unklug wäre. Der Gin ließ ihn optimistisch denken. Hitolos Feigheit war hinlänglich belegt. Er hatte sich vom Fieber der Angst ebenso rasch anstecken lassen wie die primitiven Maiola-Boys.

Washington betrachtete Stella über den Rand seines Glases hinweg. Sie hatte gewonnen. Aber wie hatte sie das fertig gebracht? Sie musste Hitolo gut bezahlt haben. Er ging bestimmt nicht mit Begeisterung ins Bavatal. Und wenn sie sich so zu schützen versucht hatte, wusste sie dann, was ihr bevorstand?

Stella kam und setzte sich in die Mitte. Sie legte den Orchideenstrauß auf den Tisch und nahm ihr Glas. Ihre Blicke begegneten sich und sie lächelte süß, geistesabwesend, als hätte sie keine Ahnung, wer er war.

Kapitel 15

Es gab kaum Licht. Dichter Dunst hing über dem Fluss und verschmolz die Bäume an den beiden Ufern. Das Wasser war schwarz und der Dunst stieg davon auf wie Rauch von siedendem Öl. Es herrschte Totenstille. Die lange tierähnliche Form eines Baumstamms, der sich nahe beim Ufer im Wasser wiegte, schien sich durch einen trägen inneren Drang von allein zu bewegen.

Aber in der Stille lag eine seltsame Spannung. Stella fühlte, dass der Dschungel schlief und, wenn er es wollte, die bekannten Grenzen pflanzlichen Lebens überschreiten würde. Die riesigen wuchernden Baumwurzeln würden sich strecken und in den Schlamm krallen, eine fette schwarze Masse aufsaugen und die fleischigen Stiele und gigantischen Blattschaufeln anschwellen lassen. Zweige würden sich tastend durch die Luft ranken, den Düften und Geräuschen folgend, und das Leben packen, das sich dort rührte.

Für Stella war der Dschungel mehr Tier als Vegetation. Die Berührung eines Blatts oder das Knacken eines Zweiges barg für sie die Gefahr, dass die so angegriffene Pflanze sich auf eine hungrige, urzeitliche Weise rächen würde. Als Stella aus dem Boot an Land stieg, war ihr, als träte sie auf verwesendes Menschenfleisch. Ihr Fuß versank im Schlamm – kein weicher, sumpfiger Morast glitt über ihren Fußrücken, sondern eine unbekannte, schwarze, gummiähnliche Substanz, in die der Fuß einsank, ohne sie zu durchbrechen.

Washington nahm ihre Hand und half ihr auf festeren Boden. Sie standen nebeneinander und sahen zum Boot zurück, während die Boys das Gepäck abluden. Der Distriktleiter hatte ihnen zwei zugeteilt – einer davon ein Polizeiboy –, die von einem Dorf weiter flußabwärts kamen, und in Maiola hatten sie noch einen Boy gefunden, als sie am Vorabend dort angekommen waren.

Sie sprachen nicht, sondern schwiegen wie aus Angst, jemanden zu wecken. Sogar der Distriktleiter – nicht eben ein phantasievoller Mensch – gab seine Anweisungen mit leiser Stimme. Irgendeine Erscheinung brütete in den Bäumen. Laut zu sprechen, zu lachen oder zu pfeifen wäre wie eine Gotteslästerung gewesen und hätte Bestrafung nach sich ziehen können. Jetzt waren alle am Ufer. Hitolo kam als Letzter, seine dunkle Gestalt erhob sich wie ein Schatten aus dem Wasser. Er stand etwas abseits und der Dunst hüllte ihn ein, verbarg seine Knöchel und wickelte sich um seine Schultern. Stella sah hinüber zu der schemenhaften Figur und dachte, so sehen wir alle füreinander aus. So sehe ich in ihren Augen aus. Der Zerstörungsprozess hatte begonnen.

Dieser Überlegung folgten weder Angst noch Reue. Niemals in ihrem Leben war ihr die Realität so weit entglitten. Die Stunde selbst war wie ein Traum, doch Stellas Sinne waren bereits benebelt. Sie hatte nur noch die Kraft zu einer einzigen Entscheidung, wie eine Schwalbe, die aus Instinkt ihre Flügelschläge in Richtung Süden lenkt, dem Wetter trotzt, den Tod dem Rückzug vorzieht und sich unbeirrt an ihren Kurs hält in dem Wissen, dass sie keine Wahl hat. Die Vergangenheit, die diese Reise gefährdet hatte, existierte in ihrem Kopf nur noch als eine Leere, aus der hin und wieder verstörende Gefühle aufstiegen, die näher zu betrachten sie sich nicht leisten konnte. Sie hatte sogar David vergessen. Sie war nicht mehr einsam. Sie konnte sich nicht daran erinnern, geliebt zu haben oder Liebe verloren zu haben – selbst diese Erinnerungen waren gefährlich. Sie stand einfach neben Washington und wartete auf die Träger, bis sie die Ausrüstung zusammen hatten und der erste Schritt getan werden konnte.

Im Dorf vor ihnen, kaum sichtbar unter seinem Palmenschirm, waren erste Lebenszeichen zu erkennen. Da waren gedämpfte Geräusche von Schritten, und in den Türöffnungen der schilfgedeckten Häuser tauchte hier und da eine Gestalt auf. Eine halbes Dutzend Kinder stand in einiger Entfernung und starrte herüber – kleine, schattenhafte Wesen mit riesigen gnomenhaften Köpfen. In dieser grauen, sonnenlosen Stunde ähnelten sie eher Dschungelkobolden als Menschen. Maiola war der nördlichste Punkt des Kairipi-Distrikts, und die Einwohner bekamen nicht oft Weiße zu Gesicht, auch nicht Eingeborenen-Polizisten in Uniform.

Seaton kam jetzt auch an Land, begleitet von zwei Polizeiboys, die knöcheltief im Schlamm standen.

»Tja, dann haben Sie wohl alles. Wenn Sie gleich aufbrechen, haben sie den größten Teil Ihres Tagesmarsches hinter sich, bevor es zu heiß wird. Sie sollten nicht nachmittags wandern, Mrs. Warwick, wenn Sie es vermeiden können.«

Stella nickte, aber seine Worte schwebten hoch über ihrem Kopf. Wie sie es sah, würden sie niemals rasten. Sie würden immer weitergehen wie die Pilger in den Legenden, bis sie ihr Ziel erreicht hatten. Sie konnte sich nicht vorstellen, dass ihnen zu heiß würde, dass sie müde werden konnten und Essen und Erholung brauchen würden. Ihre Körper existierten nur, um sie nach Eola zu bringen, und würden keine Forderungen stellen.

»Könnte Regen geben – oder auch nicht«, sagte Seaton. »Nachmittags. Vorher wohl kaum. Unsichere Jahreszeit. Sollte aber gut gehen. Noch zu früh für Regen. Und sollten Sie sich verirren, Mrs. Warwick, müssen Sie nur daran denken, immer dem Fluss folgen. Tatsache ist, man kann sich nicht verirren. Immer dem Fluss folgen. Auf dieser Seite gibt es einen guten Pfad, hat mir Ihr Mann erzählt. Da kann Ihnen kaum was passieren.«

Nur Eola, dachte sie. Mir kann nur Eola passieren.

Seaton streckte die Hand aus. »Ich hole Sie in vierzehn Tagen wieder ab. Wenn Sie dann nicht hier sind, müssen Sie sich Kanus besorgen und allein nach Kairipi kommen. Außer Sie möchten ein paar Monate warten, bis der Patrouille-Offizier wieder vorbeikommt.«

»Wir werden rechtzeitig da sein«, sagte Washington. Er sprach laut, doch bis zum Ende des Satzes hatte seine Stimme an Kraft eingebüßt. Er warf einen raschen Blick zu der dunstigen Wand aus Bäumen hinüber. »Wie lange bleibt dieser Nebel da noch hängen?«, fragte er flüsternd.

»Nur ein paar Stunden. Wünschen Sie sich keine Sonne. Sie werden sie nicht mögen, wenn Sie sie kriegen.«

Es war jetzt heiß, aber die Luft dampfte vor Feuchtigkeit. Stellas Hände klebten durch eine Ausdünstung ihrer Haut aneinander. Sie dachte an die gefleckten Krebse, die über den Meeresgrund von Marapai krochen.

Seaton verabschiedete sich von Washington. Sie wollte nicht hören, was sie redeten. Ihre Stimmen hörten sich an wie Geflüster in einem leeren Zimmer. Der Klang konnte nirgendwohin driften, es gab keine Leere. Die Luft war dicht wie ein Schwamm und saugte ihre Worte auf und auch die Luft, die sie ausatmeten. Während sie atmend und redend dastanden, wurde die Luft um sie herum dichter und dicker.

»Tja, noch mal auf Wiedersehen.« Seaton hob die Hand zu einem zackigen Salut. Der Motor des kleinen Bootes dröhnte. Seaton saß jetzt im Heck und war nur noch ein weißer Umriss mit einem verschwommenen Gesicht ohne Gesichtszüge.

Weder Stella noch Washington bewegte sich. Sie warteten, während sich ihre letzte Verbindung zu den Gesetzen von Marapai und der westlichen Welt löste. Zwei lange ölige Wellenbänder trennten sich vom Heck des Bootes, während es langsam flussabwärts fuhr. Das Wasser wurde aufgewühlt, als wollte es ein monströses schlammiges Unterwasserleben enthüllen, das unter dem Nebel brodelte. Das Boot verschwand hinter einer Flussbiegung. Nur das Motorengeräusch verletzte die Stille.

Washington drehte sich zum Dorf um. »Na, dann können wir uns ja auf den Weg machen.« Er hatte jovial klingen wollen, aber seine Stimme hatte einen hohlen Unterton. Die Gesichter wirkten in dieser Düsternis blutleer und blass, und als Stella zu ihm aufschaute, fragte sie sich, ob sie genauso mondbleich aussah.

Sie gingen nebeneinander her. »Ich muss sagen«, fuhr er in dem gleichen jovialen Ton fort, »ich bin dafür, ein bisschen später aufzubrechen.«

»Wir können genauso gut weitergehen, wo wir einmal wach und startklar sind.« Sie erkannte ihre eigene Stimme nicht wieder.

Das in einem Halbkreis errichtete Dorf ließ einen breiten Halbmond aus Schlamm zwischen dem Wasser und den Häusern. Sie waren jetzt besser zu erkennen – niedrige graue Gebilde, die auf ihren steifen Holzbeinen aussahen, als wären sie lebendig, die zerrupften Grasdächer sahen aus wie nasse Vogelbälge. In der Dorfmitte sah man den großen, niedrigen Umriss des Männerlanghauses, dessen gebogener Rücken wie der Bug eines Kanus in den Himmel ragte, die hohe, spitz zulaufende Vorderseite war geschlossen und verbarg seine Geheimnisse.

Kein Hund bellte, aber hier und da krochen sie unter den Häusern hervor und trotteten hin und her, das Fell hing in Falten von ihren mageren Leibern. Ein paar der älteren Männer waren herausgekommen, um dem Abmarsch der Weißen zuzuschauen. Eine der Frauen des einen Trägers folgte ihnen noch eine Zeit lang und blieb dann zurück. Stella sah sich um. Da stand sie vor ihrem Haus, ihr fransiger Blätterrock bauschte sich unter ihren Hüften, eine Hand hing seitlich herab, die andere lag über dem gewölbten Bauch.

Vorstellungen von Zivilisation sind immer relativ, und jetzt, da der Distriktleiter mit seinem Motorboot und seinen westlichen Gesetzen fort war, repräsentierten diese Menschen, die Weiße kannten, sich zur Volkszählung aufstellten, einen Dorfpolizisten mit einem Abzeichen am Uniformrock hatten und schon vor Gericht gestanden hatten, für Stella plötzlich Ordnung, Sicherheit und Frieden. Als sie die junge Frau nicht mehr sehen konnte, war ihr, als hätte sie etwas verloren. Drei Kinder folgten ihnen immer noch, und zwei junge Männer, einer mit Pfeil und Bogen bewaffnet, waren unter einem Haus hervorgekrochen und hatten sich ihnen geräuschlos angeschlossen. Dann schloss sich der Nebel hinter der Expedition und das Dorf war verschwunden. Der Pfad führte in die Mauer aus Bäumen vor ihnen. Der Dunst tränte von den Blättern wie weißer Schleim. Beim Vorwärtsgehen drückte schwere feuchte Luft gegen ihre Körper.

Die Kinder verließen sie als Erste. Stella sah sie nicht weggehen, aber als sie eine Viertelstunde später hinter sich schaute, konnte sie nur die zwei Boys aus dem unteren Flussdorf, den Führer aus Maiola und zuletzt Hitolo mit den zwei Dorfjungen sehen, die im

Gänsemarsch hintereinander hergingen. Sie spürte einen Stich des Bedauerns, dass die kleinen braunen Kinder nach Hause schlafen gegangen waren.

Sie liefen noch eine Stunde weiter. Der Dschungel war immer noch in Dunst gehüllt. Immer noch schien es, als wäre Schweigen gefordert. Sie gingen einer hinter dem andern, denn der Pfad war zwar niedergestampft, aber schmal, und das Unterholz drängte grau, wuchernd und abweisend von beiden Seiten herein. Dann verbreiterte sich der Pfad zu einer Lichtung unter mächtigen Bäumen. Hier war das Unterholz gerodet worden, anscheinend benutzten die Dorfbewohner diesen Teil des Flusses als Landeplatz. Drei lange Kanus aus ausgehöhlten Baumstämmen waren ans Ufer gezogen. Auf dem Boden rings herum ringelten sich riesige verschlungene Wurzeln. Durch eine Lücke zwischen den Zweigen konnten sie den Fluss sehen, dessen Strömung hier schneller dahinfloss. Die dampfenden Dunstschleier hatten sich fast aufgelöst und hingen nur noch in dünnen Schwaden zwischen den Bäumen an beiden Ufern.

Washington blieb stehen und sah zurück. Die Boys, die keinen großen Abstand gehalten hatten, holten sie ein und blieben stehen. »Wer sind die zwei?« Es war das erste Mal seit ihrem Aufbruch, dass er etwas sagte. Jetzt wo sich der Nebel gehoben hatte, war Sprechen wieder möglich.

Die zwei Jugendlichen hielten sich schüchtern von der Gruppe fern. Seite an Seite, ihre nackten braunen Leiber und Wuschelköpfe fast identisch, blickten sie nach vorn, ernsthaft und verständnislos.

»Dorfjungen, Taubada«, sagte der Polizeiboy in Polizeipidgin. Er war hoch gewachsen und hatte ein schmales Gesicht, eine vorspringende Nase und ein geweitetes Ohrläppchen, das in geschlitzten Streifen herunterbaumelte.

»Sag ihnen, sie sollen heimgehen.«

Stella kannte die Sprache nicht, die Washington benutzte, aber als der Polizeiboy nun einen Befehl rief, gab es keinen Zweifel an dessen Bedeutung. Die zwei Jungen drehten sich um, zögerten, schauten zurück, schauten einander an und gingen dann auf dem Pfad zurück. Sie sah ihnen nach. Die Umrisse ihrer Körper wurden immer schemenhafter, dann waren sie verschwunden. Sie wandte sich zu Washington um. Nur einen winzigen Augenblick lang starrten sie einander an und lasen im Herzen des anderen.

Jobe hat meinen Mann nicht ermordet, dachte sie. Dieser Mann hier hat ihn umgebracht, und jetzt wird er mich umbringen.

Da erst – zu spät, wie Anthony Nyall gesagt hatte – wurde ihr klar, dass sie nicht sterben wollte. »Machen wir hier Halt?«, fragte sie.

Er schaute weg und nickte. »Dann können sich die Träger ausruhen.«

Sie merkte, dass die Kristallisierung ihrer Beziehung ihn ebenso schockiert hatte wie sie. Aber ihre Gedanken waren klar und geordnet. Sie wusste, dass das, was sie dachte und fühlte, schon seit Tagen in ihr geschlummert und nur auf den Moment der Gefahr gewartet hatte – den Blick in Washingtons Herz.

Washington hatte sich auf eine Baumwurzel gesetzt und zündete sich gerade eine Zigarette an. Die Träger hatten ihre Lasten abgelegt. Sie setzte sich vor ihn. »Warum haben Sie die beiden Jungen fortgeschickt?«

Er warf ihr einen raschen Blick zu. »Wir haben genug Träger. Sie könnten uns stundenlang folgen und wir müssten ihnen etwas zu essen geben. Oder sie könnten in Panik geraten und die Träger verstören.«

»Wegen der Vadamänner?«

Er antwortete nicht.

Ich muss mich schützen, dachte sie. Sie sah sich um und ihr Verstand arbeitete schnell und wachsam. Sie fühlte, dass sie sich gegen diese Furcht vor den Vadamännern schützen musste. Auf der letzten Expedition waren die Träger in Panik geraten und die Weißen waren allein weitergegangen. Sogar Hitolo hatte den Kopf verloren. Das durfte diesmal nicht geschehen. Mögliche Gefahren, ein möglicher Schutz dagegen beschäftigten ihre Gedanken. Sie fürchtete sich nicht – nicht jetzt –, neue Lebenskraft war in ihr erwacht und vermittelte ihr ein ungewöhnliches Machtgefühl. Sie dachte keinmal daran, umzukehren, auch wenn sie jetzt aus anderen Gründen weitermachen wollte. Sie war Washington gewachsen. Das fühlte sie. Er sah bleich und krank aus und seine Hände zitterten. Das ist nicht nur das Fieber, dachte sie. Er hat Angst. Und er will mich gar nicht töten, er wird es nur tun, weil er es muss, weil ich seine Sicherheit bedrohe oder weil ihn eine andere Furcht dazu zwingt. Er würde alles tun, um diese Angst loszuwerden.

Washington benahm sich, als wäre er der Gejagte. Seine Augen durchsuchten die Bäume um ihn her. Mal saß er still und starrte auf die Erde, dann hob er plötzlich den Kopf und stierte auf den Pfad vor und hinter ihnen.

Sie stand auf und ging an den Trägern vorbei zu Hitolo. Er hatte sich ebenfalls auf eine Baumwurzel gehockt und rauchte eine Zigarette. Er sah zu ihr hoch, aber stand nicht auf. Er schien ihr fremd, als sähe er anders aus als sonst, und sie hatte den Verdacht, dass er sie im ersten Moment nicht erkannt hatte. »Hitolo«, sagte sie leise. »Glaubst du, diese Männer werden bei uns bleiben? Werden sie Angst bekommen?«

»Sie bleiben, Mrs. Warwick. Zwei Tage vielleicht.« Er benutzte kurze, vereinfachte Sätze und unbewusst sprach sie auch so mit ihm.

»Du findest heraus, was sie sagen. Du erzählst es mir, Hitolo. Ja?« Er nickte, aber nichts in seinem Gesicht verriet, dass er begriffen hatte. »Und du bleibst bei mir, Hitolo. Geh nicht als Letzter. Du gehst dicht hinter mir, und du passt immer auf, dass mir nichts passiert.«

»Ja, Sinabada.«

Sie ging wieder zurück zu Washington. Er trat seine Zigarette mit dem Absatz im Schlamm aus. Sie sah auf ihn hinunter. Sie empfand für ihn nicht die leidenschaftliche Verachtung, die ein Ableger der Verzweiflung war und die sie für Jobe empfunden hatte. Sie glaubte, dass sie ihn kannte und verstand. Und man kann niemanden hassen, den man kennt, dachte sie, genauso wenig, wie man jemanden lieben kann, den man nicht kennt. Auch hierin hatte Anthony Nyall Recht gehabt. Sie hatte David nie gekannt, das wurde immer deutlicher, und als sie jetzt auf die letzten Wochen zurückschaute, sah sie ihr Handeln als einen hysterischen Protest gegen die Tatsache, dass sie ihn nie geliebt hatte. Ihre Anwesenheit hier war der letzte Protest. Sie bedauerte nicht den Verlust von Liebe. Die Rückkehr nach Marapai war jetzt nichts mehr, wovor sie sich fürchtete, sondern etwas, für das sie all ihre Kraft einsetzen musste. »Sollen wir weitergehen?«

Washington fuhr zusammen und sah hoch. Langsam stand er auf und sie marschierten weiter.

Kapitel 16

Washington sah auf seine Uhr. Die Leuchtzeiger zeigten auf zwölf. Draußen konnte er kein Geräusch hören und in der Hütte nur Stellas leises Atmen. Sie hatten im ersten Flussdorf für die Nacht angehalten, wo der Träger aus Maiola bekannt war. Die Bewohner waren freundlich gewesen und hatten ihnen eine leere Hütte am Dorfrand zur Verfügung gestellt.

Hier drinnen war es heiß und stickig. Er hatte sein Hemd ausgezogen und lag in Shorts da. Der Schweiß auf seinem Körper juckte und krabbelte wie Insektenfüße. Er hob das Moskitonetz, glitt darunter hervor und rückte es wieder zurecht, bevor die Insekten sich darin niederlassen konnten. Dann stand er auf und sah hinüber in die Ecke, wo Stella schlief. Moskitos ließen sich auf seiner nackten Haut nieder. Er wischte sie von den Lippen und Augen und tastete zwischen den Kleidungsstücken nach einem Hemd, um es überzuziehen. Stella rührte sich nicht. Er konnte sie nicht deutlich erkennen, nur die Umrisse ihres Körpers unter dem dichten Gewebe des Netzes. Draußen war kein Mond zu sehen, aber der Himmel war hell. Die Türöffnung zeigte einen großen gerodeten Platz, um den herum die Dorfhütten lagen. Er konnte die Baumwipfel sehen und ein paar blasse Sterne.

Leise ging er zum Ausgang, setzte sich auf die Stufen, die zum Boden hinunterführten, und zog die Socken an. Hier durfte man eigentlich nicht ohne Schuhe herumlaufen, aber er wollte die Boys nicht wecken. Zum Schluss griff er in seine Hemdtasche und holte eine winzige Taschenlampe heraus und die kleine geschnitzte Kokosnuss, die er sich von Anthonys Schreibtisch genommen hatte. Er wartete und lauschte.

Er hatte keine Angst. Jedenfalls fürchtete er sich nicht so wie in seiner eigenen Hütte in Marapai. Stella vermittelte ihm Selbstvertrauen. Sie schlief so tief und friedlich in dem Raum hinter ihm.

An diesem Tag waren sie fast achtzehn Meilen gelaufen und sie hatte sich um neun Uhr hingelegt und war fast sofort eingeschlafen, wie ein erschöpftes Kind. Ihre Haltung gab ihm Mut, sie ließ sich vom Dschungel nicht einschüchtern und auch nicht von den Dorfbewohnern. Sie stellte sich der bizarren Situation, in der sie sich befanden, als sei daran nichts Ungewöhnliches. Während des ganzen Tages war sie unermüdlich, gewandt und interessiert gewesen. Sie hatten nicht viel miteinander geredet, aber wenn er hin und wieder über die Schulter zurückgeschaut hatte, ertappte er sie dabei, wie sie sich mit großen Augen aufmerksam umsah. Sie schien ungeheuer neugierig auf alles um sie herum, und gänzlich ohne Furcht. Die Unruhe der drei Träger hatte sie nicht im Mindesten beeindruckt. Die Ironie des Ganzen – dass Stella ihm Selbstvertrauen vermittelte – ging nicht an ihm vorüber und er lächelte in der Dunkelheit. Dann stand er auf, leuchtete mit der Taschenlampe auf die Leiter und kletterte vorsichtig zum Boden hinunter.

Hitolo und die drei Eingeborenen schliefen unter der Hütte. Vor ihm verschwand der Pfad in der Dunkelheit. Washington warf nur einen kurzen Blick in diese Richtung. Hier verdeckte der Dschungel den Himmel und er konnte im Vordergrund nur die verschwommenen Umrisse der größeren Bäumen erkennen. Dahinter hätte die Dunkelheit hart und fest sein können. Wenn er lange genug hinsah, würde er zurückweichende Flächen sehen können, die bis zwischen die Bäumen reichten; würde sehen können, dass die Dunkelheit sich bewegte, sich wie Rauch kräuselte und sich zu undurchdringlichen Schatten verdichtete, die mit Augäpfeln blinzelten. Er kannte alle Tricks der Dunkelheit. Ihre langen, wuchtigen Formen und zischelnden Zungen hatten ihm viele Wochen den Schlaf geraubt, ihre winzigen Lichter bohrten sich in seine Augen, wenn er in Marapai in seinem Bett lag. Er kannte alle Gefahren, die es mit sich brachte, wenn man ein flatterndes Blatt oder einen Leuchtkäfer zu lange anstarrte.

Aber die Dunkelheit war da und er konnte sie nicht vergessen. Seine Füße berührten den morastigen Boden am Ende der Leiter. Der Lichtfleck seiner Taschenlampe tanzte wie eine weiße Motte vor ihm her. Er hielt die Augen darauf gerichtet und beschäftigte sich in Gedanken mit den Schlangen und Skorpionen, die seinen unbeschuhten Füßen gefährlich werden konnten. Aber es schien, als ob dieser Washington, dieser sich kühl konzentrierende Mann, der dem unruhigen Lichtstrahl seiner Taschenlampe folgte und dabei vorsichtig auftrat, um kein Blatt und keinen Zweig zu zertreten, noch eine andere Kreatur in sich barg, jemand kaum Menschlichen, der sich in einem tierähnlichen Zustand von Wachsamkeit zusammenkauerte, Ohren gespitzt, Nackenhaare gesträubt, Nerven wie die vielhundert Hände einer Seeanemone, die sich ausstreckten und die Nacht betasteten.

Die Dunkelheit hinter ihm beunruhigte ihn nicht. Das war der Weg, auf dem sie gekommen waren, der Pfad nach Kairipi und Marapai. Das Dorf war in eine warme bewohnte Dunkelheit eingehüllt; der menschliche Schweiß, der Atem der schlafenden Männer und Frauen und das Vertrauen der Kinder reinigte sie von dem Bösen. Die Dunkelheit vor ihm war anders. Darin konnte alles wohnen, und sie waren nur zwei Tagesmärsche von Eola entfernt.

Der Pfad führte an der Hütte vorbei, wo die Boys ihr Feuer gemacht hatten. An der Vorder- und Rückfront und an einer Seite war ein schiefer Zaun aus Geäst errichtet worden, wahrscheinlich eine Art Schweinepferch. Das erlöschende Feuer warf seinen Widerschein auf das ausgestreckte Bein des einen Trägers, der mit dem Kopf unter der Hütte schlief und die Beine bis zu den Oberschenkeln auf den Weg streckte. Hitolo und die anderen Boys lagen ganz unter der Hütte. Washington hörte sie atmen.

Er blieb stehen und sah nach ihnen. Der kleine Kokosnuss-Talisman lag warm und feucht in seiner Hand. Das Dorf lag jetzt hinter ihm und außer Sichtweite, verdeckt durch die Ecke der Hütte. Er war allein mit den vier schlafenden Männern und der Dunkelheit, die sie umschloss. Von ihnen fühlte er sich nicht so getröstet wie von Stella. Sie waren nicht unruhig, aber er wusste, dass sie ihr Bewusstsein nicht mit dem gleichen Vertrauen abgelegt hatten wie sie. Ihr Schlaf war so unruhig wie sein eigener, verfolgt von verschwommenen Gestalten und zischelnden Zungen der Angst. Er kannte den Schlaf des Entsetzens so gut, die Qual einer fast einbrechenden Oberfläche, wie gelähmt dazuliegen, der Verstand halb aufgetaucht, die Gedanken noch benebelt durch die Betäubung des Schlafs, während die Stimme der Welt draußen flüsterte: »Gefahr!« Es gab kein schlimmeres Entsetzen als diese Stimme zu hören, in Gedanken das Wissen um den Ursprung und die Ursache dieser Furcht mit sich herumzutragen und dennoch körperlich schlafend dazuliegen, gefesselt und hilflos, während die Angst an den Haarwurzeln riss.

Diese Überlegungen brachten ihn aus dem Gleichgewicht und er bückte sich rasch neben dem Feuer und ließ seine Finger über den Boden gleiten. Die Erde war feucht und glitschig, aber es gab keine Vegetation. Er hob die Lampe und der Strahl wurde länger. Der kleine Endpunkt blieb ein Stück weiter vorn hängen. Ein langer schimmernder Baumstamm glänzte am Rande des Dschungels. Er senkte rasch wieder den Strahl. Hinter dem Baum hatte im Dunkel etwas aufgeblitzt.

Er trat vom Feuer weg und tastete wieder die Erde ab. Er brauchte nur Gras und ein paar Blätter. Er zögerte. Nur ein paar Schritte würden ihn dorthin bringen, wo die Pflanzen wuchsen, aber es bedurfte großen Muts, um sie zu gehen. Er hielt den Blick auf den Boden gerichtet, aber der graue Umriss des Baums war immer noch da, sichtbar für diese anderen beobachtenden Augen in ihm drinnen, die keinerlei Kunstgriffe gegen die Angst anwandten, sondern immer Ausschau hielten, jedem Schatten Leben und jedem Stein oder Stück Holz Bewegung einhauchten. Diese Augen waren nun auf das Licht gerichtet, das im Dschungel vor ihm leuchtete. Es blitzte jetzt nicht mehr auf wie ein phosphoreszierendes Insekt, sondern hatte sich auf der Erde am Fuß der Bäume und direkt dahinter niedergelassen und strahlte blass wie ein rundes, helles Auge.

Würde es auch ohne Gras und Blätter gehen?, überlegte er und betastete die feuchte glatte Oberfläche der Kokosnuss in seiner

Hand. Würde die Absicht deutlich genug zu erkennen sein? Ohne die notwendigen Attribute galten diese Talismane als ziemlich harmlos, hatte Anthony Nyall gesagt. Im Dorf hingen viele davon herum, mehr oder weniger unbeachtet und vergessen. So schlussfolgerte er und streichelte die Kokosnuss mit nassen zitternden Fingern. Während der ganzen Zeit glotzte das Tier in ihm auf das milde helle Dschungelauge, das vor ihm leuchtete.

Der Lichtpunkt der Taschenlampe wanderte über die Erde und zeigte nur den Morast des Flussschlamms. Erst hinter diesem Baum begann die Vegetation. Noch ein Schritt weiter und er konnte dem Drang seiner Lider nicht länger widerstehen. Er hob den Blick und durchlebte einen heftigen, fast vernichtenden Augenblick des Entsetzen. Das Dschungelauge glühte auf dem Boden zu seinen Füßen. Es war kein goldenes, sondern ein grünes, weißes Licht, Eislicht, Mondlicht. Es atmete. Es zuckte lebendig. Es bohrte sich mitten durch sein Herz.

Ein Nerv zuckte in seinem Handgelenk, die Taschenlampe wurde nach oben gerissen und das Auge verblasste im Lichtstrahl. Er sah eine Gruppe Pilze, die am Fuß des Baumes wuchsen.

Phosphoreszierende Dschungelpilze! Er hätte sich vor Erleichterung fast übergeben. Sein verschwitzter Körper wurde von einem lautlosen Lachkrampf geschüttelt. Einen Moment lang war die Welt sicher und schön. Aber das Tier in ihm traute der Sicherheit nicht. Instinktiv wusste er, dass es das, was getan werden musste, schnell zu erledigen galt. Er krallte seine Finger in die Erde. Seine Hand schloss sich über einem Stück totem Holz. Er senkte die Lampe und wieder glühte der Pilz direkt vor ihm auf. Als Nächstes berührten seine Finger ein Stück Blatt von einem Pandanusbaum. Er hob es auf und ging rasch zurück zu der Hütte mit den schlafenden Männern.

Er kauerte beim Feuer nieder, brach die Blattspitze ab und zerkrümelte sie mit den Fingernägeln. Seine Augen wichen nicht von dem zerkrümelten Blatt, aber eine Stimme aus dem Dschungel vor ihm sprach unablässig: Sieh hoch, sieh hoch. Sein gesammelter Wille konzentrierte sich darauf, nicht hochzuschauen, und das

Zerkrümeln des Blatts war eine Handlung, derer er sich kaum bewusst war.

Er versuchte den kleinen Pfropfen aus Blattfasern in den Mund der Kokosnuss zu stecken. Aber die Öffnung war zu klein und es blieb nicht darin stecken. Er tastete verzweifelt nach einem Hölzchen auf dem Boden, um den Pfropfen damit festzuhalten. Aber er wusste, dass da nichts lag und dass er noch einmal an den Rand des Dschungels gehen musste. Er kauerte am Boden und zitterte vor Wut. Er wusste, dass er nicht noch einmal dorthin gehen konnte und dass er von einer Kokosnuss und einem Blattpfropfen besiegt worden war. Er vergaß, dass das nur ein kleines zufälliges Hindernis auf der Reise war, die vor ihm lag. Jetzt war es das Ziel selbst, das Ende aller Angst und allen Zweifels.

Dann fiel ihm die Hütte ein. Er stand auf, ging hinüber zu den schlafenden Männern und stieg über die Beine des Boys, der mit den Füßen zum Feuer lag. Er brach von einem harten Blatt der Hüttenwand einen Splitter ab und rammte ihn in den Mund der Kokosnuss. Der Splitter hielt den Pfropfen dort, wo er sein sollte. Washington wurde innerlich von hysterischen Lachkrämpfen geschüttelt. Er hätte gar nicht vom Feuer wegzugehen brauchen.

Er verbiss sich das Lachen, band die Schnur, die an der Kokosnuss befestigt war, um einen vom Dachbalken der Hütte abstehenden Span. Der kleine Talisman hing nun genau über den Köpfen der schlafenden Boys. Wenn sie die Augen aufmachten, würden sie ihn dort hängen sehen – die Androhung einer geheimnisvollen Krankheit, vielleicht des Besuchs der Vadamänner, die das Leben aus den Körpern herausschnitten und die Hülle zum Verfaulen liegen ließen, die Angst vor dem Unbekannten kämpfte mit den Waffen der Magie.

Der kleine schwarze Talisman mit seinem Mund voll toter Blätter und dem Holzsplitter schwankte in einem schwachen Lufthauch. Durch Washingtons Kopf zuckte der Gedanke, dass einer der Boys als Folge seiner Handlung sterben könnte. Vielleicht bedurfte es nur eines Schuldbewusstseins in einem dieser beeinflussbaren Herzen, einer ausreichend starken Furcht, einer

Aufwallung von Panik, und das Leben würde bereitwillig dem Zauberer überlassen.

Diese Möglichkeit bereitete ihm etwas Sorge. Er liebte die Papuas wirklich, aber der Tod einiger weniger oder einer größeren Gruppe bedeutete ihm nicht viel. So wie er es sah, war der Tod für sie natürlicher und selbstverständlicher und folgte dem Leben dichter und unvermeidlicher auf den Fersen. Für die Weißen war der Tod etwas, das sie schaudern ließ, wogegen sie sich schützten. Der Mord an einem weißen Mann oder einer weißen Frau war der allerletzte Akt, den man in Erwägung zog, und nur dann, wenn keine andere Handlung möglich war. Aber bei einem Papua war das etwas anderes. Washington hielt die Papuas nicht für unterlegen, sondern sah sie in größerer Nähe zu den Naturgesetzen, in Einheit mit Felsen, Fluss und Baum, Vogel und Fisch, und für den gleichen Überlebenskampf und die gewaltsame Vernichtung bestimmt. Sie waren Jäger und mussten wie alle Jäger die Möglichkeit akzeptieren, selbst gejagt zu werden.

Er hielt die Kokosnuss über den Köpfen der drei Männer behutsam fest, bis sie ruhig hing, und trat zurück. Sie drehte sich langsam an der verschlissenen Schnur und hing dann ganz still. Die eingeritzten weißen Augen starrten ihn an. Die Kokosnuss sah jetzt, mit den Zutaten der Hexerei im Mund und ihren zukünftigen Opfern unter ihr, unterschwellig lebendig und bösartig aus.

Er wandte sich rasch ab, ging zurück zur Hütte und leuchtete mit der Lampe auf die Stufen. Der Eingang gähnte über ihm und er stieg die ersten drei Stufen hoch. Er konnte Stella nicht atmen hören. Das schwarze Innere des Raumes wurde von keinem Licht durchdrungen. Er blieb stehen und ein rätselhaftes Gefühl der Vorahnung ließ ihn reglos warten. Er lauschte, aber kein Geräusch war zu hören, nur Schweigen. Er hatte Angst sich zu bewegen, hinter sich auf das verlassene Dorf zurückzuschauen, zu bleiben, wo er war, mit der Lampe in die Hütte zu leuchten. Die letzte schwache Stimme der Vernunft flüsterte: Tu etwas, tu etwas, du hältst das nicht aus. Irgendetwas wird zerreißen und dann ist es zu spät. Er trat auf die wackelige Veranda oben an der Treppe und ließ den Strahl seiner Lampe über den Türrahmen gleiten. Mitten in der Türöffnung hing direkt vor seinen Augen eine kleine schwarze Kokosnuss mit zwei hellen Augen, die direkt in seine starrten, und einem Pfropfen aus Blättern im Mund.

Er schrie nicht, er war zum Schreien längst nicht mehr fähig. Er stand in Angstschweiß gebadet da und der Zauber erreichte ihn und durchbohrte seine Adern. Er war verdammt, sein Blut war vergiftet. Er fragte sich nicht, wie die Kokosnuss dorthin gekommen war. Er glaubte, es sei seine eigene, die mit den Gaben des Denkens und Fliegens ihren Weg zu ihrer wahren Bestimmung gefunden hatte.

Er wusste, dass er entdeckt worden war. Die bösen Mächte hatten ihn gefunden und würden ihn verfolgen, bis sie ihn vernichtet hatten. Mit einem schluchzenden Aufschrei stieß er die Hand nach vorn und wollte die Kokosnuss von der Tür reißen. Seine Finger umklammerten Leere. Die Vision verschwand. Da war nichts.

Er krallte seine Nägel ins Holz. Seine Handflächen brannten vor Schmerz.

»Was ist? Wer ist da?« Das war Stellas Stimme in der Hütte. »Sind Sie das, Philip?«

»Ja.«

Er sah ihre verschwommene weiße Gestalt heranschweben und wandte sich ihr zu, er biss die Zähne zusammen, um das Schluchzen zu unterdrücken, das in seinem Hals aufstieg. Für einen Moment vergaß er, wer sie war. War das seine Schwester Doris, die ihm helfen und ihn trösten wollte? Er wollte in die Hütte rennen und sie in seine Arme reißen. Aber er streckte ihr die schmerzenden Hände entgegen und sagte gereizt: »Meine Hand.«

Sie kam näher. »Ihre Hand? Was ist damit?« Sie nahm sie in ihre. »Sie sind ja ganz heiß! Haben Sie Fieber? Sie haben sich geschnitten. Ihre Hand blutet. Geben Sie mir die Lampe.«

Sie leuchtete mit der Taschenlampe auf seine Hand. Sie blutete aus einem langen Riss in der Handfläche. Er starrte darauf und ein heftiges Zittern erschütterte seinen Körper. Er war zu schwach, um sich zu beherrschen.

»Was ist los?«, fragte Stella. »Warum sind Sie aufgestanden?«

Ihm fiel auf, dass sie sich verändert hatte, dass sie nicht mehr das dumme, verblendete, hilflose Geschöpf war, dass der gleiche Dschungel, der ihm den Verstand und die Kraft raubte, ihr genau dies gegeben hatte. Er war zurückgewiesen und sie war erwählt worden. »Ich habe etwas gehört«, sagte er. »War da etwas?«

»Nein. Sie müssen die Wunde desinfizieren oder sie könnte sich entzünden.«

Er folgte ihr gehorsam in den Raum. Nicht ich werde sie töten, dachte er. Sie wird mich töten.

Kapitel 17

Am nächsten Tag brachen sie später auf. Stella schlief tief und fest und wachte erst auf, als sich das Dorf zu rühren begann. Washington war schon aufgestanden und faltete gerade sein Netz zusammen. »Warum haben Sie mich nicht geweckt?«, fragte sie.

Er sah sich um. »Wir haben reichlich Zeit.« Als sie sein Gesicht sah, erschrak sie zutiefst. Es war bleich und angespannt und sah aus wie das eines Greises. Die Haut an Hals und Kinn hing faltig herab. Seine blutunterlaufenen müden Augen verrieten, dass er nicht geschlafen hatte.

Er hatte die angstvollen Gefühle der letzten Nacht vergessen und sah sie mit kalter Feindseligkeit an. »Zwei Boys bleiben hier.«

»Warum?«

Er wich ihrem Blick aus. »Sie haben Angst«, sagte er und faltete weiter sein Netz zusammen.

»Welche beiden?«

»Hitolo und der Polizeiboy kommen mit. Wir lassen ein paar Nahrungsvorräte hier für unseren Rückweg.«

Stella ging zum Eingang und rief: »Hitolo! Hitolo!«

Die Boys waren nirgends zu sehen. Ein paar stumme Gestalten bewegten sich im Dorf, ihre Beine vom Morgennebel umhüllt, der immer noch über dem Boden hing. Stella stieg die Stufen hinunter. »Hitolo!«

Washington war ihr auf die Veranda gefolgt und sah zu ihr hinunter. »Was ist los? Was wollen Sie?« Seine Stimme hatte einen nervösen Unterton. »Sie werden sie nicht überreden können. Es hat keinen Zweck. Sie haben Angst. Sie haben letzte Nacht etwas gesehen.«

»Was?«

»Das ist doch unwichtig. Sie haben nur darauf gewartet, Angst zu haben, und jetzt hat sie etwas erschreckt. Dagegen kommt man mit Vernunft nicht an. Es war vielleicht ein Vogel oder eine Fledermaus.«

Hitolo war um die Ecke der Hütte aufgetaucht. Er blickte gehetzt um sich. Seine Augen schienen nicht fest in seinem Kopf zu sitzen, so als ob sie jeden Moment aus ihren Höhlen rollen könnten wie die zerbrochenen Augen einer Schlafpuppe.

»Was ist mit den Boys los? Warum wollen sie nicht mitkommen?«

»Sie kommen jetzt, Mrs. Warwick.«

»Heißt das, sie haben ihre Meinung geändert?«

»Ja, Mrs. Warwick. Sie kommen jetzt. Ich rede mit ihnen, und sie kommen.« Ein kurzes Lächeln der Selbstzufriedenheit huschte über sein Gesicht, aber seine Augen blickten immer noch wild um sich.

Sie warf Washington einen Blick zu. Er lehnte im Türrahmen und sie konnte nicht sagen, ob sein Gesicht Wut oder Erleichterung verriet.

»Sehr schön, Hitolo, mach Frühstück.«

Er schüttelte den Kopf. »Boys wollen nicht bleiben, Sinabada. Kai-kai Frühstück im Busch. Nicht hier bleiben.«

Sie sah Washington wieder an, damit er das erläuterte.

»Sie fürchten sich. Sie sagen, dass gestern Nacht ein Zauberer hier war. Vielleicht kommt er zurück und holt sich ihre Essensreste. Wir müssen eine Stunde weit gehen und dann frühstücken wir.«

Eine Viertelstunde später brachen sie auf. Die Boys sahen immer noch angsterfüllt aus. Sie blieben dicht zusammen und traten einander fast in die Fersen, denn man konnte auf dem Pfad nur im Gänsemarsch gehen. Sie flüsterten und grunzten miteinander und blickten sich immer wieder ängstlich um. Washington blieb dicht bei der Gruppe und marschierte nicht als Erster weit vorneweg, wie er es gestern getan hatte. Er ging so dicht bei Stella, dass er, wann immer der Pfad breit genug wurde, neben ihr her ging. Gestern hatte er geschwiegen, heute redete er.

Um sieben Uhr hielten sie an, um zu frühstücken. Die Boys

saßen etwas abseits und aßen wie Hunde, schlangen ihr Essen hinunter und beobachteten die Bäume ringsherum. Als sie mit essen fertig waren, vergruben sie neben dem Pfad die Essensreste und stampften mit ihren nackten Füßen die Erde darüber fest. Sie versteckten die leere Konservendose im Unterholz und zogen die Blätter der Sträucher so zurecht, dass man vom Weg aus nichts sehen konnte. Washington war mit frühstücken fertig und sah ihnen zu.

»Warum tun sie das?«, fragte Stella.

»Weil es gefährlich ist, Reste zu hinterlassen. Wenn ein Zauberer einen Krümel von dem findet, was Sie gegessen haben, dann besitzt das genauso viel Zauberkraft gegen Sie wie irgendwelche Teile des Körpers.«

Er sprach leise, aber es klang Eifer mit. Sie hatte das schon einmal bemerkt, bei ihrem ersten Zusammentreffen, als er von Eola und den Vadamännern erzählte. Er glaubt das alles, dachte sie und beobachtete ihn neugierig, und er heißt es gut. Da ist etwas, das er zwar fürchtet, wonach er sich aber sehnt.

Der Dschungel war jetzt nicht so dicht und sie konnte Washingtons verhärmtes, hageres Gesicht deutlich erkennen. In seiner Wange zuckte ein Nerv. Er blickte sich nicht ängstlich um wie die Eingeborenen. Seine Augen waren geweitet und sahen gehetzt aus. Das Entsetzen lebte jetzt in ihm und nicht draußen im Dschungel.

Sie wollte kein Mitleid mit ihm empfinden, aber dennoch war Mitleid da – wider besseres Wissen. Sogar böse Menschen, die gerade ihre scheußlichsten Pläne durchführen, sind bedauernswert. Diese Entdeckung erstaunte oder schockierte sie nicht – Entdeckungen machte sie jetzt stündlich –, sondern sie wartete darauf, einen neuen Widerspruch darin zu entdecken.

Sie war jetzt von der Illusion befreit, David geliebt zu haben, sie war befreit von den Meinungen und Überzeugungen, die sie von ihm übernommen hatte. Sie dachte an Marapai und an Anthony und Trevor Nyall. Wer waren sie wirklich? Bei Anthony meinte sie die Antwort zu wissen, aber bei Trevor wusste sie gar nichts. Sie hatte Menschen immer nur aus zweiter Hand kennen gelernt, geprägt von den Zeichen der Billigung eines anderen. Warum hatte David den einen gemocht und den anderen nicht? Seine Entscheidung erschien ihr jetzt falsch und sie verstand sie nicht. Sie verstand David nicht, denn sie hatte ihn selbst nie gekannt, nur seine Ansichten. Vielleicht hatte er Trevor nie gemocht, wollte aber, dass man das Gegenteil dachte.

Ihr war, als hätten sich alle, die sie gekannt hatte, vor ihr versteckt, als wollten sie sie vor den Gefahren einer Entdeckung bewahren, weil ihnen ihr Zustand der Unschuld gefallen hatte. Alle, bis auf einen Menschen, der sie hoch genug geachtet hatte, um ihr das zu enthüllen, was er als seinen größten Makel empfand.

Die Boys standen auf dem Pfad dicht beieinander und beobachteten sie erwartungsvoll. Sie blickte sich nach Washington um, um zu sehen, ob er bereit zum Aufbruch war. Er kauerte mit dem Rücken zu ihr auf dem Weg. Einen Augenblick lang konnte sie nicht sehen, was er tat. Ein Knie war angewinkelt, sein Kopf neigte sich vornüber, seine Ellenbogen zuckten vor und zurück. Er kratzte die Reste einer gerösteten Yamswurzel von seinem Teller in ein Loch, das er in die Erde gescharrt hatte.

Ihr Magen tat einen Sprung. Sie war erschreckt und empört, als hätte sie etwas Obszönes gesehen. »Nicht!«, schrie sie. »Nicht!«

Er sah sich um. Er saß immer noch mit gebeugtem Kopf geduckt da. Seine schmutzigen Hände kratzten wie Pfoten in der Erde. Seine Augen waren in den Höhlen so verdreht, dass man einen Ring des blutunterlaufenen Augapfels sehen konnte. Er sah aus wie ein in die Enge getriebener Hund. Sie hörte das Zischen, als er scharf Luft holte.

»Sie dürfen das nicht! *Die* dürfen das. Für sie ist das in Ordnung, sie kommen damit zurecht, sie kennen alle Auswege und Lücken und Fluchtwege. Aber Sie sind aus dem Westen! Seien Sie kein Narr!«

Er richtete sich langsam auf und drehte sich zu ihr um, die schmutzigen Hände hingen herab.

»Ein Narr!« Seine Zähne waren zusammengebissen und er war sehr blass. Er griff sie an, als hätte sie ihn beleidigt. »Ein Narr! Sie wissen nicht, was Sie da sagen! Nur Narren sind sicher! Westen! Was für eine Rolle spielt der Westen hier? Guter Gott, das hier sind die Tropen! Wir stehen buchstäblich auf dem Äquator! Wissen Sie denn nicht, dass alle Lebewesen – Schnecken, Schweine, Fische, Bäume, Blumen, Moskitos, Menschen – hier gleichwertig sind und unter denselben Bedingungen überleben? Glauben Sie vielleicht, es wird hier für uns schneien, nur weil wir nordisches Blut in unseren Adern haben? *Wir* sind diejenigen, die sich anpassen müssen!«

Er brach ab und stampfte auf die Erde, die er aufgegraben hatte. Sie blickte sich um. Hitolo und die drei Träger warteten noch immer und sahen zu. Sie werden nicht bleiben, dachte sie. Sie werden uns heute Nacht verlassen.

Washington sprach eine Zeit lang nicht mit ihr. Ihr wurde klar, dass er wütend war, weil sie ihn ertappt und ihm Vorwürfe wegen seines heimlichen Vergrabens gemacht hatte. Aber nachdem sie eine halbe Meile gelaufen waren, verbreiterte sich der Weg zu schlammigen Plätzen am Flussufer, und er wartete, bis sie aufgeholt hatte, und ging dann neben ihr her.

»Sie verstehen das nicht. Sie sind gerade erst hier angekommen, Sie sind noch nicht lange genug hier, um diese Dinge zu begreifen. Man kann sie nicht intellektuell erfassen, sie halten keiner Analyse stand, man kann das nur fühlen. Seit hunderten von Jahren versuchen die Weißen in den Tropen zu leben, und die Einzigen, die es geschafft haben, sind die, die sich den Tropen unterworfen und die Götter hier angebetet haben.« Es war, als hätte er die halbe Stunde Schweigen zwischen ihnen gar nicht bemerkt und als würden sie die Unterhaltung von vorhin fortsetzen. »Ist es nicht möglich, dass dieser Gürtel, der die Welt umschließt, andere Überlebensstrategien erfordert?« Er flüsterte beinahe und starrte immer wieder in die Bäume zu beiden Seiten des Weges. »In jedem tropischen Land gibt es Eingeborene, die überlebt und sich eine eigene Kultur geschaffen haben. Und immer, immer finden Sie unter solchen Überlebenden Hexerei, Magie, Zauberei und eine Mischung verschiedener Methoden, wie man die Mächte des Bösen im Zaum hält und sie bekämpft. *Sie* erkennen das Böse. Sie *erkennen* es und überleben. Aber *wir* überleben nicht. Nicht die Weißen, die aus dem Westen, wie Sie es nennen, weil sie nichts akzeptieren können, wofür es keine wissenschaftliche Formel gibt. Sie finden das kindisch, sie wollen sich nicht dazu herablassen, ihre Hilflosigkeit einzugestehen.«

»Es könnte andere Gründe für das Nicht-Überleben geben.«

»Welche anderen Gründe?« Seine Stimme war wieder voll Eifer. Er schien fasziniert von seiner eigenen Theorie. »Warum verlieren sie nach einem Jahr hier oder in einem anderen tropischen Land den Kontakt zu sich selbst? Warum geht ihre Persönlichkeit zu Bruch und zerfällt? Warum ist ihre Arbeit sinnlos und ergebnislos? Warum treibt es sie in Selbstmord oder Wahnsinn, Alkohol, manischen Sex oder Krankheit?« Er unterbrach sich und sprach dann lauter und leidenschaftlicher weiter. »Weil sie sich in ihrer gottverdammten Überheblichkeit weigern zu begreifen, dass all die Phänomene, von denen man ihnen beigebracht hat, dass sie darüber stehen, dass sie sie mit Skepsis betrachten sollen, hier immer noch existieren. Oh Gott! Was für Narren! Sie halten den Dschungel für einen englischen Wald. Sie haben noch nie wie ich eine Nacht allein im Dschungel zugebracht. Sie weigern sich in ihrer gottverdammten Überheblichkeit, wie die Eingeborenen zu leben, auf die einzige Art, wie man überlebt – schlau, instinktiv und im Bewusstsein der eigenen Bedeutungslosigkeit!«

Stella entgegnete nichts, und er schwatzte weiter über Instinkte, Gefühle, die falschen Spuren, denen der Intellekt folgte, das innere Auge, das die Menschen im Westen verloren hätten. Hin und wieder hielt er im Laufen inne und sah zurück, und die Boys hinter ihnen blieben dann ebenfalls stehen.

Am Nachmittag erreichten sie ein Dorf und beschlossen, hier die Nacht zu verbringen. Sie waren jetzt noch einen Tagesmarsch von Eola entfernt.

Während die anderen am Abend das Essen vorbereiteten, versuchte Stella mit Hitolo zu sprechen, aber sie spürte, dass er ihr gegenüber nicht mehr offenherzig war. Er war misstrauisch und abweisend.

»Werden die Boys morgen mitkommen?«, fragte sie. Aber er schüttelte nur vieldeutig den Kopf und wich ihrem Blick aus. »Wenn sie nicht mitkommen, lassen wir Essen hier und nehmen nur Geschenke und etwas zu essen für die Leute von Eola mit.«

»Wir nehmen keine Geschenke mit«, erwiderte er gleichmütig.

»Warum nicht?«

»Letztes Mal Leute von Eola alle Geschenke zurückgeschickt.«

»Aber nicht doch! Washington sagt, sie hatten viele Geschenke mit. Perlenmuscheln und Kaurimuscheln. Und Mr. Seaton sagte das auch.«

Er nickte. »Viele Geschenke. Washington und Mr. Warwick und mein Bruder bringen alle zurück. Die Leute von Eola böse Leute.« Er sah zur Seite. »*Böse* Leute«, wiederholte er.

»Was erzählen die Leute hier über sie?« Stella wies mit der Hand auf das Dorf ringsum.

»Böse Leute«, sagte Hitolo unbestimmt. Er konnte sich immer weniger ausdrücken, als hätte die Stille des Dschungels ihn die Vergeblichkeit von Worten spüren lassen.

»Sehen diese Leute sie manchmal?«

Er sah sich rasch um. »Vadamänner.«

»Sie müssen doch mit ihnen Handel treiben«, hakte sie nach. »Sie wohnen doch nur fünfzehn oder zwanzig Kilometer weit weg.«

»Vadamänner töten Leute.«

Sie konnten nicht mehr miteinander reden. Welche Kenntnisse Hitolo je von der Sprache und den Sitten Europas erworben haben mochte, jetzt waren sie ganz durcheinander geraten. Sein Geburtsrecht, die Angst, hielt ihn in ihren Klauen. Stella fragte sich, ob er seinen toten Bruder vergessen hatte, ob diese Erinnerung mit allem anderen, mit dem er aufgebrochen war, verloren gegangen war. Er hielt sich nicht länger abseits von den anderen Boys, weil er sich als Verwaltungsangestellter sah und sich eher weiß als braun fühlte. Jetzt ging er – wie sie meinte – erleichtert von ihr weg zu den anderen Boys, die sich um das Feuer kümmerten.

Die Boys blieben nicht, wie sie es halb erwartet hatte, im Dorf zurück. Stella erwachte am nächsten Morgen früh um vier und lag noch einen Augenblick da und schaute durch ihr Netz hinaus in das graue Licht.

»Sind Sie wach?«, fragte sie.

»Ja«, sagte Washington. Die Erleichterung, die aus seiner kurzen Antwort herauszuhören war, ließ vermuten, dass er schon Stunden wach lag.

Dies ist der Tag, dachte sie. »Wir sollten so bald wie möglich aufbrechen. Wollen Sie die Boys wecken?«

Er antwortete nicht, stand aber auf und ging hinaus. Zwischen ihnen herrschte inzwischen die stumme Abmachung, dass sie die Entscheidungen traf. Kurze Zeit später kam er zurück. Stella war aufgestanden und faltete ihr Netz zusammen.

»Kommen sie mit?«

»Ja.« Seine Antwort verriet nicht, wie er darüber dachte.

Sie frühstückten, und als es heller wurde, brachen sie auf. Am Tag zuvor waren sie durch offenes Land gewandert, aber jetzt befanden sie sich wieder im Wald. Der Pfad war schmal und immer nur wenige Meter weit zu sehen. Es herrschte kein Tageslicht, sondern schwache Dunkelheit.

Washington wollte, dass die Boys vorangingen. »Wenn sie hinten gehen, könnten sie sich davonschleichen«, erklärte er. Aber sie weigerten sich, und so gingen Stella und er voraus und stießen auf dem engen Pfad immer wieder aneinander. Sie hatte das Gefühl, er suchte die ständige Berührung von Händen, Schultern und Knien als Mittel gegen seine Einsamkeit. Mehr als einmal sah sie, wie seine Finger unbewusst nach ihrer Hand griffen. Aber dieses Eingeständnis von Verwirrung und Angst wurde niemals ganz vollzogen; das Bewusstsein verhinderte es rechtzeitig und seine Hand zog sich zurück.

Die Boys liefen dicht hinter ihnen. Sie redeten nicht mehr und bewegten sich so leise, dass man nicht genau wusste, ob sie noch da waren. Hin und wieder blieb Washington stehen und wandte sich um, und die Boys blieben dann ebenfalls stehen. Seine ständige Kontrolle irritierte sie und sie fühlten seine Angst, wie ein Pferd an der Hand seines Reiters dessen Furcht erkennt.

Sie sprachen nur einmal, als ein heiserer Schrei aus dem Dschungel vor ihnen drang. Die Gruppe rührte sich nicht mehr, sogar Stella blieb wie erstarrt stehen. »Das ist nur ein Vogel«, murmelte sie.

Washington stand wie ein verängstigter Hund unbeweglich neben ihr und sagte: »Ich habe noch nie so einen Vogel gehört.« Seine Augäpfel rollten in einem wilden Halbkreis, während sein Kopf reglos verharrte.

Der Schrei ertönte wieder, etwas weiter weg, und klang nun weniger unheimlich und mehr wie ein Vogelruf. Die Boys rührten sich, murmelten etwas und gingen weiter.

Aber der Schrei musste ihre Entscheidung herbeigeführt haben. Als Washington sich nicht mehr als fünf Minuten später erneut umdrehte, waren sie verschwunden.

»Sie sind weg!«

Stella wandte sich abrupt um. Der Pfad war leer. Er führte etwa zwanzig Meter weit zurück, dann verschwand er hinter einem Baum mit glatter Rinde. Sie begann zu rennen. »Hitolo! Hitolo!«

Sie hörte Washington dicht hinter ihr herrennen. Nach etwa fünfzig Metern durch den Wald sahen sie das Gepäck auf dem Pfad liegen. Sie blieb stehen. »Es ist sinnlos«, sagte sie. »Sie sind bestimmt auch gerannt.«

Sie schaute hinunter auf das Gepäck. Es sah aus, als wäre es in Panik abgeworfen worden. »Hitolo!« Sie hielt die Hände wie einen Trichter vor den Mund. »Hitolo!« Aber ihre Stimme wurde von den mächtigen Bäumen verschluckt.

Washington stand neben ihr. Sie fühlte, wie er dort stand, spürte seine Reglosigkeit, aber sah ihn nicht an. Jetzt hatte sie Angst.

»Hitolo!«, rief sie wieder. Das Rufen verschaffte ihr Erleichterung. Es rückte die Angst noch etwas in die Ferne, obwohl sie wusste, dass es keine Hoffnung auf eine Antwort gab.

Für Washington war ihre Stimme eine Beleidigung, eine Verletzung des Dschungelgesetzes der Stille. Einen Augenblick lang bewegte er sich nicht und sagte auch nichts, aber dann brach es heiser aus ihm heraus: »Nicht! Nicht!«

Da erst konnte sie ihn ansehen. Indem er sprach, hatte er einen letzten Rest von Menschlichkeit bewiesen. Sie drehte sich um, und sie sahen einander in die Augen.

Kapitel 18

Sie standen da und starrten einander an. Stellas Gesicht war beherrscht, aber ihre Augen verrieten beredt, was dieser Augenblick für sie bedeutete. Es kam nicht plötzlich über sie. Die ganze Zeit über hatte es als Möglichkeit gelauert und sie hatte sich nicht dagegen verschlossen, aber sie war von Dorf zu Dorf gewandert, von Sicherheit zu Sicherheit, in dem Wissen, dass jede verlassene Festung es näher brachte. Das musste sie hinnehmen, wenn sie Eola erreichen wollte.

Washington war sich ihrer Ankunft offensichtlich weniger bewusst als sie. In seinen blutunterlaufenen Augen lag ein benommener, leerer Ausdruck. Alles, was er begreifen konnte, war die plötzliche schreckliche Tatsache, dass sie allein waren. Sie sind weg, sie sind weg, sie sind weg, flüsterte eine Stimme. Dann schwieg sie und er wurde sich der Stille bewusst.

Stella hatte sie auch vernommen, denn ihre Augen hatten sich von seinem Gesicht gelöst und waren starr auf den Pfad vor ihnen gerichtet, suchten nach dem, was immer es war, das solch eine Stille bewirken konnte. Es war nicht nur das Fehlen von Geräuschen – ein Verstummen, wo kein Blatt sich regte und die Vögel schwiegen –, sondern eine Stille, die gewaltsamen Ereignissen vorausging, als würde gleich ein Gewitter losbrechen oder ein Tier angreifen. Der Dschungel lag mit angehaltenem Atem wartend da. Im ersten Augenblick vergaßen beide die Gegenwart des anderen und erkannten, wie es war, allein zu sein.

Dann wandte Stella den Kopf und sah ihn wieder an. Seine wütenden hilflosen Augen durchbohrten sie. Er saß in der Falle, es half nichts mehr, es war zu spät. Die Boys waren zu spät davongelaufen. Er konnte nicht das einzige Wesen vernichten, das zwischen ihm und dem Dschungel stand, und mit eigener Hand das Entsetzlichste von allem herbeiführen – allein auf Eola-Land zu sein.

Sie begriff und sagte leise: »Wollen wir weitergehen?«

Ihre Worte gaben ihm etwas von seiner Fassung wieder. Plötzlich erschien alles leichter und weniger furchterregend. Sie musste nicht sterben. Er konnte jetzt nicht an die Zukunft denken und sich den Konsequenzen stellen, die ihr Weiterleben mit sich brachte. Er verspürte nur ungeheure Erleichterung. Es war undenkbar – er hatte nicht einmal vermocht, daran zu denken. Er hätte sie niemals ermorden können, auch nicht, wenn die Boys schon am Tag zuvor weggelaufen wären, bevor sie das Eola-Land erreicht hatten. Sie war eine weiße Frau. Er war nicht imstande, sie zu töten. Er hatte sich selbst zum Narren gehalten und diesen einfachen leichten Ausweg für möglich gehalten. Etwas anderes musste geschehen.

Seine Gedanken rasten. Sie waren die letzten kräftigen Lebensböen und erfüllten seinen Geist mit strahlendem Optimismus. »Wir können ohne dic Boys nicht weiter«, sagte er bestimmt.

»Warum nicht?« Sie war schon auf dem Pfad weitergegangen und blieb nun stehen, um zu ihm zurückzuschauen. In ihrem jungen Gesicht las er Entschlossenheit, und sein Hochgefühl verschwand.

»Wir brauchen vielleicht Hilfe. Es ist gefährlich.«

»Sie haben eine Waffe.« Sie zeigte auf die Pistole in seinem Gurt.

»Mit Boys braucht man keine Pistolen«, sagte er barsch. Es tat ihm gut, sie zurechtzuweisen. »Wenn man ein paar Boys hat, ist man in einer Position, wo man nicht an Verteidigung zu denken braucht.«

»Letztes Mal sind sie auch nicht mitgegangen«, sagte sie sanft. Ihr Augen waren freundlich, aber gnadenlos. Er merkte, dass sie das Motiv hinter seinen Ausreden erriet.

»Das war etwas anderes. Wir haben die Leute damals verärgert. Wir müssen jetzt vorsichtig sein. Außerdem hatte David Erfahrung im Umgang mit ihnen. Wir haben keine – jedenfalls nicht mit primitiven. Und außerdem … das Gepäck …«

»Wir müssten gegen drei ankommen. Wir können ein paar Dosen und unsere Netze mitnehmen und die Nacht dort verbringen. Es gibt dort bestimmt reichlich zu essen. Sie werden uns Yams geben.«

»Die Nacht dort verbringen!« Er musste sich sehr zusammennehmen, um ein Schaudern zu unterdrücken. »Sie wissen nicht, was Sie da sagen.«

»Wir können jetzt nicht mehr zurück. Das wäre undenkbar.« Sie ging zu ihm und baute sich vor ihm auf. »Was ist denn mit diesen Menschen?«

Es war das erste Mal, dass jemand ihm diese Frage stellte. Nicht einmal Sylvia hatte das gewagt. Jetzt merkte er, dass alles ausgesprochen werden musste. Sie wussten beide, dass er sie hatte töten sollen und es nicht konnte. Zwischen einem Jäger und seiner Beute kann es keine engere Beziehung geben, und jetzt durfte sie ihn alles fragen.

»Sie sind nicht wie andere Menschen«, murmelte er und sah zur Seite.

Stella ging nicht darauf ein. Sie bückte sich nach dem Gepäck. »Das nehmen wir auf dem Rückweg mit. Vielleicht kommen die Leute aus dem Dorf es auch holen. Wir können eigentlich noch nicht auf Eola-Land sein. Sie tragen Ihr Netz, ich meins. Wir nehmen die Wasserflaschen und ein paar Dosen mit.« Sie packte einen der kleinen Rucksäcke aus und wieder ein.

Er stand hilflos da und sah ihr zu. Ihre großen, einst so wilden und fanatischen Augen blickten jetzt klar und entschlossen. Dennoch merkte er, dass sie kaum wusste, was sie tat, und – wie er – einem unwiderstehlichen Zwang gehorchte. Er bückte sich und half ihr. Sie legten den Rest der Traglasten in das Unterholz am Rande des Pfades und machten Kerben in die Bäume, um den Ort zu markieren. Dann schulterte Stella den Rucksack und ging weiter den Pfad entlang. Sie sah sich nicht um, ob er ihr folgte. Er stand einen Moment lang unentschlossen da und schaute ihr nach. Die Sonne stand jetzt hoch am Himmel, aber im Dschungel herrschte immer noch Dämmerlicht und die Umrisse ihrer Gestalt verwischten sich, je weiter sie sich von ihm entfernte.

Immer noch stand er da; sein Verstand wollte ihm keine Anweisungen geben. Die Stille kam näher. Ein Ring von Beobachtern, die in den Bäumen versteckt waren, hatten einen Schritt vorwärts gemacht. Ein lebendiges Band hatte sich enger zugezogen. Mit einem unterdrückten Keuchen, fast einem Schrei, rannte er hinter ihr her. »Warten Sie!«

Sie blieb stehen und drehte sich zu ihm um. »Sie haben Ihren Rucksack vergessen.«

Er sah sie hilflos an und dann den Weg dorthin zurück, wo der Rucksack lag. Es war ihm unmöglich, sie zu verlassen. Entsetzen erfüllte ihn bei der Vorstellung, sich auch nur die wenigen Meter von ihr zu entfernen. Ihm war, als wäre sie, wenn er ihr den Rücken kehrte und sie nicht mehr sah, für immer verschwunden, vom Dschungel verschlungen. Er wäre allein. Sie spürte seine Qualen und sagte ruhig: »Ich warte, während Sie ihn holen.«

Erst ihre Anweisung ermöglichte es ihm zu handeln und er drehte sich um und ging gehorsam zu seinem Rucksack zurück. Sie rührte sich nicht, sondern wartete, bis er wieder da war.

Sie gingen weiter. Der Pfad bog vom Fluss ein wenig landeinwärts ab. Jetzt war es heiß und die Luft war drückend und klebrig. Aber ihnen war nicht so heiß und sie waren nicht so müde wie in den Mittagsstunden der vorangegangenen Tage. Sie hatten ihre Körper vergessen und bewegten sich mechanisch vorwärts.

Hin und wieder drangen Fragen an die Oberfläche seines Bewusstseins. Was soll ich tun? Was werde ich sagen? Welche Erklärung werde ich abgeben? Aber immer wieder sanken sie zurück, wie Sumpftiere im Morast versinken. Die meiste Zeit dachte er weder an die Vergangenheit noch an die Zukunft. Sein Körper war ihm fremd, sein Wille hatte sich aufgelöst. Er folgte, weil Stella führte, und er konnte ohne sie nicht leben. Er hatte keine Angst, weil er nichts mehr fühlen konnte. Der Dschungel glitt vorbei wie die Kulisse einer Drehbühne, jeder Streifen von Bäumen und Unterholz wiederholte, was gerade vorbeigezogen war. Nur hin und wieder wurde ihm wie ein Schatten zu seinen Füßen die lauernde, wartende, rächende Stille bewusst, die er nur durch das Zusammensein mit Stella auf Distanz halten konnte.

Dann blieb Stella stehen. Er wusste nicht, wie lange sie marschiert waren. Es hätten Augenblicke oder Stunden sein können. Sie befanden sich auf einer großen, offenen Lichtung, die völlig von Baumkronen überdacht war. Anscheinend war sie früher einmal bis zu den Baumstämmen gerodet worden, aber mittlerweile drang von allen Seiten das Gebüsch wieder herein und nur ein Fleck in der Mitte war noch frei. Rundherum standen Feigenbäume mit kerzengeraden Stämmen, ihre langen, aufwärts gebogenen Zweige wirkten wie Kirchenkuppeln. Von den Spitzen der Bäume hingen Ranken von Schlingpflanzen herunter, die jede an ihrem äußersten Ende eine einzige rote Frucht wie eine Apfelsine trug, sodass der ganze Dschungel mit Christbaumschmuck verziert war. Das Unterholz war hier dünner, und zwischen den Wurzeln der Bäume leuchteten in unheimlicher Reinheit große, weiße Lilien.

»Was für ein wunderschöner Ort.«

Aber Washington starrte wild um sich. Er fühlte sich wie ein Schlafwandler, der am Eingang eines Grabes aufwacht.

»Was ist?«, fragte sie.

»Ich kenne diesen Ort!«

»An den würde sich jeder erinnern.«

»Wir sind nur etwa sechs Meilen vom Dorf entfernt!«

»Das kommt hin. Es ist jetzt eins und wir sollten um drei ankommen, obwohl die Wege hier sehr zugewuchert sind. Sie sehen aus, als wären sie schon lange nicht mehr benutzt worden.«

Er hörte sie nicht. Er konnte nicht glauben, dass ihr betäubtes Marschieren sie so weit geführt hatte. Ein Schatten nachts an seinem Bett, ein Kokosnussgesicht an der Tür – das war nichts. Selbst die Stille des Dschungels war nichts. Sie waren sechs Meilen von Eola entfernt. Diese Erde war täglich von Eolafüßen betreten worden, die Blätter von Eolahänden berührt, die rote Frucht, die leuchtenden Lilien gehörten zur Eolamedizin. Die Bäume und Sträucher waren Eola zur Treue verpflichtet, die Luft war angefüllt mit Eola-Verwünschungen und wurde gefächelt von den Totengeistern von Eola.

»Ich denke dauernd darüber nach, wie seltsam es ist, dass wir noch niemandem begegnet sind«, sagte Stella.

Washington sah sie wild an. »Jemandem begegnet?«

»Ich sagte doch schon, dass der Pfad unbenutzt aussieht.«

»Sie jagen auf der anderen Seite des Dorfes. Sie mögen diese Seite nicht.«

»Der Wald wirkt absolut leer.« Sie stand da und lauschte. Dann kehrte ihr Blick zu seinem Gesicht zurück. »Warum fürchten Sie sich so vor diesem Ort?«, fragte sie leise. Er antwortete nicht und plötzlich begriff sie. »*Hier* war es, wo Sereva starb.«

Er nickte.

»Ist er hier beerdigt worden?«

»Ja.« Er blickte wieder wild um sich. Er konnte das Grab nicht sehen und hatte keine Ahnung, wo es war. In jener Nacht war er fast ebenso fassungslos und verängstigt gewesen wie jetzt.

»Aha.« Ihr Gesicht war jetzt düster.

Er hatte gehofft, dass sie, wenn er ihr genug erzählte, nicht weitergehen würde. »Wir haben in jener Nacht, nachdem wir Eola verlassen hatten, hier unser Lager aufgeschlagen. Und hier ist er gestorben. Armer Warwick, es brach ihm das Herz ...« Stella machte Anstalten weiterzugehen. Er war mit einem Satz bei ihr und packte ihren Arm. »Was nützt es, wenn wir weitergehen?«, brach es aus ihm heraus. »Es gibt dort nichts zu sehen. Es ist nur ein Dorf wie jedes andere.«

Sie betrachtete ihn, aber schwieg. Sie schüttelte seine Hand ab und ging weiter. Wenn wir zurückkommen, dachte er, werde ich sie dafür umbringen. Aber ein anderer Teil in ihm sehnte sich nach ihrem Verständnis. Ihm blieb nichts anderes übrig als ihr zu folgen. Sie gingen auf dem überwucherten Pfad in eine wachsamere Stille hinein.

Der Pfad war zu eng, um nebeneinander zu gehen, deshalb ging Stella voran. Washington trat ihr fast in die Fersen. Nur die Vorderseite seines Körpers war durch ihren gedeckt und deshalb gewissermaßen geschützt. Er fühlte etwas hinter ihm näher und näher kommen. Er stellte es sich nicht als einen Menschen vo, sondern als eine Folge von Bildern. Manchmal sah er es als ein schleimiges Etwas über den Pfad hinter seinen Fersen kriechen. Manchmal war das Etwas grau, formlos und wand sich, manchmal hatte es nur ein Loch als Maul, manchmal noch zwei runde Augen ohne Lider. Nie war es ein ganzer Mensch, nur Einzelteile: ein abgetrennter Arm, der sich nach vorn reckte, oder ein Zweig, der sich wie eine Hand krallte, ein von bösartigem Menschsein durchtränkter Blätternebel. Manchmal war da nichts, nur das Gefühl, als ob ihm ein geballter, drängender Wind in den Nacken blies. Er vermeinte in seinen Nasenlöchern einen schwachen Duft wahrzunehmen, der substanzlos in der Luft hing. Das war das Schlimmste von allem.

Er konnte nicht länger dem Impuls widerstehen zurückzusehen. Da war nichts, aber ihm war, als hätte er sich einen Augenblick zu spät umgedreht, am Ende einer Bewegung. Etwas schien aus seinem Sichtfeld geflohen zu sein. Blätter, jetzt fast reglos, vibrierten, als wäre eben jemand vorbeigegangen.

»Wissen Sie, wo wir sind?«, fragte Stella.

Sie war wieder stehen geblieben. Er legte eine Hand auf ihre Schulter. Jetzt, wo sie standen, wäre er lieber weitergegangen. Er schaute sich um. Sie konnten überall sein. Dort waren dieselben hohen Feigenbäume und das verfilzte Unterholz, das sich vorwärts kämpfte, um den Pfad zu verschlingen. Dann hörte er den Fluss.

Zuerst dachte er, es wäre nur die Stille, die, ein wenig näher gerückt, lauter rauschte, oder das gierige Wuchern des Dschungels, die Wurzeln, die sich im Morast festklammerten, und der Saft, der in die flachen breiten Blätter stieg. Aber es war der Fluss, dort rechts zwischen den Bäumen. Er sah das Wasser glitzern. Sie waren höchstens eine Viertelmeile vom Dorf entfernt.

»Halt!«, schrie er.

Sie ging weiter, und er packte sie und riss sie zurück. Seine Hände klammerten sich vor Entsetzen brutal an ihre Schultern. »Sie dürfen nicht weitergehen!«

Mit einer Kraft, die seiner gleichkam, schüttelte sie ihn ab und wich vor ihm zurück. Ihr harter, wachsamer und gnadenloser Blick ließ sein Gesicht nicht los.

In hilfloser Sehnsucht streckte er die Arme aus. »Gehen Sie nicht. Lassen Sie mich nicht allein.«

»Sie kommen nicht mit«, sagte sie tonlos.

Er konnte nicht weitergehen, er konnte sie nicht töten, er konnte nicht allein hier bleiben. Er konnte nichts tun. Er konnte nur wiederholen: »Gehen Sie nicht!«

»Warum?«

»Sie sind fast da.«

»Und?«

»Ich habe das Gold«, stammelte er. »Ich habe es. Sie können die Hälfte davon haben! Sie können alles haben, wenn Sie wollen! Sie können es haben! Es gehört ohnehin Ihnen. Sie haben ein Anrecht darauf … Ich hätte es Ihnen längst geben sollen …«

»Sie und David waren in Eola und haben diesen Menschen ihr Gold gestohlen. Ist es das?«, fragte sie leise.

»Das ist es. Das ist es.«

»Sie kamen mit dieser Absicht hierher.« Sie hatte dem Pfad vor ihr den Rücken zugewandt und sah ihm direkt ins Gesicht. Washington schien es, als hätte sie vom Dorf abgelassen, und eine schwache Hoffnung stieg wieder in seinem Herzen auf.

»Ja, wir hatten alles geplant. Niemand wusste davon. Wir mussten nur Jobe die Schürfrechte verweigern und niemand würde sich in den nächsten Jahren hier blicken lassen. Wir brauchten das Geld – ich brauchte es. Ich wurde nicht befördert. Ich hätte befördert werden müssen … Ich war der Einzige, aber Trevor traute sich nicht, mir den Posten zu geben. Er versprach mir etwas Besseres. Aber das wollte ich nicht, ich wollte fortgehen und mir selber etwas aufbauen. Ich musste da raus, ich musste weg von ihm. Er widersetzt sich allem, was ich tue. Er umgibt sich lieber mit Idioten, die er herumschubsen kann, Leute, die er einschüchtern und erschrecken kann wie seine arme Irre von Ehefrau. Und David brauchte es auch. Er schuldete Trevor Geld, eine Menge Geld, und plötzlich verlangte Trevor, dass David seine Schulden zurückzahlte. Also heckten wir alles aus. Wir beschlossen hierher zu reisen, uns das Gold anzusehen und einen offiziellen Bericht anzufertigen, dass es keins gab.«

»Gab es denn welches?«

Er missverstand das Glühen in ihrem Gesicht als Gier und nickte. »Mehr als wir mit zurücknehmen konnten. Wir legten es in die Kisten, in denen wir die Geschenke gebracht hatten. Deshalb hatten wir so viele Geschenke mitgenommen und deshalb brauchten wir so viele Träger. Warwick, Sereva und ich. Wir mussten es nur bis hierher bringen, wo die Träger auf uns warteten. Es ist unter meiner Hütte vergraben. Wir können es nicht außer Landes schaffen. Das ist das Schwierige dabei, es herauszubringen und umzutauschen. Aber wir werden einen Weg finden.«

Ein langes Schweigen folgte. Ihre Augen glitten forschend über sein Gesicht. Er begegnete hitzig ihrem Blick.

»Wer hat David umgebracht?«

Die Hoffnung erlosch. Er fing an zu weinen. »Er beging Selbstmord«, schluchzte er.

»Warum?« Aber Washington schluchzte in seine gespreizten Hände und konnte nicht antworten. Sie fuhr fort: »Weil es seine Kräfte überstieg? Weil er zu gut dafür war und das erkannte – hinterher? Ja, ich verstehe jetzt. Er musste sich umbringen.«

Er nickte hinter seinen Händen. »Es ist eigentlich nichts Besonderes«, sagte er mit erstickter Stimme. Er hatte sie vergessen und sprach mit jemandem in seinem Inneren, der während der vergangenen Wochen geduldig, aber nachdrücklich auf seine Verteidigung gewartet hatte. »Es ist nicht schlimmer als die anderen Dinge, die wir tagtäglich tun. Es ist nicht schlimmer als ihnen Geld zu geben, das sie nicht ausgeben können, oder ihnen ihre Feste zu verbieten, damit sie nicht mehr tanzen können. Es ist nicht so schlimm wie ihnen Hemden zu geben, die nass werden können, und wo sie dann Lungenentzündung bekommen, oder ihnen beizubringen, wertlose Dinge hoch zu schätzen. Das tun wir tagtäglich, nicht nur hier, sondern überall auf der Welt.

Wir bringen ihnen das Glücksspiel bei und das Saufen. Wir geben ihnen Werkzeuge, und ihre Kunstfertigkeit verkümmert. Wir nehmen ihnen die Fähigkeit zum Glücklichsein. Wir geben ihnen unsere Krankheiten ...« Er machte eine Pause und ließ die Hände sinken. »Wir sind schockiert von ihrer Kopfjägerei und jagen sie in unseren Kriegen in die Luft. Überall, wo hoch entwickelte Kulturen in Kontakt mit primitiven Völkern kommen, geschieht das Gleiche. Sie sterben aus. Sehen Sie sich Anthony Nyall an. Er versuchte ihnen zu helfen und er brachte sie um. Er löschte ein ganzes Dorf mit Tuberkulose und Keuchhusten aus!« Washingtons Augen glitzerten und sein Gesicht war verzerrt vor Erregung.

»Das ist nur das halbe Bild«, sagte Stella. »Es kommt auch etwas Gutes dabei heraus ... eines Tages.«

»Eines Tages!«

Sie betrachtete ihn immer noch eingehend, aber er wich ihrem Blick aus. »Wie sind Sie an das Gold gekommen? Es ist doch schwierig, in ein Langhaus zu kommen, nicht wahr?«

»Wir machten ihnen Angst«, murmelte er.

»Wie?«

»Mit einem Zauber. Wir taten so, als wüssten wir einen mächtigen Zauber. Wir erzählten ihnen, das Gold wäre böse Magie und würde ihnen wehtun, wenn sie es nicht weggäben.«

Sie drehte sich um und schaute den Weg zum Dorf hinunter.

»Sie dürfen nicht weitergehen!«, platzte er wieder heraus. »Sie dürfen es nicht. Alles ist schief gelaufen. Sie werden Sie töten. Sie werden uns beide töten! Wir müssen schnell umkehren, bevor sie uns finden.«

Sie sah ihn nicht an und schüttelte den Kopf. »Das ist es nicht, wovor Sie Angst haben.«

Er erkannte, dass es hoffnungslos war.

»Warten Sie hier auf mich.« Ihre Stimme war monoton. Ihm war, als hätte sie ihren Willen aufgegeben, als wäre sie genauso unfähig zu bleiben wie er zu gehen. Sie konnte ihn nicht ansehen und ging, ohne den Kopf zu drehen, den Pfad weiter.

Washington streckte die Hände aus. »Kommen sie zurück! Lassen Sie mich nicht allein!«

Aber der Pfad machte weiter vorn eine Biegung und Stella war nicht mehr zu sehen. Seine Stimme erstarb und Stille setzte ein.

Kapitel 19

»Gehen Sie nicht! Nicht! Kommen Sie zurück!«

Die hohe zittrige Stimme, die fast zu einem Schrei anschwoll, tobte weiter, wurde schwächer und schwächer und brach dann plötzlich ab.

Stella ging entschlossen weiter, hielt ihre Gefühle auf Abstand, stemmte sich dagegen, drückte sie von sich, wie man eine Tür zudrückt, die aufzugehen und ein Heer von Feinden einzulassen droht.

Der Pfad bog allmählich nach links zum Fluss ab und wurde breiter, je weiter sie ging. Aber er war nicht so gerodet wie die Wege vor den anderen Dörfern, durch die sie gekommen waren. Von beiden Seiten drängte das Unterholz auf den Pfad, und die Schlingpflanzen, die die Bäume miteinander verbanden, hingen herab, sodass sie um sie herumgehen, sie zur Seite schieben oder sich darunter bücken musste. Es war schwül und heiß, denn die Sonne brach durch die lichter werdenden Laubkronen der Bäume. Moskitos und Fliegen mit langen dünnen Beinen schwirrten aus dem Gebüsch und setzten sich auf Stellas Gesicht und Hände. Der Pfad machte wieder eine Biegung und wurde noch breiter. Zu beiden Seiten standen riesige scharlachrote Krotone und Palmgruppen mit stacheligen grauen Blättern. Vor ihr lag das Dorf.

Stella blieb stehen. Auf den ersten Blick sah es nach nichts Besonderem aus. Es war auf einem flachen gerodeten Platz gegenüber dem Fluss errichtet worden – eine Ansammlung von Holzhütten auf Stelzen, mit Wänden aus Rohrgeflecht, Blättern und Schilf. In der Mitte stand das Langhaus der Männer, sein mächtiges schräges Dach mit weichen grauen Blättern gedeckt wie mit den Federn eines Riesenvogels. Die Vorderfront war dem Fluss zugewandt, ihr geschwungener Giebel erhob sich hoch über die Dächer der anderen Häuser.

Sonnenlicht ergoss sich über die Szenerie. Die Luft war von wabernden Dämpfen erfüllt, die über einem fernen baumbestandenen Hügel hingen. So vieles sah aus wie in anderen Dörfern am Bavafluss, dass sie zuerst gar nicht gewahr wurde, dass es kein Anzeichen irgendeines Lebewesens gab. Als ihr diese Einsicht kam, wich sie zurück in die Bäume, und ein Anfall von Panik schien an ihren Organen zu zerren und sie zu verschieben.

Sie fühlte, dass das ganze Dorf seit Stunden von ihrem Kommen gewusst hatte, vielleicht schon seit Tagen oder Wochen, und dass sich jetzt alle Bewohner in ihre Häuser geschlichen hatten, damit der Dschungel und das Dorf leer wirkten, und nun warteten sie in den dunklen Eingängen und beobachteten sie mit aufmerksamen rachsüchtigen Blicken. Sie waren zu allem fähig. Zwei weiße Männer hatten ihren Schatz gestohlen.

Es gab hier nichts, hatte Washington gesagt. Hatte er Recht? Was hätte sie davon, hinter den Bäumen hervorzukommen und ein Ziel für Eola-Speere zu bieten? Solche Dinge waren vor nicht allzu langer Zeit geschehen, und dieses Land hier stand nicht unter militärischer Kontrolle. Die Argumente der Angst waren einleuchtend und vernünftig, aber Stella war nicht imstande, ihnen zu gehorchen. Jetzt umzukehren war undenkbar. Sie konnte nicht kurz vor der Vollendung aufgeben. Anthony Nyall hatte in ihrer Fähigkeit zu handeln eine Art Erlösung erkannt, und ihr war vage bewusst, dass sein zukünftiges Wohlergehen irgendwie davon abhing, dass sie das beendete, was sie begonnen hatte, und ihr eigenes ebenfalls. Es war schlimm genug, dass er unfähig war, sich zu irgendeiner Handlung zu entschließen. Nicht bis zum Ende zu gehen war undenkbar. Sylvias Tränen, Philips wilde irre Hände, die sich ihr um Gnade bettelnd entgegenstreckten, würden zu unvergesslichen Erinnerungen erstarren, wenn sie sie nicht dadurch ersetzen konnte, dass sie an ihrem Ziel angelangt war.

Sie machte einen leisen, zögernden Schritt vorwärts, sprang aber sofort wieder in Deckung. Die roten Krotone neben ihr waren plötzlich lebendig geworden. Sie erzitterten in einem heftigen, krampfartigen Zucken. Entsetzt starrte sie auf den sich bewegenden, zappelnden Busch. Vor ihr glitt etwas auf den Pfad. Es hielt inne, sah sich aufmerksam um und trippelte in den Sonnenschein hinaus. Es war eine fette, graue Dschungelratte. Stella stand da und betrachtete sie. Sie war widerlich unförmig wie eine Seegurke und lief mit einem abstoßenden Watschelgang. Es war das einzige sichtbare Lebewesen, und sie konnte die Augen nicht von ihm wenden. Vor Ekel brach ihr der Schweiß aus. Die Ratte hatte die Lichtung und die Dorfhütten erreicht. Hier hielt sie wieder inne und sah sich um. Sie verhielt sich unbekümmert, zuversichtlich, furchtlos.

Plötzlich fiel Stella auf, dass nicht nur keine Menschen zu sehen waren, sondern auch keine Schweine oder Hunde. Man konnte einen Mann oder eine Frau und sogar ein Kind verstecken, aber es wäre schwierig, einen Hund zu verstecken, es sei denn, man würde ihn töten.

Die Ratte watschelte weiter. Sie hatte das Langhaus erreicht. Dahinter standen in einer Reihe drei große Hütten. Ihre Eingänge über den kurzen Holzleitern befanden sich genau gegenüber von Stella. Die Hütten standen dicht vor den Bäumen, und eine lange Decke aus Schlingpflanzen mit gelben Blüten hing über das Dach einer der Hütten und auch über dem offenen Eingang. Die Hütte wirkte verlassen, das Grasdach war feucht, schadhaft und schimmelig, und die Ranken über dem Eingang fielen nicht mit der blumigen Leichtigkeit von Gartenschmuck herab, sondern wie das Gewebe eines Spinnennetzes in einem leeren Haus, das niemand betritt oder verlässt. Genau in dem Augenblick, als ihr dieser Gedanke kam, trippelte die Dschungelratte die Treppe hoch und verschwand durch den Eingang.

Da wusste sie, was in Eola geschehen war, warum Philip Washington sich vor der Rückkehr so schrecklich fürchtete und was ihren Mann getötet hatte. Sie trat aus dem Dschungel und folgte den Spuren der Dschungelratte. Sie war ruhig. Sie wusste jetzt, dass sie sich nicht zu fürchten brauchte, und ging zuversichtlich weiter. Die einzige Gefahr bestand darin, dem Entsetzen von Eola, das das Dorf umschloss und in den Hütten hauste, zu erlauben, in ihren Körper und ihre Seele einzudringen. Aber eine Macht, die Menschen in solchen Zeiten schützt, betäubte ihre Sinne und hielt ihre Gedanken auf einer fühllosen eingefrorenen Bewusstseinsebene.

Sie schreckte vor der Erkundung nicht zurück. Sie verschaffte sich Gewissheit. Sie ging hinüber zum Männerlanghaus, blickte hinauf zu dem hohen Dachfirst und dann zu der Gruppe von Hütten auf der anderen Seite. Sie stieg die Holztreppe zur Veranda hoch, teilte die Lianen mit den Händen und schaute in den dunklen Raum dahinter.

Drei Menschen waren hier gestorben. Ihr weißen Knochen leuchteten in dem düsteren Licht. Sie konnte die graue Ratte nicht sehen, aber sie hörte sie über den Boden trippeln und das Kratzen und Knistern der Insekten, die am Dachstroh knabberten.

Der Besitzer des nächsten Hauses war draußen gestorben. Er lag mit ausgestreckten Armen auf dem Rücken unter seiner Hütte. Ein dichtes, lebendiges Pflaster aus Ameisen bildete einen schwarzen Fleck auf der Schläfe seines Schädels. Ihr fiel auf, wie weiß und zart seine Handknochen waren. Aber seine Füße waren nicht mehr da.

Sie schaute in das nächste Haus. Es war leer, beherbergte nicht einmal einen Knochenhaufen. Aber unter dem Haus fand sie eine Dose. Es war eine dieser Konservendosen, an deren Deckel ein Schlüssel befestigt ist, mit dem man den Deckel dann zurückrollt. Sie war rostig und das Etikett war verschwunden. Sie drehte sie mit dem Fuß um. Die Dose war leer.

Sie ging von den Häusern zurück zur Dorfmitte. Hier vor dem Langhaus boten die Schädel und Knochen ein grausiges Bild, manchmal waren die Skelette vollständig, manchmal Teile von Aasfressern aus dem Dschungel geraubt, und nicht weit davon war ein primitiv gezimmerter Unterstand mit gemauerten Feuerstellen, die noch Spuren von Feuern zeigten. Dazwischen verstreut lagen noch mehr Dosen, eine trug noch die Fetzen des roten Etiketts einer Cornedbeefkonserve.

Sie ging zwischen den verlassenen Feuerstellen entlang. Von

manchen waren die Aschereste nicht völlig verweht worden und sie klebten noch in den Steinritzen. Sie fand das Skelett eines Kindes und eines Hundes und dann eine ungeöffnete Dose. Sie hob sie auf und drehte sie in ihren Händen. Sie bemerkte zwei kleine schwarze Löcher im Boden – Bohrlöcher.

Mit der Dose in der Hand schaute sie sich um. Alles war still. Die Blätter hingen in der unbewegten Luft schlaff von den Bäumen. Ein Stück Stroh fiel von dem Dach des Unterstands vor ihre Füße. Es herrschte vollkommene Stille, aber sie bildete sich ein, sie könnte hören, wie das Dorf um sie herum zerfiel – Ameisen, die sich Tunnel durch das trockene Holz bohrten, das Einstürzen der Grasdächer und das Verwehen der Asche in den Feuerstellen. Der Verfall des Dorfes war so rasch vonstatten gegangen, dass man meinte, die Bewegungen und Veränderungen sehen zu können. Halb erwartete sie, es vor ihren Augen zu Staub zerfallen zu sehen. Nur die Menschen, die als Erste verwest waren, hatten ihren Frieden.

Sie stand mit der Dose in der Hand da. Sie bewegte sich nicht. Das war der Mörder ihres Mannes. Doch seltsamerweise dachte sie in diesem Moment nicht an seinen Tod, sondern an den ihres Vaters, und ihre Augen füllten sich mit Tränen.

Er hat auch meinen Vater getötet, dachte sie. Er hielt mich für zu jung und zu unschuldig, um mich mit seiner Tat zu konfrontieren, und deshalb tötete er meinen Vater. Sie ließ die Dose fallen und ihr Herz füllte sich mit Bitterkeit gegen ihren toten Mann.

Die Macht, die sie zu diesem Ort getrieben hatte, verließ sie jetzt. Sie musste sich aus eigenem Antrieb weiterbewegen oder gar nicht. Sie spürte, wie das Grauen um sie her immer näher glitt. Sie rührte sich immer noch nicht, aber ihr Körper wurde von Angst gepackt und geschüttelt. Ein Kreis aus unsichtbaren Händen, von denen das Fleisch abgefallen war, hatte sie berührt.

Dann ertönte ein Schrei.

Zuerst dachte sie, es wäre ihr eigener Schrei gewesen, bis ein zweiter ertönte. Er hallte aus dem Dschungel hinter ihr wider. Es war ein grauenvoller Ton, kaum noch als menschlich zu erkennen.

Sie drehte sich um und rannte los. Sie war bis zum Langhaus gekommen, als die Stille splitterte und zerbarst. Als sie den Dschungel erreichte, kam der zweite Schuss.

Sie dachte nicht an Vorsicht. Sie wusste, der zweite Schuss war tödlich gewesen. Aber sie war nicht überrascht. Sie wusste jetzt, dass sie bei ihrem Weggehen nicht erwartet hatte, Washington lebend wieder zu sehen.

Ich habe ihn umgebracht, dachte sie im Rennen. Ich habe Washington umgebracht. So viele Mörder. Washington, David, Anthony und ich – wir sind alle Mörder. Trevor ist der Schlimmste von allen, denn er hat die Opfer nie gesehen.

Dann hielt sie inne. Der Pfad war vom Fluss abgebogen und mündete in die kleine Lichtung, wo sie ihren Gefährten zurückgelassen hatte. Er lag quer über dem Weg. Aber er war nicht allein. Ein Boy kauerte neben ihm.

In Marapai hatte sie Boys aus entlegenen Dörfern gesehen, die in ihren Kanus gekommen waren und bemalt und geschmückt durch die Straßen wanderten, mit Halsbändern aus Hundezähnen, Perlen in den Ohrläppchen und Blüten und Blättern, die unter die Bänder an ihren Armen und Schenkeln gesteckt waren. Aber nie zuvor hatte sie jemanden so fremdartig und wundervoll bemalt und geschmückt gesehen wie diesen Papua.

Es war ein dunkelhäutiger Mann, schlank, grazil und nicht sehr groß, nackt bis auf einen dünnen Rindenstreifen, der um die Taille gebunden war und zwischen seinen Beinen hing. Sein Körper war mit braunen und weißen Streifen bemalt, und sein Gesicht zeigte ein wildes Muster. Ein gelber Klecks auf seinem Nasenrücken und weiße Linien, die von den Mundwinkeln in Kurven zum Kinn verliefen, wo sie einen Schnabel bildeten. Seine Arme und Haare waren mit grünen und gelben Krotonenblättern geschmückt. Er trug einen Bogen und Pfeile bei sich und sah eher wie ein Vogel aus denn wie ein Mensch.

Er stand reglos da und starrte sie an. Von ihm ging keine Bedrohung aus, auch wenn sein Gesicht unleugbar bedrohlich wirkte.

Obwohl er bunt und fröhlich und seltsam schön zurechtgemacht war, wusste sie, dass dies dem Tod galt.

Dann sah sie die Armbanduhr an seinem Handgelenk. Es war Hitolo.

Sie fingen gleichzeitig an zu reden.

Er sah wieder auf den Mann zu seinen Füßen. Die vogelähnliche Bemalung machte sein Gesichts ausdruckslos, aber sie sah seine Augen in ihren weiß umrandeten Höhlen glänzen und wusste, dass er Angst hatte. Sie rannte zu Washington und kniete neben ihm nieder. Sein Kopf war zerschmettert. Die Pistole war neben ihm auf die Erde gefallen. Sie brachte es nicht über sich, mehr als einen kurzen Blick auf ihn zu werfen, aber es war ohnehin alles vorbei. Sie wandte sich ab. »Was ist passiert, Hitolo?«

Hitolo schüttelte den Kopf. Alle Sprache schien ihn verlassen zu haben.

»Was ist passiert? Sag es mir!«

»Er wollte mich töten. Mrs. Warwick, er erschoss sich selbst. Ich habe ihn nicht erschossen. Er schoss auf mich, er erschoss sich selbst.«

»Natürlich hast du ihn nicht getötet, das kann ich sehen. Du hast keine Pistole.«

»Warum hat er auf mich geschossen, Mrs. Warwick?« Er sah sie hilflos an.

»Er hat dich nicht erkannt, Hitolo. Er rechnete nicht damit, dass du zurückkommen würdest. Er dachte, du hättest Angst.«

»Ich hatte Angst. Ich drehe durch. Ich renne weg. Dann erinnere ich mich.«

Sie sah ihn voller Bewunderung an, voller Hochachtung für sein mutiges Handeln, dass er das aufsteigende Gefühl der Panik bekämpft hatte und zurückgekommen war, bereit zur Rache.

»Ich habe ihn gerufen und mit den Händen gewunken.«

Allmählich erkannte sie, was passiert war. »Und er schoss auf dich und traf daneben?«

»Ja.«

»Und du gingst auf ihn zu und hast gerufen und mit den Hän-

den gewunken? Er hatte nicht mit dir gerechnet«, murmelte sie.
»Er hat mit niemandem gerechnet. Es gibt hier keine Menschen, sie sind alle tot. Er wusste das. Er *wusste*, dass alle tot waren. Sie starben bei einem Fest, genauso geschmückt wie du, bei einem Tanzfest.«

Hitolo blinzelte. Er verstand nicht.

»Armer Philip«, sagte sie.

»Sie sind alle tot«, wiederholte er.

»Ja, es lebt keiner mehr. Wahrscheinlich konnten ein paar fliehen, aber sie werden nie zurückkehren. Die anderen starben an einer Nahrungsmittelvergiftung. Verdorbene Konserven, die Sorte, an der auch Sereva starb. Er aß von einer schlecht gewordenen Dose. Es war ein Unfall, Hitolo. Es war nicht beabsichtigt.«

Sein verkrustetes vogelähnliches Gesicht war nicht zu deuten. Ich möchte wissen, was er fühlt, dachte sie. Ich möchte wissen, ob es ihn schmerzt, dass wir keinen Mörder jagen, Jobe nicht hassen, keiner Gerechtigkeit zum Sieg verhelfen können.

Die Erde hier war weich und schwammig und es gelang ihnen, ein flaches Grab zu schaufeln. An diesem Ort erschien das wie eine überflüssige Höflichkeit, die Washington zuteil wurde, aber Stella dachte an das Ameisengewimmel auf dem Schädel und an die fette graue Ratte und hätte den Gedanken nicht ertragen, ihn unbedeckt zu lassen. Sie arbeiteten mit Stöcken, konnten aber nicht tief graben – der Dschungelboden war von Baumwurzeln durchzogen. Sie bedeckten seine Leiche mit Erde und einem Haufen aus Blättern und Ästen.

Gegen vier Uhr machten sie sich auf den Rückweg. Stella war erschöpft. Sie hätte sich so gern hingelegt und geschlafen, aber sie fühlte, dass, wenn sie hier einschlief, sie nie wieder aufwachen würde.

Kapitel 20

Stella konnte sich an die Wanderung zurück nach Maiola kaum erinnern. Sie hatte das Gefühl, dass sie es nicht erreicht hätte, wenn es auch nur hundert Meter weiter entfernt gewesen wäre. Doch Hitolo trug sie während des letzten Tagesmarschs. Nicht weil sie Schmerzen hatte, sondern weil sie so schwach war, dass sie kaum wusste, wo sie sich befand. Es war, als liefen sie immer den gleichen Dschungelpfad entlang. Dieselben Bäume, dieselben Wege und hinter der nächsten Biegung genau derselbe Dschungel, den sie gerade durchquert hatten. Es war, als träten sie auf der Stelle.

Als sie Maiola erreichten, verließen sie ihre letzten Kräfte und sie konnte sich nicht mehr auf den Füßen halten. Sie erinnerte sich undeutlich, wie sie ein paar Stufen zu einer leeren Hütte hochstolperte. Sie erinnerte sich auch, dass sie hinuntergeschaut und überrascht zugesehen hatte, wie Hitolos dunkle Finger ihren Arm packten.

Dann schlief sie einen langen, unruhigen, häufig unterbrochenen Schlaf. Manchmal hörte sie draußen Stimmen. Jemand brachte ihr etwas zu essen, aber sie wusste nicht mehr, ob sie es gegessen hatte. Einmal schlug sie die Augen auf und sah in einen langen rechteckigen Himmelsstreifen mit riesengroßen Sternen. Sie sehnte sich nach etwas, nach jemandem – sie wusste es nicht genau – vielleicht nach ihrem Vater – und lag lange Zeit da, während die Tränen ihre Wangen hinunterliefen. Sie rührte sich nicht, als wäre ihr Körper mit Ketten beschwert. Schließlich öffnete sie die Augen und sah in Thomas Seatons hageres Gesicht.

Er stellte ihr einige Fragen, aber sie wusste nicht, ob sie ihm geantwortet oder was er gefragt hatte. Sie schlief wieder ein, und während sie schlief, wurde sie hinausgetragen und zum Boot gebracht. Als sie wieder aufwachte, lag sie in einem Bett in Seatons Haus in Kairipi.

Sie wusste sofort, wo sie sich befand, obwohl sie das Zimmer nie zuvor gesehen hatte. Sie schaute durch offene Jalousien auf einen Weg, dessen Ränder mit Hibiskus gesäumt waren. Zwei Boys schnitten den Rasen mit Teilen von gebogenen Fassreifen. Ihr Fieber war verschwunden. Ihr Kopf war klar, ihre Haut trocken, aber sie konnte sich nicht vorstellen, dass sie sich jemals wieder bewegen würde.

Während sie dalag, kam ein Papuamädchen in blauem Kattunrock und mit einem Kreuz an einem Halsband aus einer Zimmerecke herbeigehuscht und betrachtete sie, dann holte sie eine Schüssel mit Wasser und wusch sie. Danach schlüpfte sie aus dem Zimmer und kurze Zeit später kam Seaton herein.

»Washington ist tot«, sagte Stella. »Er hat sich erschossen.«

Er salutierte steif am Fußende ihres Bettes und nickte. »Ich weiß, Sie haben es mir erzählt.«

»Ach so? War ich sehr krank?«

Er hatte offensichtlich keine Übung in Krankenbesuchen, besonders nicht bei Frauen. Er hatte den Kopf eingezogen und machte eine ernste Miene. Er nickte wieder. »Fieber. Dazu Schock, würde ich sagen. Wir konnten Sie nicht gleich holen. Zu riskant. Mussten noch etwas warten. Jetzt sind Sie wieder gesund.«

»Wann kann ich nach Marapai zurückreisen?«

»Erst wenn es Ihnen besser geht. Sie bleiben am besten noch ein paar Tage hier. Ich kenne mich mit Fieber etwas aus.«

Die Sehnsucht, die sie nicht einmal im Schlaf verlassen hatte, kehrte mit größerer Dringlichkeit zurück. »Wissen sie in Marapai Bescheid?«

»Ja.«

»Und sie haben sich nicht nach mir erkundigt? Ist niemand hergekommen?«

»Ich habe Nyall erreicht.«

»Anthony?«

»Trevor. Höchst besorgt. Wollte rüberfliegen, wäre aber sinnlos gewesen. Besser, Sie haben noch ein paar Tage Ihre Ruhe. Hatten ein langes Gespräch. Kein offizieller Bericht, bis ich selbst in Eola war und mich umgesehen habe.«

Wo ist er?

Warum kommt er mich nicht besuchen, wenn ich allein und krank bin?

Wenn er mich liebt, warum kommt er nicht und kümmert sich um mich?

»Schlimme Sache«, sagte Seaton steif. Er sah ihr für einen Moment direkt in die Augen und die Distanz zwischen ihnen schwand. »Schlimme Sache. Merkwürdig, wie die Leute hier kaputt gehen. Man weiß nie, was sie als Nächstes tun werden. Leute, von denen man es am wenigsten erwartet.« Er straffte die Schultern, reckte das Kinn, und sein Gesicht hatte wieder den unpersönlichen Ausdruck angenommen. »Schlimm für das Territorium«, sagte er düster. »Schlimm für die Regierung.«

»Schlimm für die Eolaner«, sagte Stella und fing an zu lachen. Als sie erst mal lachte, konnte sie nicht mehr aufhören. Das Gelächter schüttelte ihre Glieder und würgte aus ihren Lippen. Sie biss die Zähne zusammen und konnte nicht aufhören.

Seaton betrachtete sie und fragte sich, ob er sie ohrfeigen sollte. Aber dafür sah sie zu krank aus, deshalb trat er heran, legte ihr eine Hand auf die Schulter und schüttelte sie heftig. Ihr Lachen erstarb sofort und er zog die Hand wieder zurück.

»Hart für Sie ... ziemlich viel Mumm. Leute drehen durch, wissen Sie, Washington ... verständlich, war nicht geeignet für das Land hier. Keine Moral. Aber Warwick ... er war ein anständiger Kerl. Begreife es nicht.«

»*War* er ein anständiger Kerl?« Stella sah ihn aus großen fieberglänzenden Augen an.

Peinlich berührt sah Seaton zur Seite. »Oh ja«, sagte er schroff. »Einer der Besten.«

»War es meine Schuld oder wäre es sowieso passiert?«

Er konnte ihrem unzusammenhängenden Gedankengang nicht folgen und schaute sie verwirrt an.

»Was?«

»Washington. War er verrückt? Er hätte sich ohnehin umgebracht, oder? Wie David. Sie taten etwas, das ihrem Charakter völlig zuwiderlief, und konnten damit nicht weiterleben.«

Wo war Anthony? Er wusste über Philip Bescheid, er verstand. Warum kam er nicht und sagte ihr, dass es nicht ihre Schuld war? Dass Washington verrückt war und sterben wollte?

»War es meine Schuld?«

Er packte wieder ihre Schulter und schüttelte sie sacht. »Schlafen Sie. Sie brauchen viel Ruhe, jawohl. Grauenhaftes Erlebnis. Versuchen Sie, nicht daran zu denken.«

»Er hat meinen Vater getötet«, sagte Stella und drehte ihren Kopf ins Kissen.

Vierzehn Tage später kehrte sie nach Marapai zurück. Das Schiff legte in der blauen Bucht gegen halb vier nachmittags an. Vor ihnen lag die Stadt, deren weiße Dächer die Hügelhänge emporkraxelten. Die Baumblüte war fast vorbei und die Äste waren von grellgrünem Laub bedeckt. Stellas Augen wandten sich zum Kai, wo eine Gruppe weiß gekleideter Gestalten wartete.

Einer von ihnen würde da sein, da war sie ganz sicher, aber welcher? Sie konnte nicht sagen, welches Gefühl stärker war. Die Angst, es könnte der eine, oder die Hoffnung, es möge der andere sein.

Die Stewardess wusste, dass Stella krank gewesen war, und half ihr ins Boot. Der Kai kam näher. Die braunen Gesichter unter den Tropenhelmen und Strohhüten nahmen nach und nach Konturen an. Dann sah sie ihn. Es war Anthony, und Janet stand neben ihm.

Er kam die Stufen halb herunter, um ihr vom Boot heraufzuhelfen. Sie sprachen nicht und lächelten nicht. Das aufwallende Gefühl für ihn erlosch, als sie sein Gesicht sah. Sie stieg die Stufen neben ihm hoch und dachte: Er wird mir nicht helfen, er wird mich nicht einmal trösten. Ich bin auf mich selbst gestellt.

Da merkte sie, dass sie sich während ihrer Krankheit immer gewünscht hatte, sich an ihm festzuhalten und auszuruhen, dass ihr das Bild, das sie sich von ihm gemacht hatte, durch die letzten Wochen geholfen hatte. Aber es war ein falsches Bild, sie hatte vergessen, wie er wirklich war. Denn er konnte keinen Halt bieten und nicht schützen. Er war noch hilfloser und verwirrter als sie. Das Gewicht von zwölf Toten drückte ihn nieder, sie trug nur das Gewicht von einem. Seine dunklen, unglücklichen Augen blickten kurz in ihre, dann wandte er sich ab.

Janet stand über ihnen auf dem Kai. Der Wind wehte ihr das Kleid um den mageren Körper. Stella gab ihr die Hand und lächelte. Sie wich nicht mehr vor Janet zurück, jetzt wo sie wusste, wovor sie früher zurückgewichen war.

»Sie müssen zu uns kommen und bei uns wohnen«, sagte Janet, als sie vom Kai weggingen. »Trevor besteht darauf. Und Sie dürfen erst wieder arbeiten, wenn Sie sich richtig erholt haben.«

Stella fand sie weniger fahrig und dumm als letztes Mal, aber vielleicht lag das daran, dass ihr Mann nicht dabei war.

Sie sah zu Anthony hinüber. »Sind Sie einverstanden?«

Er wich ihrem Blick aus, zuckte aber mit den Schultern. »Sie brauchen Ruhe. Ich sehe nichts, was dagegen spräche. Das müssen Sie entscheiden.«

Ich sehe nichts, was dagegen spräche. Sie sah ihn immer noch an und überlegte, ob das hieß, dass sie einander belügen sollten. Aber er ließ sich von ihrem Blick nicht einfangen, sondern schaute nach vorn.

»Trevor konnte nicht mitkommen, um Sie abzuholen«, sagte Janet. »Deshalb bin ich gekommen. Er wurde aufgehalten. Aber ich denke, er erwartet uns zu Hause.«

Stella betrachtete Janets Gesicht mit den großen, ziellos blickenden Augen. Sie weiß nichts, dachte sie. Und Anthony? Ja, Anthony wusste Bescheid.

»Warum sind Sie nicht zu mir gekommen?«, fragte sie leise.

»Nach Kairipi?« Er sah kurz zu ihr hin und dann wieder weg. »Ich wusste nicht, was ich tun sollte. Ich wollte hinfahren, aber ich war nicht sicher, ob Sie das wünschten. Seaton sagte, es ginge Ihnen gut. Ich wusste einfach nicht, was ich tun sollte.«

»Also taten Sie gar nichts.«

Er presste die Lippen aufeinander. »Es war Ihre Unternehmung. Ich hielt es für das Beste, wenn Sie sie bis zum Ende allein durchstanden.«

»Da sind wir«, sagte Janet, als sie sich Trevors großem, teurem und völlig unzweckmäßigem Auto näherten. »Tony, willst du fahren?«

Sie blickte hoch und blinzelte mit ihren großen, trockenen Augen. Er machte einen Schritt auf sie zu. Aber sie hob die Hand und verzog unsicher das Gesicht. »Nein, vielleicht sollte ich fahren. Er will nicht, dass du sein Auto fährst, wegen deiner Augen und weil du mit deiner Brille seitlich nicht gut sehen kannst.«

Anthony öffnete die hintere Tür. »Ich fahre.«

Janet schaute die Straße hinauf und hinunter, als hoffte sie, Trevor würde auftauchen und das Problem lösen. Es gab eine Diskussion, die damit endete, dass sie hinten einstieg und sich dann wieder hinauslehnte, um Anthony zu ermahnen, vorsichtig zu fahren.

Stella hörte nicht hin. Auf der anderen Straßenseite stand eine Frau und sah zu ihr herüber. Sie trug keinen Hut und die Sonne schien auf ihr glänzendes schwarzes Haar. Sie stand mit hängenden Schultern da, die Füße nebeneinander, und etwas an ihrer Haltung verriet, dass sie schon lange dort stand und wartete. Es war Sylvia.

Ihre Blicke begegneten sich. Instinktiv machte Stella einen Schritt nach vorn und streckte die Hand aus. Ein Auto fuhr zwischen ihnen vorbei, und als es fort war, ging Sylvia eilig die Straße hinunter, aus der Stadt hinaus. Stella stand da und starrte ihr nach. Die Krankheit hatte eine Schutzschicht von ihren Sinnen gelöst, und jedes Gefühl, das sie empfand, war scharf und intensiv. Ihre Augen füllten sich mit Tränen.

Sie stieg ein, und sie fuhren in Richtung Stadt. Es war vier Uhr, die Läden schlossen gerade und die Straßen füllten sich mit Menschen. Trevor war bereits zu Hause und wartete auf sie. Als sie das Haus betraten, blieben Janet und Anthony hinter Stella zurück, und so ging sie voran, als hätten sie ihr die Führung gegen einen gemeinsamen Feind übertragen.

Es war ein Schock, wie er dastand und ihr die Hand reichte – groß, gut aussehend, lächelnd. Während der vergangenen Wochen hatte sich ihre Erinnerung an ihn gewandelt, und sie hatte ein ganz anderes Gesicht erwartet. Dann sah sie genauer hin und dachte, nein, das ist genau das Gesicht, das er haben sollte.

Er nahm ihre Hand, denn sie hatte sie ihm nicht gereicht, und umfasste ihre Finger. Da sie krank gewesen war und ihre Sinne wacher waren als jemals seit dem Tod ihres Vaters, hätte sie fast geschaudert.

»Da sind Sie also wieder bei uns, Gott sei Dank!«, sagte er.

Sie hatte ruhig und entspannt sein wollen, aber Zorn und Verachtung fegten ihren Entschluss beiseite. Sie konnte nicht anders als zu sagen: »Das muss Sie überraschen, Sie haben sicher nicht damit gerechnet.«

Sie starrte ihn an, und weil seine Augen klar und ohne Schuld waren, brauchte er ihrem Blick nicht auszuweichen. Da begann sie zu verstehen, dass er anders als David und Philip längst nicht am Ende seiner Möglichkeiten angekommen war.

Er tätschelte ihr die Schulter. »Ich fürchte, irgendwann werden Sie uns ein paar Fragen beantworten müssen, aber jetzt möchten wir, dass Sie gar nicht darüber reden. Wir möchten, dass Sie die ganze Angelegenheit vergessen.«

»Ja, das möchten Sie wohl gern.« Sie trat zurück. Hinter sich hörte sie eine hastige Bewegung und sah, dass ihr Worte Trevor nicht berührten, sondern lediglich Anthony quälten.

Janet flatterte davon und murmelte: »Ich werde mich mal um den Tee kümmern.«

Am Abend konnte sie endlich allein mit Anthony reden. Janet spielte Bridge, und Trevor war zu einer Versammlung gegangen. Es war sehr heiß, und sie saßen auf der Veranda und schauten hinunter auf die Stadt. Eine Zeit lang schwiegen sie. Das Schweigen war angespannt und unbehaglich und es gab kein Gefühl des Einklangs zwischen ihnen.

Schließlich fragte Stella: »Was sollen wir tun?«

Er antwortete nicht, drehte sich nur zu ihr um. Das Licht spiegelte sich in seinen Brillengläsern, wodurch der Eindruck verstärkt wurde, dass er Geheimnisse hütete.

»Wegen Trevor«, ergänzte sie.

»Was ist mit ihm?«

Sie erinnerte sich an die Nacht vor Washingtons Hütte, als er so plötzlich seine Haltung ihr gegenüber geändert hatte und gutzuheißen schien, was sie tat. Er hatte ihr Handeln gutgeheißen, sie sogar ermutigt, und jetzt fürchtete er sich vor den Konsequenzen. Er hatte allen Grund, sich zu fürchten.

»Lassen Sie *uns* wenigstens ehrlich miteinander sein. Er steckte dahinter, er hat es angezettelt. Es war seine Idee.«

Er sah auf die Stadt hinunter. Seine Stimme klang nicht überrascht, sondern immer noch auf der Hut. »Hat Washington Ihnen das erzählt?«

»Nicht im Einzelnen. Er war viel zu verwirrt und verängstigt, um so deutlich zu werden. Aber er verriet es – auf vielerlei Art. Ich wusste es. Als er mir davon erzählte, sagte er ›wir alle‹, und man sagt nicht ›wir alle‹, wenn es nur um zwei Leute geht. Aber er steckt dahinter, das ist doch sonnenklar. Die beiden hätten sich das nie ausdenken können, so was wäre ihnen nie in den Sinn gekommen. Sie haben es lediglich ausgeführt, und auch das nur unter Zwang.« Ein Schauer lief über ihre Haut. »Er ist widerlich. Er ist eine Million Mal schlimmer als sie. Verglichen mit ihm sind sie Kinder, Babys. Menschen sind zu fast allem fähig, wenn sie wirklich *dort* sind – und draußen im Dschungel, wissen Sie, da kann alles passieren. Außerdem glaube ich nicht, dass sie das in dieser Größenordnung geplant hatten. Vielleicht wollten sie sie nur erschrecken, sie verjagen, ein paar von ihnen krank machen. Aber sie haben entweder die Stärke des Gifts nicht richtig eingeschätzt oder die Widerstandskraft der Dorfleute. Ich glaube, es wuchs ihnen über den Kopf.«

»Sie lassen sie leicht davonkommen.«

»Nicht, weil ich etwas für David empfinde, wenn Sie das meinen. Darin hatten Sie Recht.«

Er wusste, was dieses Eingeständnis für sie bedeutete, und äußerte sich nicht dazu. »Wenn Sie *ihnen* keine ganz so bösen Absichten unterstellen, dann müssen Sie auch ihn davonkommen lassen.«

»Nein! Er hat versucht, mich umzubringen! Er hat mich dorthin gehen lassen, damit ich sterbe. Er gab Philip den Auftrag, mich zu töten, und hoffte, das wäre auch Philips Ende. *Diese* Lösung hätte sich Philip nie ausdenken können, er hatte wahnsinnige Angst vor dem Dorf. Dorthin zurückkehren zu müssen war für ihn die reinste Agonie. Außerdem war er ohnehin nicht imstande, mich umzubringen. Das Ganze überstieg die Kräfte von beiden.«

»Immerhin haben sie ein ganzes Dorf ausgelöscht«, sagte Anthony tonlos.

»Ja, das ist wahr. Aber bei all seiner Toleranz gegenüber den Eingeborenen würde Philip das als weniger schrecklich ansehen als den Mord an einer Weißen. Überhaupt glaube ich nicht, dass das in ihrer Absicht lag. Das war überhaupt nicht das, was sie vorhatten ... und dann auch noch die Sache mit Sereva. Das hat Philip noch mehr überfordert als David. Selbstmord war für Philip nicht genug, er wollte bestraft werden. Aber Trevor! Ihm war das gleichgültig, er sah in der Zerstörung des Dorfes nur eine willkommene Verbesserung seines Plans. Und dann arrangierte er in aller Stille einen weiteren Mord, damit nichts herauskommen würde.«

»Ich merke schon, sie sehen ihn überlebensgroß«, murmelte er.

»Das ist er auch«, rief sie. »Er ist ein Ungeheuer.« Ihre Stimme zitterte. »Er weiß gar nicht, wie es da draußen ist. Er hat ja nicht mal seine Opfer gesehen. Er vergießt Blut per Fernbedienung. Die ganze Angelegenheit ist für ihn so leidenschaftslos wie Algebra. Er würde nie verrückt werden oder Selbstmord begehen, derlei Unbequemlichkeiten mutet er sich nicht zu. Er sitzt hinter seinem Schreibtisch und denkt sich solche Scheußlichkeiten aus, behält saubere Hände und schläft jede Nacht ohne Alpträume. Ich habe nicht einmal Angst vor ihm, obwohl er weiß, dass ich es weiß. Er würde sich nie die Hände schmutzig machen, indem er mir wehtut. Er ist ja so sauber.«

Zum ersten Mal sah er ihr voll in die Augen und lächelte. »Wissen Sie denn nicht, dass die größten Verbrechen auf dieser Welt von Männern hinter Schreibtischen begangen werden, die sich die Hände nie schmutzig machen und niemals Alpträume haben? Und wenn mal etwas schief geht, was schon mal vorkommt, dann finden sie immer noch ein Schlupfloch für sich oder, wie Trevor, marschieren dreist durch die Haustür.« Er machte eine Pause, um seine Lippen spielte ein ironisches Lächeln. »Gestern hat er einen detaillierten Bericht über die Sache angefertigt. Das ist irgendwie schon wieder grandios, man muss es bewundern. Ich fürchte, Sie haben nicht den geringsten Beweis gegen ihn. Er ist über jeden Verdacht erhaben. Das Gold wurde ausgegraben. Wahrscheinlich hat er seinen Anteil längst in Sicherheit gebracht.«

Als er weitersprach, schwang in seiner Stimme ein ängstlicher Unterton mit. »Sie könnten natürlich ein Geständnis von Washington erfinden, aber es hätte wohl keine große Beweiskraft. Sie haben es bis jetzt unterschlagen, und man würde dagegenhalten, dass Sie es sich ausgedacht haben, um Ihren Mann reinzuwaschen. Sie gelten in dieser Hinsicht als etwas fanatisch«, fügte er hinzu und schaute weg. »Aber es würde Trevor fürchterlich schaden – und anderen auch.«

»Janet.«

»Zum Beispiel Janet.«

»Aber guter Gott, sie kann ihn doch nicht lieben! Er behandelt sie wie einen Hund, wie einen Trottel. Sie weiß nicht einmal, wie er wirklich ist.« Sie brach ab.

Aber er nutzte die Gelegenheit für einen billigen Triumph nicht aus. »Sie ist an ihn gewöhnt«, sagte er leise. »Sie wäre ohne ihn völlig hilflos. Sie wüsste gar nicht, was sie tun sollte. Auf ihre Weise ist sie ganz glücklich. Es macht ihr viel Freude, das zu tun, was er will. Ohne ihn ist sie ganz verängstigt. Sie hat seit Jahren keine eigene Entscheidung mehr getroffen.«

Stella wartete und hoffte, er würde mehr sagen, aber er schwieg. Schließlich wurde ihre Neugier übermächtig und sie fragte: »Wie war sie, als sie jünger war?«

Er antwortete nicht, sah sie nur an. Sie begriff. »Als ich damals zum Abendessen kam, haben Sie Ihre Meinung geändert. Sie beschlossen, dass das nicht noch einmal geschehen durfte. Sie wollten, dass ich das mit David und Trevor herausfinde, ganz egal, wie schrecklich es war.«

»Vielleicht. Ich konnte nicht ertragen, dass noch jemand auf Trevor hereinfiel.«

Sie spürte einen Stich der Enttäuschung. »Ich begreife Sie nicht. Eben noch verachten Sie ihn – das habe ich auch damals gespürt – und im nächsten Moment beschützen Sie ihn.«

»Das macht ja alles so schwierig. Wissen Sie, auf seine Weise ist er gut zu mir. Als wir zur Schule gingen, gab es da einen kleinen Jungen, dessen Vater gehörte ein Süßigkeitenladen. Trevor veranlasste ihn immer, Schokolade für ihn zu stehlen. Und immer gab er mir die Hälfte davon ab. Ich weiß nicht, wie er es anstellte, aber der kleine Junge hatte Angst vor ihm. Als ich das mitbekam, wollte ich die Schokolade nicht mehr, aber ich konnte Trevor nicht verraten. Das war der Anfang, und so ging es später weiter. Er hat mir einen Job verschafft, er lässt mich bei sich wohnen und er gibt mir zu essen.«

»Aber sehen Sie denn nicht, genau das ist sein Trick«, sagte Stella eindringlich. »Genau so funktioniert es. So hat er es auch mit David gemacht, er hat ihm ganz großzügig geholfen. Er lieh ihm Geld und dann plötzlich setzte er die Daumenschrauben an und zwang ihn, diese Dinge zu tun. Er erwürgt einen mit Verpflichtungen. Sehen Sie sich Ihre Lage doch an. Sie können ihm nicht wehtun, weil sie ihm dankbar sind, weil Sie seine Schokolade gegessen haben und weil Sie auch ein totes Dorf auf dem Gewissen haben. Er hat Ihr Leben ruiniert. Er hasst Sie bestimmt.«

»Ich weiß nicht, was er fühlt«, sagte Anthony langsam. »Ich

wusste nicht, dass ich ihn hasste, bis Sie es mir sagten. Ich kritisierte ihn, aber ... er meint, wir sollten zusammenhalten.«

»Das dürfen Sie nicht. Es bringt Sie um.«

Ein Auto fuhr den Hügel hoch am Haus vorbei. Für eine Sekunde blitzte das Licht der Scheinwerfer durch die Bäume und beleuchtete Anthonys Gesicht. Er sah blass und müde aus und sah sie voller Angst und Sehnsucht an.

Impulsiv reichte sie ihm beide Hände. In dem Scheinwerferlicht erkannte sie das Fruchtbare seiner Lage. Es berührte sie tief, und in diesem Moment ließ sie es zu, ihn mit dem Herzen zu sehen.

»Sie haben Recht«, sagte sie. »Wir können nichts tun. Es wäre sinnlos. Es würde niemandem nützen. Es würde Staub aufwirbeln, sonst nichts. Wir müssen ihn davonkommen lassen.«

Angst huschte über sein Gesicht. »Glauben Sie das? Sind Sie sich sicher? Ich nicht.«

»Oh ja, ich bin mir ganz sicher«, sagte sie bestimmt. »Sehen Sie mich nicht so an.«

Sie entzog ihm eine Hand und legte sie an seine Stirn. »Es ist schrecklich, dass er davonkommen wird, keine Narben, keine Angst, keine Alpträume. Aber wir können nichts daran ändern. Lassen Sie uns einfach sagen, dass es schrecklich ist, und es dann vergessen. Zerbrechen Sie sich nicht länger den Kopf darüber. Vergessen Sie es.«

Danach schwiegen sie eine Zeit lang. Stella schaute auf die langen schwarzen Schoten der Flammenbäume, die noch im frischen Laub der neuen Jahreszeit hingen. Ich sollte lieber aufbrechen, dachte sie, und zurück ins Wohnheim gehen. Sie dachte an das kleine Zimmer mit dem verblichenen Bettüberwurf und der Eidechse in der Ecke an der Zimmerdecke. Sie erinnerte sich an die ersten Tage in Marapai und sagte: »Ich frage mich, was mit Jobe passiert ist.«

In eben diesem Moment führte er eine Unterhaltung mit Trevor Nyall, der nicht zu einer Versammlung gegangen war, sondern langsam die Küste entlangfuhr.

»Was konnte ich sonst tun?«, fragte Nyall schroff. »Glauben Sie vielleicht, ich habe das gern getan? Denken Sie, ich freue mich darüber, dass es weg ist?«

Jobe saugte an einem feuchten Zigarettenstummel. »Mir scheint, es war ein Fehler, diesen Washington mitzuschicken. Ich habe keine Ahnung, warum Sie das getan haben. Nervöser Typ. Sie sollten die Leute doch kennen. Sie hätten ihn da raushalten müssen.«

»Wir mussten ihn mitschicken. Ich hätte nicht im Traum daran gedacht, dass Washington schlapp macht – er war zu gierig.«

»Ich bin froh, dass sie zurück ist«, sagte Jobe beiläufig. »Nettes kleines Ding, schön wie ein Bild.«

»So, Sie sind also froh!« Trevor warf ihm einen kurzen Blick zu und versuchte nicht, seine Überraschung und Ablehnung zu verbergen. Jobes Körpergeruch erfüllte das Auto. Zu einem solchen Menschen auch nur ansatzweise höflich sein zu müssen war Trevor zuwider. »Dann beklagen Sie sich nicht, dass wir das Gold verloren haben. Es ist bedauerlich, aber uns blieb nichts anderes übrig. Wir haben Glück, nicht in Verdacht geraten zu sein, wir sind da raus, dem Himmel sei Dank.«

Jobe saugte noch einmal an seinem Stummel und warf ihn dann auf den Boden des Autos, wo er ihn mit der Fußspitze austrat. »Ich hab es nicht verloren, Mr. Nyall, das waren Sie.«

»Tja, das läuft wohl auf dasselbe hinaus. Wenn Ihnen ein Weg einfällt, wie Sie es von der Regierung zurückbekommen können, dann nur zu. Als ich Ihnen Mr. Warwicks Anteil versprach ...«

»Den haben Sie mir nicht direkt versprochen, Mr. Nyall. Mr. Warwick hat ihn mir gegeben. Er hat mir sozusagen sein Anrecht darauf vermacht.«

Nyall knirschte mit den Zähnen. Er neigte nicht zu Wutanfällen, aber er brannte jedes Mal vor Zorn, wenn er daran dachte, was Warwick getan hatte – dieser dumme, plumpe, sentimentale Akt der Reue. Dieser schwache, hysterische, lästige Trottel, der zu zart besaitet war, um mit den Folgen seines eigenen Tuns zu leben – ein Brief an einen Kranken hatte ihnen allen dieses drastische Ende beschert, eine Beichte bei diesem ausgefuchsten Gauner neben ihm. Und dann die feigste Tat von allen: Selbstmord.

Jobe redete immer noch: »Wenn ich das Gold von der Regierung zurückhaben wollte, dann müsste ich denen nur Mr. Warwicks Brief zeigen. Der würde ihnen doch wohl klar machen, wie alles gelaufen ist. Dass das Gold mir gehörte und dass Sie und Mr. Warwick und Mr. Washington sich angeschlossen haben und auch welches wollten. Ich glaube, die Regierung wird zu der Auffassung kommen, dass mir Unrecht geschehen ist.«

Falls Nyall diese Worte beunruhigten, ließ er es sich nicht anmerken. »Sie würden es wahrscheinlich den Papuas zurückgeben oder es in die Staatskasse stecken. Sie können ihr Leben darauf verwetten, dass Sie es nie wieder sehen werden.«

Es schien Jobe nicht aufzuregen, dass die Eingeborenen am Ende gewinnen würden.

»Na ja, es wäre immerhin einen Versuch wert, oder?«, fragte er ruhig.

»Warwick war verrückt, als er diesen Brief schrieb«, sagte Nyall barsch.

»Er war etwas durcheinander. Aber ich glaube, er wusste, was er tat. Ich glaube, er wusste genau, dass ich auf meinem Recht bestehen würde.« Jobe drehte sich zu Nyall um und lächelte träge. Seine Augen funkelten tief in den Höhlen. »Ich glaube, er fand es nicht gut, dass Sie ihn so ins Unglück stürzten. Ich glaube, er konnte Sie überhaupt nicht gut leiden. Er schreibt in seinem Brief, er hätte nie mitgemacht, wenn er nicht so dringend Zaster gebraucht hätte. Und Sie waren es, der ihm das Messer an die Kehle setzte, nicht wahr? Er dachte wohl, es würde nicht schaden, wenn bei Ihnen nicht immer alles so glatt laufen würde.«

Jetzt war nicht mehr zu übersehen, in welche Richtung er die Unterhaltung lenkte. Nyall stellte sich ihr ohne weitere Ausflüchte. »Erpressung«, sagte er ruhig. Seine Augen lösten sich nicht von der Straße vor ihnen. Sie war leer. Sie hatten die Stadt verlassen und es gab nur noch wenige vereinzelte Häuser.

»Ich will nur, was mir zusteht«, sagte Jobe anklagend. »Ich will nur meinen Anteil.«

»Ich würde Jahre brauchen, um Sie auszuzahlen«, sagte Nyall. Seine Stimme war leise und beherrscht. Sein Gesicht verriet keinerlei Gefühl.

»Ich hab nichts gegen warten. Sie können in Raten zahlen.«

»Woher soll ich wissen, dass Sie zufrieden sind, wenn ich alles bezahlt habe?«

Jobe lächelte immer noch. »Das müssen Sie riskieren, Mr. Nyall. Sie haben mein Wort. Schließlich bin ich nicht unverschämt, oder? Ein anderer würde vielleicht die volle Summe verlangen. Ich möchte Ihnen nicht zur Last fallen, Mr. Nyall. Aber es gibt vieles, was Sie nicht so dringend brauchen. Dieses Auto zum Beispiel. Ein bisschen protzig für so eine Stadt, finden Sie nicht? Jeeps sind für die Inseln viel passender. Das gute Stück gehört doch eher nach Sydney.«

Er tätschelte die Wagentür. »Und wenn Sie alles bezahlt haben, da gebe ich Ihnen mein Wort, dann schicke ich Ihnen das Original von Warwicks Brief. In der Zwischenzeit« – die Straße war hier durch die Klippen gesprengt worden, und er sah gedankenvoll in den steilen Abgrund zum Meer – »ist er in den Händen von einem meiner Freunde, der die Anweisung hat, ihn im Falle meines Todes an die Regierung zu schicken.«

Nyall sagte nichts. Er hielt das Auto an, fuhr rückwärts bis an die Klippe heran und wendete. Er konnte den Gestank dieses Mannes keine Sekunde länger ertragen. Es heißt, dass die Eingeborenen stinken. Aber von denen konnte man sich wenigstens fern halten. Der Geruch schien in seine eigenen Kleider und Poren eingedrungen zu sein. Er hatte die vage Vorstellung, sofort nach Hause zu fahren und sich unter der Dusche zu reinigen. Die Erkenntnis des größeren Übels – des zerstörerischen und dauerhaften Kontakts mit diesem Mann – hielt er sich noch auf Armeslänge vom Leibe.

»Sie werden wohl nicht viel auf mein Wort geben, Mr. Nyall«, sagte Jobe fröhlich. Er zündete sich eine neue Zigarette an. Das große, viel zu protzige Auto wurde schneller. Die Straße führte schnurgerade in die Stadt.

»Sie mögen mich nicht, Mr. Nyall. Das weiß ich. So was fühle ich. Instinktiv sozusagen. Sie denken, ich wäre kein Gentleman und ich würde mein Wort nicht halten. Doch, Mr. Nyall, ich sage Ihnen, Sie können mir vertrauen. Sie werden sehen.«

Seine Augen funkelten im Scheinwerferlicht eines entgegenkommenden Autos. Vor Lachen? Vor Gier? Oder nur vor guter Laune?

»Sie werden sehen«, sagte er wieder.

ENDE

Vakat

Vakat

Nachwort

Charlotte Jays Roman Das Gift der neuen Welt *wurde 1992 in einer von der Autorin selbst neu edierten Ausgabe in Australien wieder veröffentlicht. Die Herausgeber der Crime Classics bei Wakefield Press in Adelaide, Peter Moss und Michael J. Tolley, lassen dem Roman ein liebevoll-instruktives Nachwort folgen, das wir auch den deutschen LeserInnen gönnen möchten:*

Charlotte Jay wurde 1919 als Geraldine Mary Jay in Adelaide geboren, wo sie unter ihrem ehelichen Namen Geraldine Halls als Schriftstellerin arbeitete und mit asiatischer Kunst handelte. Sie wuchs in Adelaide auf, besuchte die Girton School (heute: Pembroke School) und die Universität von Adelaide. In den 40er Jahren arbeitete sie als Sekretärin in Adelaide, Sydney, Melbourne und London und 1949 als Gerichtsprotokollantin am (australischen) Gerichtshof von Papua-Neuguinea. Während der 50er Jahre reisten und lebten sie und ihr Mann John (der für die UNESCO arbeitete) in Pakistan, Thailand, Libanon, Indien und Frankreich. In den Jahren 1958 bis 1971 besaßen sie in Somerset ein Geschäft für asiatische Kunst, später in Adelaide. (John starb 1982.)

Unter dem Pseudonym Charlotte Jay veröffentlichte sie die meisten ihrer neun Kriminalromane. Mit Ausnahme von *The Voice of the Crab* (1974) erschienen sie zwischen 1951 und 1964 und spiegeln ein Leben zwischen den verschiedensten Kulturen und Jays Faszination von ethnologischen Themen wider – genauso wie ihre sechs »normalen« Romane, die sie als Geraldine Halls zwischen 1956 und 1982 veröffentlichte. Nur ihr erster Roman *The Knife is Feminine* spielt in Australien – die anderen in Pakistan, Japan, Thailand, England, Libanon, Indien, Papua-Neuguinea und auf den Trobrian-Inseln.

Collins in London und Harper in New York verlegten die meisten von Charlotte Jays Kriminalromanen. Sie erschienen in verschiedenen Ausgaben und wurden überall auf der Welt übersetzt – *The Fugitive Eye* wurde in Hollywood mit Charlton Heston in der Hauptrolle verfilmt –, aber sie wurden bis heute in Australien nicht veröffentlicht. Auf dem Höhepunkt ihres Erfolgs als Kriminalromanautorin geriet Jay nach ihrem eigenen Eingeständnis bezüglich ihrer nationalen Identität in ziemliche Verwirrung – die amerikanische Kritik bezeichnete sie als Britin, die britische Kritik bezeichnete sie als Australierin und die australische Kritik nahm sie mehr oder weniger gar nicht zur Kenntnis.

Ihre Motivation und Methoden als Kriminalromanautorin beschrieb sie wie folgt:»Ich fing eigentlich an, Kriminalromane zu schreiben, weil mir die Romane von Wilkie Collins und Le Fanu und die Geschichten von Poe solche Freude machten. Ich war noch ziemlich jung, als ich diese Bücher voller Entsetzen und Faszination las, und ihr Einfluss ist in einigen meiner frühen Romane deutlich zu erkennen. Als meine ersten Bücher erschienen, wurden die meisten Kriminalgeschichten zu dieser Zeit von sehr profilierten Kriminal- und Detektivromanautoren verfasst, meist spielte ein adliger Oxford- oder Cambridge-Absolvent als Privatdetektiv-Amateur die Hauptrolle, erschien wie Scarlet Pimpernel auch manchmal als Witzfigur, war aber allwissend und den LeserInnen immer um viele Schritte voraus. In Amerika beherrschten die Kriminalromane à la Dashiell Hammett und Raymond Chandler den Markt. Ich wusste, dass ich mit den großartigen Vertretern dieser unterschiedlichen Richtungen nicht konkurrieren konnte. Viele besaßen eine hautnahe Erfahrung von Polizeiarbeit, wogegen ich eigentlich nicht viel davon verstand und auch nichts darüber lernen wollte. Ich wollte mein Publikum erschrecken und vor Rätsel stellen, indem ich es dazu bewegte, sich mit einer Figur zu identifizieren, die in einer einsamen, klaustrophobischen Situation ums Überleben kämpft. Meine Verleger forderten immer wieder, dass aus Gründen der Logik meine bedrohten Protagonisten die Polizei zu Hilfe rufen sollten. Ich widersetzte mich diesen Vorschlägen und schrieb manchmal ganze Kapitel lieber neu, weil meiner Überzeugung nach die Figuren sich allein und ohne fremde Hilfe durch ihre persönlichen Albträume hindurch kämpfen mussten.« (Aus: *Twentieth Century Crime and Mystery Writers*, St. James Press 1985.)

Charlotte Jays zweiter Roman hieß *Beat Not the Bones* (deutsch: *Das Gift der neuen Welt*) und erschien 1952 bei Collins in London und 1953 bei Harper in New York. Er erhielt den Edgar Allan Poe-Preis der Amerikanischen Vereinigung der Kriminalschriftsteller und wurde als eine bedeutende Leistung auf dem Gebiet der Kriminalliteratur eingeschätzt.

Es war Charlotte Jays erster Roman, der in den USA erschien. Die amerikanische Kritik lobte dieses neue Talent mit offensichtlicher Überraschung und einem Hauch von Herablassung. Charlotte Armstrong, selbst eine bedeutende Kriminalautorin, äußerte, das Buch »erregt durch die Entdeckung eines schrecklichen Geheimnisses, und das Geheimnis offenbart sich auch wirklich als die schauerliche Überraschung, die man dahinter vermutete«.

Die Altmeisterin der Kriminalkritik, Dorothy B. Hughes, lobte das Buch ebenfalls und bemerkte, dass nicht mal eins von tausend Büchern seine Drohungen wirklich wahr mache. Etwas von oben herab kennzeichnete sie Charlotte Jay als ein »australisches Mädchen, das in den primitivsten Gegenden der Insel Papua-Neuguinea arbeitete«.

Zu dieser Zeit war Charlotte Jay schon einunddreißig Jahre alt, war noch nie im Innern des Dschungels gewesen, sondern hatte von Port Moresby aus nur einige kurze Reisen an der Küste entlang unternommen, als sie den obersten Richter von Papua-Neuguinea auf seinen Amtsreisen begleitete. Hughes behauptete – wieder sichtlich herablassend –, dass »Jay ihren Roman aus ihren Erfahrungen heraus und mit der Inspiration einer Schriftstellerin verfasste«. Es wäre sinnvoller und richtiger gewesen, wenn Hughes die Aufmerksamkeit auf die außergewöhnliche Fabulierkraft Charlotte Jays gelenkt hätte, die sie befähigte, einen sinnlich wahrnehmbaren Dschungel mit seiner drohenden Gefahr zu erschaffen, und auf ihre verstörende und einzigartige Einbettung von zeitgeschichtlichen Themen wie der Kolonialpolitik in eine mitreißende Kriminalerzählung. Die Kritiker konzentrierten sich nur auf den eigentlichen Plot. Das war verständlich. Sie waren schließlich Krimi-Kritiker. Aber diese eingeengte Wahrnehmung ließ sie andere bemerkenswerte Qualitäten des Buchs übersehen.

Natürlich beschäftigten sich die Kriminalromane vor 40 Jahren nicht mit bedeutungsvolleren Themen, da das Genre für seine klaren und wenig anspruchsvollen Erzählungen bekannt war. Außerdem war der Schauplatz von *Beat Not the Bones* eine wenig bekannte und strategisch unbedeutende Insel im Südwest-Pazifik, deren Kolonialherr Australien erst vor kurzem einen Platz im amerikanischen Bewusstsein gefunden hatte. (Spezifische Beispiele für die Randbedeutung Australiens in den amerikanischen Medien findet man auch heute noch. Sowohl 1961 als auch 1990 zeigen die Filmversionen von *Cape Fear* den Bösewicht Max Cady, der wegen Vergewaltigung in amerikanischen Städten im Gefängnis saß. In John D. Macdonalds klassischem Thriller mit dem Originaltitel *The Executions* (1957) hatte Cady eine Minderjährige in Melbourne vergewaltigt.)

Ernst zu nehmende Kritiken von *Beat Not the Bones* konzentrierten sich auf das Offensichtliche und verkürzten es. Sie hoben zwei Aspekte hervor: das beherrschende Genre-Element von ›authentischem Horror und Atmosphäre‹ (L.G. Offord) und ›haarsträubendem Geheimnis‹ (James Sendoe); und das richtig erkannte neue Element in dem Genre, »die Interaktion zwischen Angehörigen zivilisierter und primitiver Kulturen« (Anthony Boucher) und die »gründliche ethnologische Studie eines Konflikts zwischen der Steinzeit und dem 20. Jahrhundert« (Dorothy B. Hughes). Aber da gibt es noch viel mehr.

Beat Not the Bones hat einmal die Qualität eines herausragenden Romans der Kriminal- und Abenteuerliteratur, eines einzigartigen historischen Erzählwerks, und ist darüber hinaus ein frühes, untypisches Beispiel von anti-kolonialistischer Literatur.

Charlotte Jay wies die beiden letzteren Einschätzungen in einem Gespräch mit ihren Herausgebern von sich und bestätigte bescheiden, dass es sich bei dem Roman »nur um eine Abenteuergeschichte« handle. Aber wenn man ihre Erzählung in dieser unbedeutenden Literaturnische verortet, ignoriert man Qualitäten, die ebenfalls gewürdigt werden sollten.

Das Buch entstammt dem gleichen Erbe wie Joseph Conrads *Das Herz der Finsternis*. Wie in dieser sonderbaren und rätselhaften Geschichte von Verzweiflung und Korruption liegt auch der Handlungskern von *Beat Not the Bones* im Bemühen des weißen Mannes, die ›Wilden‹ zu zivilisieren. Wie eine schwache, pulsierende Ader zieht sich die Kritik der Autorin an der weißen Administration durch das Buch. Diese Kritik wird sehr geschickt verpackt und entwickelt sich wie von selbst aus den Anforderungen der Geschichte. Jay übernimmt nie den unangenehmen modernen Tenor ideologischen Gejammers, sondern trifft ihre Aussagen durch die Charaktere des Romans. Sie arbeitet mit Understatement. Ein Beispiel dafür ist die Szene, als Tony Nyall und Washington sich über Begabung und Veranlagung der ›Eingeborenen‹ streiten. Nyall verkündet: »Wir sind hier, um anzuleiten und aufzupassen, nicht um zu verstehen.« In dieser uninteressierten, selbstverständlichen Sicherheit und abfälligen Überheblichkeit hören wir das Echo der Kolonialverwaltung des 19. und frühen 20. Jahrhunderts, typische Quelle vieler rassistischer Klischees.

Die weißen Australier in *Beat Not the Bones* zeigen Haltungen, die ernüchternde Vorläufer unseres zeitgenössischen Rassismus darstellen, sei es in Südafrikas Rassengesetzen, der Verachtung des US-amerikanischen Militärs für die (›Un‹)Menschlichkeit der Vietnamesen oder in den ›ethnischen Säuberungen‹ in Kroatien/ Bosnien-Herzegowina.

Als Washington Stella versichert: »Sie [die Papuas] sind nicht wie andere Menschen«, und obwohl er als jemand gezeichnet wird, der behauptet, Sympathien für die Ureinwohner zu besitzen (»ich mag diese Menschen und interessiere mich für sie«), ist er derjenige, der die leichtfertigen intellektuellen Rationalisierungen liefert, warum es manchmal notwendig sei, sie zu ermorden: »...der Tod von einigen oder einer größeren Gruppe schien ihm nicht wichtig. So wie er es sah, war der Tod für sie natürlicher, selbstverständlicher und folgte dem Leben dichter und unvermeidlich auf den Fersen. Für den Weißen war der Tod etwas, das ihn schaudern ließ und wogegen er sich schützte. Der Mord an einem weißen Mann oder einer weißen Frau war der niedrigste Akt, den Menschen vollbringen konnten ... Aber bei einem Eingeborenen war das etwas anderes.«

Washington ist keineswegs der schlimmste Weiße, Trevor Nyall, der Verwaltungschef in Marapai, ist der wirkliche Verbrecher. Er ist das exakte Porträt eines eiskalten Bürokraten, den wir seit der mörderisch genau durchdachten Organisation eines Völkermordes durch die Nazis erkennen gelernt haben. Stella durchschaut ihn: »Er ist ein Ungeheuer ... Er vergießt Blut per Fernbedienung. Die ganze Angelegenheit war für ihn so leidenschaftlos wie Algebra ... Er sitzt hinter seinem Schreibtisch und denkt sich Scheußlichkeiten aus ... Er ist so sauber.«

Da können wir neunzig Jahre zu dem siebzehn Seiten langen Pamphlet von Mister Kurtz zurückgehen: »Die Unterdrückung der wilden Rituale« in Conrads *Herz der Finsternis*.

Als ein erzählerischer Beitrag zur jüngsten Geschichte des Südwestpazifik ist *Beat Not the Bones* wahrscheinlich einzigartig. Es gibt nur wenige fiktionale Beschreibungen des Lebens in Neuguinea. Beatrice Gilmours *Papua Gold* (1912) ist ein Liebesroman, der auf der genauen Kenntnis des Landes basiert, doch mit Ausnahme von Charlotte Jays Werk haben wir kein anderes Beispiel für historische Belletristik gefunden. *Beat Not the Bones* ist der erste Kriminalroman aus diesem Teil der Welt und gleichzeitig der mutigste. Charlotte Jay kann berechtigterweise als eine inoffizielle Historikerin dieser Breiten angesehen werden. Ihre Bücher *The Feast of the Dead* und *The Voice of the Crab* (1974) spielen im südwestlichen Pazifik, ganz besonders in und um die Trobrian-Inseln.

In *Beat Not the Bones* steht »Marapai« für Port Moresby, und die erste Hälfte des Romans gibt einen faszinierenden Bericht des neokolonialistischen Lebens direkt nach dem Zweiten Weltkrieg, ein Porträt der Miglieder der weißen Gesellschaft, die sich bemühen, so gut es geht unter schwierigen, wenn auch exotischen, Bedingungen zu überleben. Jay schildert uns eine ›menschliche Kolonie‹, beschreibt die Bandbreite derjenigen, die trotz und wegen der exotischen Umgebung immer wieder Risiken eingingen, sich engagierten und ihr Bestes zu geben suchten.

Bis heute ist für einen Kriminalroman ungewöhnlich, dass darin Frauen genauso glaubwürdig dargestellt werden wie Männer. Da gibt es Stella, die nach anfänglicher Naivität zu einer mündigen und überzeugenden Handlungsträgerin heranreift; Sylvia, die kluge, leicht anrüchige, aber entschlossene Fatalistin; die lethargische, bedauernswerte, aber loyale Janet Nyall. Die Kolonialbeamten verkörpern die dunkleren menschlichen Werte, und der Widerspruch zwischen ihren Privatbedürfnissen und den Anforderungen ihrer täglichen Routinearbeit schafft besonders für Stella Rätsel und Verwirrung.

Die Papuas sind weniger wichtige Charaktere und werden vor allem als Opfer weißer Habgier und Ausbeutung oder gut gemeinter Inkompetenz dargestellt. Hitolo ist der einzige differenzierter gezeichnete Papua. Im Übrigen dienen sie eher als Kulisse für die Abenteuersuche, was besonders deutlich in der Figur des Hexers Kolibari wird, den Washington für kurze Zeit anheuert: »Ist er nicht wunderbar? Ist er nicht hinreißend und teuflisch böse? Sieh dir nur seine kleinen gemeinen roten Augen an, wie ein arglistiges Schwein.« (Die ausführliche Beschreibung des alten Mannes erinnert unzweifelhaft an H. Rider Haggards Hexe Gagool in *King Solomon's Mines*.) Aber wie der Dschungel selbst dienen auch die Religion der Eingeborenen und die Ängste der Weißen vor deren Rache dazu, das Schweigen in dem Roman mit Leben zu füllen – hinter Washingtons Angebergetue lauert das Entsetzen.

Im Dschungel und seiner Atmosphäre verbergen sich das Geheimnis und die wahre Geschichte. Charlotte Jay schafft eine faszinierende Kulisse. Stella fühlt ebenso wie Marlow in *Das Herz der Finsternis* die »Faszination der Fäulnis« (das ist eins der Dinge, die sie mit Philip Washington verbindet) und muss darüber hinaus eine andere mörderische Verderbtheit im Mittelpunkt ihrer Suche zwischen den Ausflüchten und den Hindernissen enträtseln, die ihr von dem moralisch korrupten Beamtentum in den Weg gelegt werden. Genauso werden wir LeserInnen von dem verwesenden Inneren des Dschungels angezogen. Dieser Hintergrund entspricht kongenial den brutalen Verbrechen im Zentrum der Handlung.

Mit dieser Kulisse schafft Jay noch eine andere Art von Geschichte, eine Beschreibung der Naturgeschichte des Inneren. Die LeserInnen werden mit Freude die Beschreibungen der Pawpaw-Bäume lesen, der Mangos, Pandanas, fluoreszierenden Pilze, Feigenbäume, Lilien, des Farbenrauschs und der wuchernden Pflanzenwelt. In diesem Roman wird der Dschungel zu einem eigenständigen Lebewesen. Er dominiert die Menschen. Die sonst so ausgeglichene und furchtlose Stella »fühlte, dass der Dschungel schlief und, wenn er es wollte, die bekannten Grenzen pflanzlichen Lebens überschreiten würde. Die riesigen wuchernden Baumwurzeln würden sich strecken und in den Schlamm krallen, eine fette schwarze Masse aufsaugen und die fleischigen Stiele und gigantischen Blattschaufeln anschwellen lassen. Zweige würden sich tastend durch die Luft ranken, den Düften und Geräuschen folgend, und das Leben packen, das sich dort rührte.« Und der schuldbeladene Washington in seiner Verwirrung und seinem Entsetzen »fühlte etwas hinter ihm näher und näher kommen. Er stellte es sich nicht als einen Menschen vor ... Manchmal sah er es als ein schleimiges Etwas über den Pfad hinter seinen Fersen kriechen. Manchmal war das Etwas grau, formlos und wand sich, manchmal hatte es nur ein Loch als Maul, manchmal noch zwei runde Augen ohne Lider ... Manchmal war da nichts, nur das Gefühl, als ob ihm ein geballter, drängender Wind in den Nacken blies.«

Diese grauenvolle, schreckliche Bedrohung durchdringt den Roman, die Suche, die Umgebung. Als Stella in das tote Dorf kommt, ist das einzige Lebewesen – die Implikationen sind grässlich – eine groteske, fette Ratte, »widerlich wie eine Seegurke«. Dieses Geschöpf könnte als das zentrale Symbol des Romans betrachtet werden – es steht für Krankheit, Tod und lebende Fäulnis.

Tage des Ruhms

Ein farbenprächtiger Milieuthriller
aus der neuseeländischen Subkultur

Die Ich-Erzählerin Glory Day malt Bilder von Gewalt und Tod, jobbt als Sängerin einer Rockband und lebt mit ihrer behinderten elfjährigen Tochter in den Slums von Auckland.
Nach einem Auftritt mit der Band stößt sie eines Nachts auf eine halb bewusstlose minderjährige Fixerin. Mit Unterstützung der mitfühlenden Stricher-Queen Grace bringt Glory Day die junge Frau in die nächste Notaufnahme, wo sie wenig später stirbt. Prompt verdächtigt die Polizei Glory und Grace, das Mädchen mit einer Überdosis umgebracht zu haben. Die exzentrische Künstlerin sieht sich inmitten von zwielichtigen Machenschaften in einer prekären Situation.
Aber Glory Day ist eine Frau, die im Hinterhof der Gesellschaft aufgewachsen ist und gelernt hat, kraftvoll und lebensbejahend zu agieren. Nackte Gewalt und Trostlosigkeit verarbeitet sie, indem sie sie malt: Ihre Bilder sind ebenso schonungslos wie ihre Erfahrungen. Glory Day, Ex-Frau zweier Gangster, ist in der Welt der Junkies, Dealer, Nachtschwärmer und Prostituierten kein ganz unbeschriebenes Blatt ...
Die besondere Stärke der Autorin Rosie Scott ist ihre Sprache: Indem sie die derbe, lebensrauhe Sprechweise ihrer Charaktere eindringlichen, stimmungsvollen Bildern gegenüberstellt, kreiert sie eine Poesie, die von Gegensätzen lebt.

Rosie Scott
Tage des Ruhms
Ariadne Krimi 1036
ISBN 3-88619-536-8